보이
21

우리같이 청소년문고 012

보이 21

초판 1쇄 펴낸날 2013년 11월 11일

지은이 매튜 퀵
옮긴이 오윤성
펴낸이 이정옥
펴낸곳 (주)우리같이 등록 제406-2011-59호
주소 경기도 파주시 청석로 300 909-501호
전화 031-942-6661 **팩스** 070-7781-5598
이메일 withours@gmail.com

ISBN 978-89-967622-8-7 44800
ISBN 978-89-961890-3-9(세트)

이 도서의 국립중앙도서관 출판시도서목록(CIP)은 e-CIP 홈페이지(http://www.nl.go.kr/ecip)에서
이용하실 수 있습니다.(CIP 제어번호: CIP 2013022192)

보이 21

매튜 퀵 지음 | 오윤성 옮김

우리같이

다른 어머니들에게서 난
내 모든 형제들에게.

프롤로그

가끔 나는 집 뒤뜰에서 슛을 날리던 게 나의 가장 오래된 기억인 척한다.

아빠는 아직 꼬마인 나에게 작은 농구공을 주고 골대도 낮춰준다. 아빠는 연속으로 100골을 넣을 때까지 공을 던지라고 하는데 그건 불가능할 것 같다. 아빠는 할아버지를 돌보러 다시 집으로 들어간다. 그 즈음, 할아버지는 두 다리를 잃은 채 돌아가신 할머니의 묵주를 손에 꼭 쥐고 병원에서 퇴원했다. 우리 집은 침묵에 잠긴 지 오래다. 엄마가 집에 돌아오지 않는 것도 이해가 간다. 그렇지만 난 무슨 일이 일어났는지 생각하고 싶지 않아서 아빠가 시킨 대로 공을 던진다.

처음엔 공이 키를 낮춘 골대에도 닿지 않는다. 난 몇 시간이고 계속 공을 던진다. 위를 올려다보느라 목이 뻣뻣해지고 땀투성이가 된다. 해가 지자 아빠는 조명등을 켠다. 난 계속 공을 던진다. 집에 들어가서 할아버지가 울고불고하는 소리를 듣는 것보다는 나으니까. 뭐, 아빠가 시킨 것도 있고.

기억 속의 나는 밤새 공을 던진다. 몇 날, 몇 주, 몇 달이 지나도록 계속 공을 던진다. 밥을 먹거나 잠을 자거나 화장실에 가지도 않는다. 마치 다시는 집 안에 들어가지 않아도 될 것처럼 그저 던지고 밖으로 빼고, 또 던지고 밖으로 뺀다. 그러면 마치 농구를 하기 전에 있었던 일은 두 번 다시 떠올리지 않아도 될 것 같아서.

반복하면 몰두하게 된다. 잡생각이 사라진다. 난 이 중요한 사실을 아주 어린 나이에 깨달았다.

나뭇잎들이 떨어져 발밑에서 바스러지고, 눈송이가 피부에 닿아 녹아 없어지고, 울타리 옆으로 줄기가 긴 노란색 꽃들이 피어났다가 7월의 뜨거운 햇빛에 말라 간다. 그러는 동안 나는 계속 공을 던지고 있었다.

분명히 그것 말고 다른 일도 했을 것이다. 학교도 다녔을 테고. 그러나 내가 가진 어린 시절 기억이라곤 집 뒤뜰에서 슛을 날리던 것뿐이다.

몇 년이 지나자 아빠는 전보다 말수가 좀 늘었다. 나와 함께 슛을 날리기도 했다. 좋은 일이었다.

어떤 때는 할아버지가 차고 진입로 끝에 휠체어를 세워 놓고 맥주를 홀짝이며 내가 점프슛을 연습하는 걸 지켜보기도 했다.

골대 높이는 내가 자라는 족족 높아졌다.

어느 날, 우리 집 뒤뜰에 어떤 여자애가 나타났다. 머리는 금발이고, 영원히 사라지지 않을 것 같은 미소를 띠고 있었다.

그 애가 말했다.

"나 이 근처에 살아. 너랑 같은 반인데."

난 계속 공을 던지면서 그 애가 가 버리길 바랐다. 이름은 에린이고 정말 괜찮은 아이 같았지만, 난 그 누구와도 친구가 될 생각이 없었다. 앞으로 죽을 때까지 그렇게 나 혼자서 공을 던지고만 싶었다.

"나 무시하는 거야?"

그 애가 물었다.

나는 그 애가 거기 없는 것처럼 굴려고 했다. 돌아보면 그때 난 세상 전체가 존재하지 않는 것처럼 굴었다.

"너 진짜 이상하다."

그 애가 자꾸 말했다.

"그래도 괜찮아."

공이 골대를 맞고 튕겨 나가 딱 그 애 얼굴 쪽으로 날아갔다. 그 애는 반사 신경이 좋아서 공이 코에 부닥치기 직전에 공을 잡았다.

"내가 한번 던져 봐도 돼?"

내가 대꾸하지 않자 그 애가 공을 던졌고 공이 골대 안으로 들어갔다.

"우리 오빠랑 가끔 하거든."

그 애는 그렇게 덧붙였다.

아빠랑 공을 던질 때는 골을 넣은 사람이 다시 공을 가져간다. 그래서 난 공을 다시 그 애에게 넘겼다. 그 애가 또 공을 던졌다. 또 던지고 또 던지고 또 던졌다.

내 기억 속의 그 애는 수십 번이나 공을 던진 다음 나에게 공을 돌려준다. 그 애는 우리 집 뒤뜰을 떠나지 않는다. 우리 둘은 몇 년이 지나도록 함께 공을 던진다.

시즌 전

"때론 도무지 알 수 없는 의문이 든다.
내가 미친 것일까, 사람들이 미친 것일까?"
　　　　　알베르트 아인슈타인

1

고등학교 마지막 학년이 시작되기 일주일 전, 에린은 연습용 농구 셔츠를 입고 있다. 소매 사이로 검은색 스포츠브라가 보인다. 좀 섹시하다. 적어도 내 눈엔.

나는 쳐다보지 않으려고 애를 쓴다. 게다가 지금은 우리 가족과 함께 아침 식사를 하는 중이다. 그런데 에린이 몸을 앞으로 기울여 포크를 입으로 가져갈 때마다 오른쪽 소매가 벌어지면서 작은 가슴의 모양이 고스란히 보인다.

그만 좀 쳐다봐! 나 자신을 타이르지만, 어쩔 수가 없다.

달걀과 소시지로 아침을 먹으며 주고받는 말이 하나도 들리지 않는다.

내가 빤히 보는 걸 아무도 눈치채지 못한다.

내 여자친구는 카리스마가 넘치고 정말 예쁜 아이다. 아빠와 할아버지는 에린이 집에 오면 나 같은 건 안중에도 없다.

두 사람 다 나처럼 에린만 바라본다.

우리가 자리에서 일어서서 나가려고 하자 다리가 없는 할아버지가 휠체어에 앉아 고함을 지른다.

"너희는 이 동네에 몇 안 남은 우리 아일랜드인의 자랑이 되어야 한다!"

아빠도 말한다.

"그저 최선을 다하면 돼. 이렇게 긴 경주에서는 결국 노력이 재능을 이긴다는 걸 잊지 마라."

아빠가 한 말은 아빠 자신의 좌우명이기도 하다. 하지만 아빠는 결국 홀아비가 되었고, 야간에 다리에서 통행료 걷는 일을 한다. 그건 재능도 성실함도 필요 없는 일이다.

아빠는 할아버지 문제로 인해 무척 따분한 인생을 살아왔다. 그래도 이 장거리 경주에서 내가 노력으로 성공할 수 있다고 말할 때면 아빠 눈에 희망이 어린다. 그래서 나는 아빠를 위해, 물론 나 자신을 위해서도, 최선을 다하려고 노력한다.

아빠가 내 경기를 지켜보는 날들, 바로 그때가 아빠의 인생 전체에서 가장 행복한 날들일 것이다. 내가 농구를 사랑하는 이유 중 하나가 바로 이거다. 농구는 내가 아빠를 행복하게 해 줄 수 있는 기회다.

내가 경기에서 잘한 날이면 아빠는 눈물을 흘리며 내가 자랑스럽다고 말한다. 그러면 내 눈에서도 눈물이 난다. 할아버지는 그런 우리를 보면서 계집애들 같다고 놀린다.

"이제 갈까?"

에린이 말한다.

그럴 생각은 아니었는데, 에린의 얼굴과 아일랜드 토끼풀 같은 초록색 눈동자를 바라보노라니 오늘 저녁에 키스할 생각이 난다. 몸이 뻣뻣해진다. 나는 재빨리 머릿속을 비운다.

지금은 연애나 하고 있을 때가 아니다. 강해져야 할 때다. 농구 시즌이 이제 겨우 두 달 앞으로 다가왔다.

여기서 잠깐 알려 둘 사실이 있다. 내 별명은 '흰토끼'다.

점심에 구내식당에서 당근 요리가 나올 때마다 테럴 패터슨이 내 뒤로 몰래 다가와서 "흰토끼에게 밥 주자!" 하고 소리치며 자기 당근을 내 식판에 버리는 장난을 친다. 그러면 다들 그짓을 따라 하게 되고, 결국 내 앞엔 거대한 주황색 당근 산이 생겨난다.

지난봄에 시작된 일이다.

처음엔 돌아 버리는 줄 알았다. 인간들이 줄줄이 지나가면서 자기들이 먹기 싫은 걸 내 식판에 버렸다. 몹시 비위생적인 데다가 난 밥을 다 먹지도 않은 상태였다.

그때, 농구 시즌이 아닐 때면 식당에서 내 옆자리에 앉는 에린이 돌연 내 접시에 쌓인 당근을 먹어 치우기 시작했고 고맙다는 인사까지 해서 결국은 그 녀석들을 어리둥절하게 만들었다.

에린은 진짜 정신 나간 사람처럼 계속 이렇게 말했다.

"맛있네! 누가 당근 좀 더 주지 않을래?"

결국 다들 내가 당한 꼴 때문이 아니라 에린을 보고 웃어댔다. 난 원래 당근을 좋아하니까 좀 먹었다. 에린의 작전이 먹혀들고 있었으니까.

내가 그놈의 주황색 채소를 먹는다고 녀석들이 웃어대든 말든 상관없다. 난 너희보다 시력이 좋아질 테다, 라고 생각했고 그렇게 넘어갔다.

문제가 있다면 그 장난질이 매주 반복되었다는 거다. 정말이지 하나도 재미없었다. 여름방학 동안 그 인간들이 당근 장난질을 까먹었길 바라지만, 글쎄다.

나는 백인이다. 우리 학교에 백인은 몇 명밖에 없다. 내가 토끼를 닮기도 했다. 영화 「8마일」에서 에미넘이 맡은 역할의 별명이 'B 토끼'다. 에미넘은 세상에서 제일 유명한 백인 래퍼다. 잘 보면 내가 에미넘하고 닮기도 했다.

하지만 그 녀석들이 나를 '흰토끼'라고 부르는 주된 이유는 학교 수업에서 읽은 존 업다이크의 그 우울하기 짝이 없는 소설 때문이다. 한때 날리는 농구 선수였던 '토끼'라는 백인 아이가 커서 비참한 인생을 산다는 내용이다. 난 날리는 선수는 아니지만, 우리 학교 농구팀의 유일한 백인이긴 하다.

우리 팀 센터이자 나와 〈고급 영어〉 수업을 함께 듣는 웨스가 팀 선수들에게 존 업다이크의 그 소설 이야기를 했다. 전부는 아니고, 우스꽝스러운 이름을 가진 백인 농구 선수가 있더라는 부분만.

그때 이후로 우리 팀원들이 나를 '흰토끼'라고 부르기 시작했다. 그 별명이 들러붙어서 이젠 동네 사람들도 나를 흰토끼라고 부른다.

3

    에린과 나는 차고에서 농구공을 가지고 나와 뒤뜰의 골대에 자유투를 각각 100개씩 던진다. 이번이 우리가 고등학교에서 맞는 마지막 농구 시즌, 즉 마지막 기회다. 죽어라 연습하는 수밖에 없다.

    경기 중 상황과 똑같이 한 번에 두 개를 던지고 리바운드를 하려고 서로 박스아웃을 한다. 에린은 100번 중 88번, 난 100번 중 90번을 성공한다.

    다음으로 우리는 공을 몰면서 5마일을 달린다.

    첫 1마일은 오른손 드리블을 하며 오셔 거리를 따라 달린다. 우리 할아버지 이처럼 칙칙한 색깔에 여기저기 부서진 채로 줄줄이 서 있는 연립주택을 지나면 학교가 나온다. 잡초가 레인을 뚫고 자라나 있는 누더기 같은 트랙에서 나머지 4마일을 달린다. 각각 왼손 드리블, 크로스오버 드리블, 비하인드 백 드리블

등을 하며 한 바퀴씩 돈다. 우린 농구의 규칙 안에서 가능한 모든 종류의 드리블을 열심히 연습한다.

우리 학교 남녀 농구 선수들은 다들 미식축구팀이나 응원단에도 속해 있다. 그 팀들은 트랙 옆 필드에서 연습하는데 이렇게 이른 아침엔 연습이 없다. 에린은 치어리더 유니폼 같은 건 입기 싫어하고, 난 두 가지 이상의 운동을 제대로 해낼 재능이 없다. 그도 그렇지만 난 내 전부를 농구에만 바치고 싶다.

연습이 끝나면 둘 다 땀투성이가 된다. 에린의 얼굴에 금발 가닥이 붙어 있고 작고 귀여운 두 귀가 발개져 있다. 난 에린이 운동복을 벗고 스포츠브라만 입고 있을 때가 정말 좋다. 에린의 배꼽은 아름다운 수수께끼 같다.

오늘도 관리인이 제시간에 나오지 않아서 우린 학교 문이 열릴 때까지 잠시 앉아 휴식을 취한다. 근육이 따뜻해져서 몸이 나른하다.

우리는 말을 많이 하지 않는다.

에린은 내가 아는 사람 중에 말을 많이 하지 않아도 괜찮은 몇 안 되는 사람 중 하나다. 나는 말하는 걸 별로 좋아하지 않는다. 그런 점에서 우린 참 잘 어울린다. 내가 말을 더듬거나 그러는 건 아니다. 그저 말을 많이 하지 않는 편을 선택한 것뿐이다.

우린 잠깐 풀밭에 말없이 앉아 있다.

에린이 묻는다.

"우리 여자팀, 올해도 주 대회에서 우승할 수 있을까?"

에린이 올해도 잘해야 한다는 압박을 느끼고 있는 것이 내게 전해진다.

지금 에린은 자신이 팀을 이끌고 다시 한 번 주 대회에서 우승할 정도로 잘하고 있는 건지 묻는 거다. 함께 팀을 이끌던 주전 케이샤 파월은 작년에 졸업해서 지금은 테네시 레이디 발런티어에서 뛰고 있다. 현재 팀원 중엔 에린 실력의 절반이라도 갖춘 선수가 하나도 없다.

에린의 이마에 걱정 주름이 생긴다. 나는 열렬히 고개를 끄덕이고 빙긋 웃어 보인다. 에린은 우리 주 여학생 선수 중 최고일 것이다. 절대 과장이 아니다.

우리 팀 선수들은 가끔 못되게 굴면서, 물론 늘 못되게 굴지만, 에린에게 고추(실제론 다른 단어를 썼다)가 있었다면 난 딱 벤치 신세였을 거라고 놀린다. 썩 기분 좋은 이야기는 아니지만, 에린이 경기를 지배하는 모습을 보고 있으면 정말로 내 여친이 남자였다면 난 선발로 못 뛰겠구나 싶어진다. 에린의 실력은 그 정도다.

난 농구로는 어느 대학에서도, 심지어 3부 리그에서도 뛰지 못할 거다. 우리 팀에서 난 자리를 지키는 선수지 간판선수는 아니다. 그래도 괜찮다. 에린은 다르다. 좋은 대학팀에 가서 장학금을 받을 가능성이 충분히 있다. 내가 비시즌에도 이렇게 즐거운 마음으로 열심히 연습하고 훈련하는 이유가 바로 여기에 있다. 에린을 도와줄 수 있는 기회니까.

우리는 어떻게든, 물론 둘이 같이, 이 지긋지긋한 동네를 떠나고 싶어 한다. 그런 면에서 보면, 에린이 농구로 대학 진학을 하는 게 가장 실현 가능성이 높다. 우리는 늘 이곳 벨몬트를 떠나서, 우리 가족들의 과거에서 벗어나서 자유로워지는 날에 대해 이야기한다. 우리는 잘못된 선택으로 이곳에 처박혀 버린 사람을 너무 많이 보아 왔다. 에린의 오빠 로드라든가, 우리 할아버지라든가.

풀밭에 앉아서 에린의 귀여운 배를 보고 있자니 에린과 입을 맞추고 그 애의 복근을 위아래로 어루만지는 장면이 상상되기 시작한다. 나는 애써 할아버지의 넓적다리 바로 아래에서 끊어진 다리 꽁지를 떠올린다. 그러면 그 어떤 야릇한 생각도 다 사라지니까. 그 방법으로 순식간에 제정신을 차리는 것과 동시에 관리인이 체육관 문을 열고 우리에게 들어오라고 한다.

우리는 모든 종류의 전력 달리기와 슛 연습과 자유투 연습을 한다.

체육관을 나와 운동장으로 가서 20분 동안 계단을 뛰어 오르내린다. 가슴이 쿵쾅거리고 근육이 비명을 지르고 폐가 타 버릴 것 같다.

다시 체육관으로 돌아와 다른 종류의 슛 연습을 더 하고 있을 때 미식축구팀이 샤워를 하거나 물을 마시러 들어온다.

테럴 패터슨, 즉 당근 투척 주도자이자 미식축구팀의 주전 쿼터백이자 우리 팀의 간판 슈팅가드가 소리를 질러 댄다.

"요, 흰토끼, 점프슛은 뭐하러 연습함? 네가 골 넣냐? 착각하지 마셔! 넌 나한테 밥상이나 잘 차려 주면 돼. 말씀 끝."

나는 공을 던지다가 테릴을 향해 씩 웃어 보인다.

나는 포인트가드다. 골잡이들에게 공을 연결하는 게 내 역할이다. 지난 시즌에 테릴은 한 경기 평균 23득점을 기록했다. 난 수많은 어시스트로 녀석에게 밥상을 차려 줬다. 저 녀석이 날 친구로 생각하진 않겠지만 어쨌든 우리는 한 팀이고 난 녀석을 동지로 여기고 있다.

내가 선발 포인트가드로 뛴 지 2년이 된다.

테릴도 나에게 미소를 보내며 주먹으로 가슴팍을 두 번 치고 평화의 V자를 날린다.

"거기, 흰토끼 아가도 안녕?"

테릴이 에린에게 소리친다. 축구팀 선수들이 깔깔 웃는다.

에린이 테릴에게 인상을 쓰며 소리친다.

"누구더러 아가래, 테릴!"

"으악! 발끈하시긴. 무서워라!"

테릴의 말에 다들 또 낄낄대더니 이내 감독진을 따라 라커룸으로 들어간다.

테릴이 지나간 뒤 에린의 패스가 더 뻣뻣하고 날카로워진다. 기분이 상한 것이다.

점프슛 연습이 끝나자 에린이 성큼성큼 체육관을 나간다. 아직 다른 슛 연습이 남았는데도.

난 에린을 따라 경기장 아래 그늘로 들어가서 '괜찮아?' 하는 표정을 지어 보인다.

"아가라는 말, 내가 싫어하는 거 알지?"

에린 얼굴이 토마토처럼 빨개졌다. 이마에도 분노 주름이 잔뜩 잡혔다. 곧 주먹으로 벽이라도 칠 것 같다.

"내가 왜 화났는지 알아?"

입을 열었지만, 역시나 내 입에선 아무 말도 나오지 않는다. 무슨 말을 해야 할지 모르겠다.

"싫더라도 입을 열어야 할 때가 있어, 핀리."

맞는 말이다. 에린은 나에게 성격을 바꾸라고 하는 게 아니다. 다만 필요할 땐 자기 편이 되어 달라는 것뿐이다.

나는 눈을 무지하게 깜빡거리는 것으로 미안하다는 말을 대신한다.

에린이 한숨을 쉬더니, 싱긋 웃는다. 이마의 주름도 사라졌다. 가끔 난 에린이 나를 너무도 쉽게 받아 주는 것에 깜짝 놀란다.

"가자, 핀리. 슛 연습 끝내야지."

우리는 연습 일정을 끝낸 후 역기 운동을 한다. 좀 있으면 미식축구팀이 들이닥쳐 누가 벤치프레스를 제일 잘하는지 겨루며 단체로 끙끙댈 것이다.

4

　놀이터에서는 다들 반칙을 한다. 쓸데없이 슛만 날리고 플레이다운 플레이에는 신경도 쓰지 않는다. 에린과 나는 되도록 한 팀을 이루어 진짜 선수들이 연마해야 하는 헬프디펜스, 세트오펜스 같은 플레이를 연습한다.

　놀이터 농구파는 대부분 일은 안 하고 맨날 농구를 하는 어른들이지만, 우리는 거의 매번 쉽게 이긴다. 그래서 미움을 받는다. 난 말이 너무 없는 괴짜이고, 에린은 여자애니까.

　집에서 일곱 블록 정도밖에 떨어지지 않은 이곳에는 마약상들이 마을 법원 앞을 어슬렁거리고, 노인들이 둘러앉아 갈색 종이봉투 속의 술병을 기울인다. 놀이터를 에워싼 콘크리트 바닥엔 약병과 주사기가 널려 있다. 세상에서 가장 안전한 곳은 아니지만, 우린 에린의 오빠 로드에게 보호받는 몸이다.

　로드 형은 20대 후반이고, 포그스(The Pogues:1980년대 아일랜드의 펑크록, 발라드 그룹) 비슷한 아일랜드 민속 펑크 밴드에서 드럼을 친다. 들리는 말로는 거리에 나오진 않지만 약도 판다고 한다. 여기서 중요한 건 로드 형이 벨몬트 역사상 가장 예측 불가능하고 폭력적인 아일랜드 남자라는 소문이 자자하다는 거다. 동네 사람들은 형을 무서워한다. 무서워하는 게 당연하다.

고등학교 1학년 때 돈 리틀이라는 상급생 놈이 에린에게 꽂힌 적이 있었다. 그놈은 학교에서 에린을 쫓아다니면서 야한 말을 떠들어댔는데, 소름이 돋을 정도로 더러워서 차마 내 입에 담을 수 없는 것도 있다. 놈이 에린에게 외설적인 말을 하는 걸 들을 때마다 난 가슴이 빽빽해지고 주먹에 힘이 들어갔지만, 그때도 내 혀는 전혀 움직이지 않았다.

돈 리틀은 코카인에 손댔다가 소년원에 다녀왔기 때문에 4학년인데 열아홉 살이었고, 그때 에린은 겨우 열네 살이었다.

하루는 에린과 함께 집에 오는데 돈 리틀이 우리를 뒤따라왔다. 학교에서 꽤 멀어지자, 놈이 에린의 엉덩이를 움켜쥐고 정말로 더러운 소리를 했다.

놈은 마치 내가 그 자리에 없는 것처럼, 아니 나 따위는 상관없는 것처럼 굴었다. 나는 완전히 정신이 나가서 뭐라고 말을 하려고 했다. 그런데 내 입에서 나온 소리라곤 "이이그어어!"뿐이었다. 돈 리틀은 낄낄 웃더니 이렇게 말했다.

"저 찐따는 갖다 버려. 내가 진짜 남자 맛을 보여 주지!"

결국 난 놈에게 달려들었지만 내 주먹이 어딘가에 닿기도 전에 턱에 한 방을 맞고 쓰러져 버렸다.

퍼어어어어억!

털썩!

별이 번쩍번쩍!

두 다리가 공중을 날았고 하늘의 구름이 보였고 정신이 끊겼던 게 기억난다.

정신을 차려 보니 에린이 내 뺨을 치며 말하고 있었다.

"일어나! 눈 떠, 핀리! 눈 좀 뜨라고!"

에린은 코피를 흘리고 있었다. 따뜻하고 되직한 핏방울이 내 목으로 떨어져 내렸다.

"어떻게 된 거야?"

"내가 혼내 줬어."

"뭐?"

"네가 맞은 다음에 내가 그 자식 얼굴에 주먹질을 했어. 너무 열 받아서."

"너, 코."

"응. 그 자식, 내빼기 전에 운 좋게 한 대는 맞히더라."

"괜찮아?"

"넌 괜찮아?"

"괜찮은 거 같아."

"그럼 나도 괜찮아."

에린은 나를 일으켜 주고 집까지 바래다주었다. 난 에린에게 돈 리틀로부터 나를 보호해 준 일은 비밀로 해 달라고 부탁했다. 에린은 웃음을 터뜨렸다.

"나쁜 놈 혼내 주는 여친은 자랑스럽지 않구나?"

나는 대답 대신 보도에 토했다. 순식간에 속이 편안해졌다.

그날 밤, 에린의 오빠 로드가 우리 집에 찾아왔다. 오랜만에 보는 얼굴이었다. 형은 집에서 나가 살고 있었으니까.

형은 그동안 역기 운동을 열심히 해서 전문 보디빌더 느낌이 났다. 해골이 그려진 딱 붙는 티셔츠를 입고, 검은색 닥터 마틴 부츠의 하얀 끈이 보이게끔 블랙진의 바짓단을 걷어 올렸다. 머리칼은 바싹 깎았고 양팔에 켈트 무늬 문신이 가득했다.

로드 형이 아빠를 보고 말했다.

"맥마너스 씨, 동생과 둘이 얘기 좀 나눠도 될까요?"

"둘이? 난 얘 아빠야."

"이유는 아실 텐데요."

두 사람은 몇 초간 서로 노려보았다. 이윽고 형이 말했다.

"전 아저씨 가족에 대해 잘 이야기해 주고 있어요. 하지만 사람들은 잊지 않아요."

아빠 얼굴이 창백해졌다. 아빠의 관자놀이 부근 흰머리가 땀에 번들거리는 걸 보니 내 속이 메스꺼워졌다.

"시끄러운 일은 싫은데."

"그러니까 몇 분이면 됩니다. 아드님은 착한 아이예요. 그럼요. 전 도움을 주려는 것뿐입니다."

놀랍게도 아빠는 정말로 자리를 떠나 문을 닫고 들어갔다.

로드 형은 무슨 일이 있었는지 물었고 난 기억나는 대로 말했다. 형은 내 뒷머리를 잡고 조심스럽게 내 이마를 자기 이마 쪽으로 끌어당겨 눈썹이 서로 닿게 했다. 형이 눈을 끔뻑일 때마다 속눈썹이 서로 스쳤다. 숨결에 섞인 눅눅한 술 냄새가 면도날처럼 예리하게 느껴졌다.

"오늘 이후로는 말이다, 동생아, 다시는 이 동네의 그 누구도 너와 내 동생을 건드리지 못할 거야. 내가 약속한다."

다음 날 아침, 돈 리틀이 마을 농구장에서 의식을 잃은 채로 발견되었다. 온몸이 부어오르고 멍들어 있었다. 꼰 머리가 다 잘려 나가고 머리칼도 바싹 깎여 있었다. 듣기로는 목 언저리에 '난 여자 때리는 새끼'라는 문구도 있었다고 한다.

경찰이 조사에 들어갔지만, 돈 리틀도 그 누구도 모두가 알고 있는 그 사실에 대해 한마디도 하지 않았다. 이 동네 사람들은 경찰에게 꼰지르지 않는다.

돈 리틀은 학교에서 쫓겨났고 얼마 안 있어 마을을 떠났다. 그 후론 벨몬트의 그 누구도 에린에게 손가락 하나 대지 못했다. 그런 사정으로 우리는 마을 법원 앞에서 길거리 농구를 해도 그곳을 어슬렁거리는 범죄자들에게 괴롭힘을 당하는 일이 없다. 물론 로드 형이 없다면 다른 취급을 받았을 것이다. 생각하면 좀 서글픈 일이다.

5

우리는 에린의 집(빛바래고 너덜거리는 노란색 차양이 달린 벽돌 연립주택이다)에 도착한다. 에린은 샤워만 하고 곧 건너오 겠다면서 내 입술에 뽀뽀를 하고 덧문 뒤로 사라진다.

난 오셔 거리를 따라 집까지 한 블록을 뛴다.

우리 동네는 우중충한 잿빛에 쓰레기투성이다. 그래도 여기 집들은 다 사람이 사니까 아주 망한 건 아니다. 근처의 다른 블 록들에 비하면 무척 멀쩡한 편이다.

길을 건너 집으로 가는데 윌킨스 감독님의 구형 포드 트럭이 우리 집 앞에 세워져 있는 게 보인다.

감독님이 나를 만나러 왔다가 지금 우리 집에 할아버지와 단 둘이 있다는 얘기다. 할아버지는 가끔 낮에도 취해서 은밀한 가 족사를 떠벌리곤 한다. 그럴 땐 다른 사람, 특히 감독님은 절대 몰랐으면 하는 이야기까지 마구 쏟아낸다.

나는 집까지 전속력으로 달려가 외친다.

"감독님?"

"핀리, 나 여기 있다. 소리는 왜 질러?"

감독님이 여름용 양복을 입고 있다. 넥타이와 구두는 생략했지만. 왜 저렇게 차려입었지?

감독님은 거실 소파에 앉아 있고 그 옆에 할아버지 휠체어가 있다. 다행히 할아버지는 비교적 멀쩡해 보인다.

"윌킨스 감독님이 글쎄 너에게 저녁을 사 주고 싶다는구나."

할아버지는 러닝셔츠 차림이다. 군복 바지는 다리 꽁지 밑에 핀으로 고정했다. 귀 뒤로 넘긴 흰머리가 어깨까지 닿는다. 멋져 보이려고 기른 게 아니라 이발소에 가기가 귀찮아서 그렇게 된 거다. 할아버지 가슴팍엔 할머니의 초록색 묵주가 V자로 걸려 있고 툭 튀어나온 배꼽 바로 옆에 예수님이 까만 십자가에 매달려 있다.

"아, 실은 아는 분 댁에 같이 가려고요."

감독님이 내가 땀투성이인 걸 보고 이렇게 덧붙인다.

"오늘 연습을 꽤 열심히 했나 보구나."

"에린 퀸하고 함께 하지요. 저 녀석 여자친구랍니다."

"에린은 훌륭한 농구선수이고 훌륭한 학생이지요. 그래, 어떠냐, 핀리?"

감독님이 나를 '흰토끼'라고 부르지 않는 게 좋다. 우리 팀 선수들이 온갖 수를 써서 감독님이 그 별명을 부르게 하려는 걸 생각하면 더더욱 그렇다.

감독님이 말한다.

"나하고 같이 저녁 먹으러 가겠니?"

난 고개를 끄덕인다. 난 감독님이 하자고 하는 건 뭐든 한다. 우리 감독님이니까.

"그럼 가서 샤워부터 해라. 자세한 이야기는 가는 길에 하자. 깨끗하게 입고 나오고."

"그 전에 나 좀 도와주렴."

난 할아버지 휠체어를 욕실로 밀고 가 잽싸게 할아버지가 기저귀 가는 걸 도와준다.

거실로 돌아오니 아빠가 있다(아빠는 낮에 자고 밤에 일한다). 아빠와 감독님은 농구 이야기를 하며 웃고 있다. 나는 두 사람 옆에 할아버지 휠체어를 세운다.

"어여 서둘러."

할아버지 말에 나는 계단을 뛰어 올라간다.

샤워를 하는데 감독님하고 어디에 가는 건지 궁금증이 인다.

그동안 감독님은 나한테 저녁을 먹자고 한 적도 없었고, 지금까지 딱 두 번 우리 집에 왔다. 내가 맞았을 때랑 2학년 때 발목 부상을 당했을 때.

감독님이 오늘 저녁에 날 어디로 데려갈지 감도 잡히지 않지만 무척 기대된다.

6

 나는 검은색 바지와 목깃에 단추 세 개가 달린 연푸른색 셔츠를 입었다. 감독님과 내가 현관을 나갈 때, 아빠는 문간에 서서 예의 바르게 잘하고 오라고 당부한다. 아빠는 피곤하면서도 집에 손님이 와서 행복해하는 표정이다. 할아버지와 나 말고 다른 사람이 왔을 때 나오는 표정이다.

 에린이 아직 젖은 머리를 하고 우리 집 쪽으로 걸어온다. 화려한 색의 여름 원피스를 입고 있다.

 감독님과 에린이 인사말을 나눈다.

 "이 친구 몇 시간만 빌려도 되겠니?"

 "그럼요."

 말은 그렇게 하지만, 내 얼굴을 살피는 표정을 보니 약간 실망한 것도 같고 어리둥절하기도 한 모양이다. 나도 무슨 일인지 모르겠다는 뜻으로 어깨를 움츠린다. 나도 에린과 시간을 보내고 싶지만 우리는 매일 저녁 본다. 또, 감독님이 집으로 찾아왔다는 건 뭔가 중요한 일이 생겼다는 뜻이란 걸 에린도 잘 안다.

"감독님, 핀리 언제 돌려주실 거예요?"

"아홉 시쯤 돌아올 거야."

"그럼 이따 봐."

에린은 이렇게 말하고 집으로 걸어간다.

"에린 같은 친구가 있는 건 행운이야."

트럭에 올라 안전띠를 매면서 감독님이 말한다.

"사람에게는 친구가 필요하다. 진정한 친구. 에린과 너처럼."

엔진이 부르릉 켜지고 얼굴에 에어컨 바람이 불어온다. 정말 상쾌하다. 그런데 감독님이 차를 몰지 않는다.

감독님 표정은 언제나처럼 어둡고 강렬하다. 그런데 지금 감독님은 계속 침을 삼키고 있다. 목젖이 오르락내리락한다. 뭔가 문제가 있다는 얘기다.

"내가 늘 하는 말, 기억하나? 농구는 우리에게 인생을 가르쳐 준다. 승부나 개인 성적보다도, 경기 자체보다도 더 중요한 가르침을 준다. 우리는 코트에 나가 인생을 배운다. 그게 농구에서 가장 중요한 부분이다. 맞나?"

"맞습니다."

감독님은 늘 그렇게 말해 왔다.

"올해 넌 정말 많은 것을 배우게 될 거다, 핀리."

감독님 말에 기분이 좀 이상해진다. 마치 뭔가를 예언하는 것만 같다. 오늘 저녁 식사는 내가 생각했던 것보다 훨씬 더 중요한 자리인 것 같다.

나는 감독님 얼굴을 보고 두 눈에서 생각을 읽어 내려고 한다. 자포자기, 좌절감, 깊은 피로감. 이 동네에 너무 오래 살고 있는 사람들 눈에서 발견되는 것들이 보인다.

"일이 좀 생겼다. 핀리, 난 널 믿는다. 오늘 저녁, 넌 많은 이야기를 듣게 될 거야. 그리고 그 모든 것을 비밀로 지켜 주었으면 한다. 이제부터 내가 하는 이야기는 누구에게도 해서는 안 돼. 아버지나 할아버지, 에린에게도. 팀원에게도. 특히나 학교 아이들에게는 절대로. 이 일을 일급비밀로 해 줄 수 있겠나?"

감독님이 대체 무슨 이야기를 하려는 건지 짐작도 안 간다.

심장이 미친 듯이 고동친다. 이젠 나도 침을 삼켜대고 있다.

나는 비밀을 지키겠다는 뜻으로 고개를 끄덕인다.

"좋아. 혹시 러셀 앨런이라는 이름 들어 본 적 있나?"

난 고개를 젓는다.

"비밀로 지켜 줘야 할 이야기는 이렇다. 러셀 앨런은 로스앤젤레스에서 세 시즌을 뛰었고, 특히 작년엔 전국적으로 이름을 날렸어. 간단히 말해, 전국 대학에서 가장 탐내는 선수 중 하나다. 열일곱 살에 벌써 몸이 프로 선수 급이야. 경기 영상을 봤는데 지금 당장 NBA에서 뛸 수 있는 실력이더구나. 키 196센티미터에 모든 플레이가 가능한 포인트가드. 영리한 선수다. 공격을 운영할 줄 알고, 리바운드 능력도 있고. 몸싸움에서도 밀리지 않아. 수비는 내가 이제까지 본 고교 선수 중 최고야. 더 대단한 건 대학수능시험에서 거의 만점을 받았고, 3년간 농구 시즌 전 경기를 뛰면서도 평점 4.0을 유지했다는 거야. 중요한 활동도 다 참여하고. 학교에서도 문제 한 번 일으키지 않고 잘 지냈어. 태도도 성실하고. 이 나라 모든 대학에서 탐내고 있는 선수다."

감독님이 앨런이라는 선수를 사랑하는 건 잘 알겠다. 그런데 왜 이런 이야기를 나에게 하는 걸까. 나라 저 반대편에서 뛰고 있는 선수 이야기를. 그리고 이 이야기의 어느 부분이 비밀이라 는 걸까.

"혹시 저쪽 포터 거리에 사는 앨런 부부를 알고 있나? '술꾼 들'이라는 선술집 옆집인데."

"아니요."

난 그쪽 동네엔 가지 않는다. 거긴 아일랜드인이 하나도 없다.

"그분들이 러셀 앨런의 조부모님이다. 나와 친분이 있는 분들 이지. 옛날에 러셀 아버지가 나와 함께 농구를 했어. 그 친구는 길을 바꿔 꽤 유명한 재즈 뮤지션이 되었지. 색소폰 주자였어. 그러다 로스앤젤레스로 가서 영화음악 만드는 일에 뛰어들었 어. 그쪽에서도 꽤 성공해서 아들을 가장 좋은 사립학교에도 보 내고. 그렇게 잘 살고 있었는데……."

감독님은 운전대를 아주 세게 쥔 채 연신 입술을 핥고 있다.

감독님이 이렇게까지 초조해하는 모습은 처음 본다.

"지난 2월, 내 친구 러셀과 그의 아내가 살해당했다."

살해라는 말이 귀에 콱 박힌다. 갑자기 누가 내 목구멍에 억지로 손가락을 집어넣으려고 하는 것 같다. 기침이 나기 시작한다. 감독님 이야기는 멈추지 않는다. 내 머리는 몇 분이 지나서야 나머지 이야기를 알아듣는다.

"당장 자세한 것까지 알 필요는 없어. 다만 그 사건이 아들 러셀에게 무척 심각한 영향을 미쳤지. 러셀은 외상 후 스트레스 장애를 겪는 청소년 시설에서 좀 지냈어. 여기 사는 앨런 부부가 그 애의 가장 가까운 친척이야. 그분들은 심각한 문제를 겪고 있는 십대 아이를 맡는다는 게 썩 내키지 않지만, 러셀 본인이 그러고 싶다고 해서 내년에 대학에 갈 때까지 손자를 돌보게 됐다."

문득, 러셀이 우리 팀에서 뛸 가능성이 있다는 걸 깨닫는다. 감독님은 지금 살인사건 후유증을 겪는 아이에 대해 이야기하고 있는데, 부끄럽게도 난 당장의 내 선발 자리가 걱정된다. 마치 나한테 암이 있으니 몸의 일부(선발 포인트가드라는 부분)를 제거해야 할지도 모른다는 이야기를 듣고 있는 것 같다.

"그럼, 그 선수가 우리 팀에서 뛰게 되나요?"

"당연히 그렇게 되겠지. 하지만 지금 우리가 주목해야 할 건 그 애의 정신 건강이야. 그 앤 몇 달간 공에 손도 대지 않았어. 그런 일이 있었으니 머리가 이상해지는 것도 당연하지. 재능을 타고난 사람은 그 재능을 써야 하는 법이다. 또, 그 많은 대학들이 안달을 내고 있는데 러셀을 시즌 내내 벤치에 앉혀 둬서도 안 될 일이고. 하지만 이런 일은 한 번에 하나씩 차근차근 해결해야 해. 그래서 러셀은 어머니의 옛날 성으로 우리 학교에 등록할 거다. 앨런 부부는 손자가 과거를 극복하기 전까지는 대학 스카우트나 감독들이 귀찮게 하지 않길 바라거든. 농구계에선 그 애가 이곳에 온 걸 몰라. 무엇보다 지금은 러셀 본인이 농구에 관심이 없어. 내 말 알겠나?"

내가 왜 이 트럭에 타고 있는지 모르겠다.

아무것도 모르겠다.

"앨런 부부에게 우리 학교는 좀 힘들 테니 사립학교에 보내는 게 낫겠다는 말씀도 드렸지. 특히 그 애가 엄청난 재산을 물려받았다는 점이 걸려서. 하지만 두 분은 당신들 손자가 올해 우리 팀에서 뛰길 바라고 있어. 아마 나와의 친분 때문이겠지. 손자가 겪은 일을 생각하면 낯선 사람 손에 맡기고 싶지 않을 테고. 그래서 러셀은 러스 워싱턴이라는 이름으로 우리 학교에 전학 올 예정이다. 캘리포니아의 사립학교와는 비교할 수도 없는 우리 학교에. 러셀의 진짜 정체를 아는 사람은 학교 측과 그 애 생활담임, 나, 그리고 이제 너까지다. 알겠나?"

무슨 말을 해야 할지 모르겠다. 정말 모르겠다.

"러셀에게 우리 학교가 얼마나 특이한 곳인지 잘 아는 친구가 있으면 조금은 쉽게 적응할 수 있지 않을까 싶은데."

이제야 내 역할이 뭔지 알 것 같다.

"질문이 있는 표정이군, 핀리. 있으면 해 봐."

난 앨런 부부가 흑인만 사는 동네에 사는 걸 알면서도 이렇게 묻는다.

"그럼 감독님, 러셀이 백인이라는 말씀이에요?"

"피부색이 궁금해?"

감독님은 늘 자기는 피부색 따윈 따지지 않는다고 말하지만 그건 정치적으로 올바른 말에 불과하다. 감독님은 상대 팀의 피부색에 따라 작전을 완전히 다르게 짠다. 농구에서는 흑인 팀과 백인 팀의 플레이 스타일이 다르다면서. 틀린 말은 아니다.

내가 아무 말이 없자 감독님이 말한다.

"러셀의 피부색은 나와 거의 비슷하다고 할 수 있지."

"그런데 왜 저입니까?"

"너희 둘이 잘 어울릴 거라는 예감이 들었다고 해 두지. 그리고 우리 팀에서 죽은 내 친구의 아들을 도울 만한 학생은 너밖에 없는 것 같았다."

난 침을 꿀꺽 삼킨다.

마음 한편으론 그냥 집에 가서 에린과 함께 있고 싶지만, 또 한편으론 호기심이 일고 뿌듯하기도 하고 조금은 긴장되기도 하고, 동시에 별별 기분이 다 든다.

감독님은 기어를 넣더니 마을을 가로질러 앨런 부부 집으로 차를 몬다.

7

감독님이 차를 세우고 말한다.

"한 가지 더."

감독님은 당장 화장실에 가지 않으면 안 될 것 같은 이상한 표정을 짓고 있다. 아무튼 엄청 거북해 보인다. 양손으로는 운전대를 부서져라 붙잡고 있다.

"현재 러셀은 러셀이라는 이름으로 살고 있지 않아."

감독님은 차의 앞 유리만 내다보며 말을 잇는다.

"지금 러셀은 보이21이라는 이름을 쓴다."

농담이 아니라는 뜻인지, 감독님은 고개를 몇 번 끄덕인다.

"왜요?"

나는 내 등번호가 21번이라는 사실을 떠올리며 묻는다.

오늘 저녁, 이보다 더 이상한 이야기가 나올 수 있을까?

"시설 관계자들도 그렇고, 정신과 의사도 그렇고 다들 본인의 바람을 존중하는 의미에서 보이21이라는 이름으로 부르길 권했다는구나. 지금 앨런은 자기가 처한 환경을 그런 사소한 방법으로라도 통제할 필요가 있다고 하고. 난 정신 치료에 대해서는 아는 바가 없지만, 그 애에게 일어난 일을 생각하면 곁에 마음씨 좋은 친구가 있으면 좋을 것 같았다. 그래서 이런 일을 만든 거야. 오늘 저녁 우리는 그 애를 보이21이라고 부르면서 학기가 시작되기 전까지 그 애가 '러스'로 돌아오도록 도와야 해."

난 고개를 끄덕인다.

하지만 이내 다르게 반응하는 내가 떠오른다.

내가 마음씨가 좋다고요? 말도 별로 없는 데다 진짜 친구라고는 에린밖에 없는 내가 그런 애의 친구가 될 수 있다고요? 내 등번호를 그 녀석이 갖겠다고요?

감독님 눈썹이 이마 거죽을 밀어 올려 주름을 만든다. 이제 감독님은 5초에 한 번씩 침을 삼키고 있다. 감독님이 내 어깨에 손을 올리고 말한다.

"이건 죽은 내 친구에 대한 나의 의리다. 핀리, 앞으로 일이 어찌 되든 오늘 함께 와 줘서 고맙다. 넌 착한 아이야. 오늘은 한번 만나 보기만 하자. 영 안 되겠다 싶으면 없었던 일로 하고. 알겠나?"

"알겠습니다."

"좋아. 들어가자."

우리는 트럭에서 내린다.

앨런 부부네 거리는 내가 사는 거리보다 훨씬 더 끔찍하다. 보도에 깨진 유리병과 햄버거 포장지가 굴러다니고, 몇몇 집은 문이 판자로 막혀 있고, 거의 모든 건물에 그래피티로 욕이 쓰여 있다. 그래도 앨런 부부의 집은 꽤 깔끔한 편이다. 잔디도 깎여 있고, 관목도 손질되어 있고, 집 자체도 관리가 잘 되어 있고 분위기도 좋다. 게다가 최근에 칠을 새로 했다. 벨몬트에서는 보기 드문 모습이다.

감독님이 초인종을 누르자 곧 백발의 부부가 나온다.

"티머시! 와 줘서 고마워요."

검은 옷을 입은 할머니가 두 팔로 감독님의 목을 감싸 안자 감독님이 몸을 굽힌다.

"제가 고맙지요, 앨런 부인."

회색 양복 차림의 앨런 씨는 감독님과 무척 정중하게 악수를 하고 이렇게 말한다.

"장례식 때 자네가 해 준 말, 정말 고마웠네. 자네는 시인이고 좋은 친구이고 따뜻한 영혼일세."

"진실을 말했을 뿐인걸요."

갑자기 모두의 눈에 물기가 어린다.

"이 아이가 핀리 맥마너스입니다. 제 팀에서 가장 훌륭한 선수 중 하나지요. 좋은 분들이시다. 걱정할 것 없어."

난 감독님 소개에 약간 당황한다. 좀 뿌듯하기도 하다.

앨런 씨가 나를 보고 말한다.

"와 줘서 고맙다."

앨런 씨는 내가 백인인 걸 알고 깜짝 놀랐을 것이다.

난 그러려니 한다. 나 같아도 놀랐을 테니까.

나 역시 감독님이 이 일에 나를 선택한 데 놀랐으니까.

나는 정신과 의사도 아니고, 앨런 가족과 통하는 구석도 별로 없다. 저분들은 내가 손자와 친구가 될 수 없을 거라고, 오히려 그 애가 이곳에 적응하는 데 걸림돌이 될지 모른다고 생각하는지도 모른다. 내 생각도 그렇다.

백인을 절친으로 둔 흑인이 벨몬트엔 그리 많지 않다. 너무 노골적인 말일지 몰라도, 때로는 솔직하게 생각해야 모두가 편해지는 법이다.

앨런 부인이 말한다.

"들어오렴."

집 안에 에어컨이 돌아가고 있다.

구석구석에 예수님 그림이 걸려 있다. 양들을 껴안고 있는 예수님. 뜰에 있는 예수님. 자줏빛 예복을 입은 예수님. 가구들은 하나같이 오래되었지만, 내가 지금까지 본 집 중 가장 깔끔하다. 나무로 된 물건은 모두 반들반들 윤이 나고, 바닥 깔개는 보송보송하고 깨끗하다. 그림 액자는 손으로 쓱 훑어도 먼지 한 톨 없을 것 같다. 내가 사는 남자들 소굴에 비하면 여긴 박물관 수준이다.

감독님 옆 소파에 앉자 앨런 부인이 레모네이드를 건넨다.

"러스는 어디에?"

감독님이 묻는다.

"위층 제 방에 있네."

앨런 씨가 말한다.

"밑으로 내려오게 할 수가 없네. 자네가 온다고 말은 했는데, 왜 알잖은가."

앨런 씨가 목소리를 낮춘다.

"사회 복지사가 아직은 아이를 압박하지 말고 새로운 환경에 적응하도록 놔두라고 해서, 그래서…….."

"네가 올라가서 만나 보지 않겠니?"

앨런 부인이 나를 보고 그렇게 제안한다.

작고 마른 분이지만, 눈빛은 강렬하다. 꿰뚫어 보는 것 같다. 난 그냥 고개를 끄덕인다. 어른이 뭘 부탁하면 늘 그렇게 한다. 할아버지와 아빠가 날 그렇게 가르쳤다.

"애들끼리 만나게 하는 것도 좋겠지."

앨런 씨는 마음속 예상을 숨기려는 듯 좀 지나치게 희망적으로 말한다. 아니면, 내가 과대망상에 빠져 있는 걸까.

"그럴래, 핀리?"

감독님이 다시 한 번 내 어깨에 손을 얹으며 말한다.

난 고개를 끄덕인다.

훌륭한 농구 선수는 감독 말을 따른다. 우리 감독님처럼 뛰어난 감독의 말이라면 더욱 그래야 한다.

앨런 부인이 말한다.

"올라가서 왼쪽으로 두 번째 방이란다."

나는 잔을 받침에 내려놓고 일어선다.

"자네, 그 애의 우주 집착증에 대해서도 설명해 줬나?"

앨런 씨가 감독님에게 묻는다.

내가 의문스러운 눈길을 보내자 감독님이 말한다.

"올라가 봐라, 핀리. 가볍게 인사하는 거야. 알겠지?"

지금 이 일이 우주하고 무슨 관련이 있는지 모르겠지만, 감독님 눈이 앨런 부부 앞에선 아무것도 묻지 말아 달라고 말하고 있다. 그래서 난 묻지 않는다.

거실을 가로질러 계단을 올라가는데 어른들이 나를 쳐다보는 게 느껴진다. 어른들의 시야를 벗어난 뒤엔 발걸음을 늦추고 2층으로 이어진 벽에 걸린 사진들을 찬찬히 들여다보며 이 어리둥절한 상황을 헤아려 본다.

앨런 부부의 젊었을 적 흑백사진들이 있다. 벨몬트의 여러 모퉁이가 찍혀 있다. 자동차나 옷 입는 스타일은 구식이지만, 우리 동네는 예전이 더 깨끗하고 안전해 보인다.

오래된 결혼식 사진에 신랑 측 들러리를 선 감독님이 보인다. 엄청 큰 아프로 머리(고수머리 그대로 크게 부풀린 흑인의 둥근 머리 모양)에 연푸른색 턱시도를 입었다. 어른이 아니라 내 또래에 가깝다. 빙긋 웃음이 난다.

보이21의 사진이 시작된다. 아기 적부터 지금까지의 사진이 죽 이어져 있다.

부자는 부자인 모양이다. 학교에서 찍은 사진엔 비싸 보이는 옷을 입고 있고, 부모와 함께 외국에서 찍은 사진들도 있다. 에펠탑 앞에서 찍은 것도 있고, 이탈리아의 그 기울어진 탑 앞에서 찍은 것도 있다. 심지어 이집트의 진짜 피라미드 옆에서 찍은 것도 있다.

이 녀석이 좀 부러워지려고 한다. 나는 벨몬트 외에는 가 본 데가 없는데 녀석은 온 세계를 돌아다녔다. 좀 불공평한 것 같다. 왜 누구는 태어날 때부터 근사한 삶을 살고, 누구는 평생 쉬는 시간만 기다려야 하는 걸까?

사진마다 러셀은 멋진 미소를 띠고 있다. 괜찮은 아이 같아서 미워하기 어려워진다.

이윽고 고등학교 농구팀 사진이 나타난다. 러셀은 팀의 유일한 흑인이다. 선수들 모두 대학팀처럼 멋진 나이키 신상 유니폼을 입고 있다. 운동화까지 한 벌로 쫙 뺐다.

감독님은 보이21이 예전 팀에서 유일한 흑인이었다는 사실을 알고 있었으리라. 내가 우리 팀의 유일한 백인인 것처럼. 감독님이 이 일에 나를 선택한 이유를 알 것도 같다.

러스의 등번호를 보니 21번이다.

나랑 같다.

위협을 느끼지 않을 수가 없다.

계단과 함께 사진도 끝난다. 복도를 지나가는데, 방 하나를 가득 채울 만큼 많은 물건이 상자에 담겨 있다. 커다란 서랍장과 책상을 지날 때는 몸을 옆으로 돌려야 했다. 매트리스와 침대도 벽에 기대어져 있다.

2층 복도에서 유일하게 닫혀 있는 방문 안쪽에서 누군가 말을 하고 있다.

문에 귀를 대 보니 남자 목소리가 이렇게 말한다.

"페르세우스! 영웅 중의 영웅! 메두사를 죽인 용자! 친구, 이
걸 봐! 새로운 존재에 이르는 지침서야. 우주가 그곳이어라! 우
주가 그곳이어라!"

누군지는 몰라도 저 안에 있는 인간은 절대 제정신이 아니다.
하지만 난 감독님이 시킨 대로 한다.

훌륭한 농구 선수는 작전을 수행한다.

반드시.

난 주먹을 꽉 쥐고 문을 두드린다.

9

말소리가 멈추고 몇 초가 길게 흐른 뒤, 문이 안쪽으로 열린다. 난 웃통을 벗은 남자애를 올려다보고 있다.

믿을 수 없는 몸이다.

완벽한 농구 선수의 몸.

키가 크고, 호리호리하고, 탄탄하다. 딱 코비 브라이언트다.

10센티미터나 되는 꼰 머리를 하고 있는데, 우리 팀원들이 하는 매니 라미레스처럼 단정한 꼰 머리와는 다르다. 밥 말리처럼 엄청 고불고불하다.

"지구인이야?"

보이21이 나를 보고 말한다. 난 침을 삼키고 고개를 끄덕인다.

"나는 모든 지구인에게 친절하도록 프로그램돼 있어. 반갑다. 난 우주에서 온 보이21이야. 지금은 이곳 지구에 머물고 있지만, 곧 떠나. 여긴 내가 머무는 선실이야. 들어와."

보이21은 나에게 등을 돌리고 하던 일을 계속한다.

나는 가구 하나 없는 방으로 들어간다. 최근에 천장과 벽을 까맣게 칠한 것 같다.

바닥엔 책이 잔뜩 펼쳐져 있다. 전부 우주에 관한 책이다. 내 발밑에 수백 개의 별자리와 은하와 우주가 펼쳐져 있다.

위를 보니 보이21이 한 손에 책을 들고 벽에 별자리들을 배치하고 있다. 꼬마 때 방 천장에 붙이는 플라스틱 야광별이다.

한쪽 벽은 벌써 별자리로 가득 찼다.

"방금 페르세우스를 끝냈어. 저기 저게 알골, 악마별이야. 이건 가짜 우주, 상상의 우주지. 우린 별자리를 보이는 그대로 배치하는 덴 관심 없거든."

무슨 말인지 알 수가 없다. 완전히 외계어다.

"그냥 붙이고 싶은 대로 붙이면 돼. 그럼 여기 지구의 선실에서 지내면서도 집에 있는 것 같은 기분이 들거든. 넌 어떤 별자리를 좋아해? 참, 너도 이름이 있겠지, 지구인?

이건 장난도 아니고 농담도 아니다. 미친놈이다.

"지구인, 청각 입력 시스템에 문제 있어? 내 말 들려, 지구인?"

"어어……."

내 입에선 겨우 그 말만 나온다. 우주에서 왔다는 정신 나간 인간에게 무슨 말을 하면 좋을까?

"청각 출력 시스템도 망가진 거야? 지구의 언어로는 뭐라더라, 혀? 그게 고장 났어?"

"아니."

"아, 넌 말에 인색한 사람인가 보구나?"

"인색이라, 뭐 비슷해."

난 수능에나 나오는 그 단어의 적절한 쓰임새를 확인한다.

이거 혹시 무슨 놀이인가? 감독님이 나를 놀리려고 꾸며 낸?

"말에 인색한 너의 성향을 존중하겠어."

그 애는 그렇게 말하고는 다시 자기 방식으로 별자리를 배치하며 우주에 관련된 사실들을 중얼거린다.

난 무슨 말을 해야 할지 몰라서 늘 하던 대로 말을 안 한다.

5분쯤 지났을까, 보이21이 몸을 돌리고 이렇게 말한다.

"널 지구인 이름으로 불러도 돼? 핀리라고 했던가?"

앨런 부부가 미리 알려 줬나 보다. 어쨌든 내 입으로 알려 주지도 않았는데 이름을 부르니까 좀 놀랍다.

"그래도 되지?"

"물론."

이 자식, 대체 뭐지?

"내 이름은 보이21이야. 난 시험판이야. 실험용 견본. 너희 지구인이 '감정'이라고 부르는 것에 대한 과학적 정보를 수집하기 위해 잠시 이 행성에 파견되었어. 하지만 이제 몇 달 안 남았어. 곧 제작진이 와서 날 우주로 데려간 뒤 나를 연구하고 뜯어본 다음 마침내 자유롭게 놔줄 거야. 알아. 넌 지구인에 불과하니까 이런 이야기가 이상하겠지. 그 머리로는 이해하기 벅찰 거야. 이 시점에서 네 시스템에 영양분을 공급해야 할 것 같은데?"

난 멍하니 녀석을 쳐다본다.

"원자를 섭취하러 갈래? 지구인 말로는 '저녁을 먹는다'라고 하는 거."

그 말이 멀쩡한 사람들 속으로 돌아간다는 뜻임을 깨닫고 난 얼른 고개를 끄덕인다.

"진짜 배고프다."

"잘 됐네."

그렇게 말하고 보이21은 흰색 러닝셔츠를 입는다. 셔츠에 매직으로 글자가 쓰여 있다.

N.A.S.A.

(Nubians Are Superior Astronauts: 누비아인은 최고의 비행사)

무지갯빛으로 쓰인 글자에 내 눈이 못 박혀 있는 걸 보고 보이21이 묻는다.

"이 옷 마음에 들어, 핀리라는 지구인? 까만 사람과 까만 우주, 찰떡궁합이지."

말문이 막힌다.

"지구인 언어로 표현해 봤는데, 별로야?"

하느님 맙소사. 이게 대체 무슨 상황입니까?

보이21은 다 안다는 듯이 빙긋 웃으며 눈으로 뭔가를 말하지만, 난 무슨 말인지 모르겠다.

어쨌든 나는 보이21을 따라 계단을 내려가서 감독님, 앨런 부부와 함께 맛있는 저녁을 먹는다.

쇠고기구이.

완두콩.

마늘을 넣은 으깬 감자.

어른들은 보이21이 입은 러닝셔츠에 대해선 아무 말도 하지 않는다. 보이21은 말없이 밥만 먹는다.

감독님이 묻는다.

"벨몬트에 와 보니 어떠니?"

"러셀, 감독님이 물으시잖니."

"괜찮습니다. 말하기 싫으면 안 해도 돼. 다음에 하면 되지."

어른들이 눈빛을 교환한다. 나한텐 눈길을 주지 않는다. 다행이다.

앨런 부인이 나를 보고 묻는다.

"음식이 입에 맞니?"

"예. 고맙습니다."

그 후론 접시에 나이프와 포크 긁히는 소리, 씹는 소리, 삼키는 소리, 마시는 소리, 물 잔이 식탁에 닿는 소리만 이어진다.

보이21은 내내 접시에 코를 박고 밥을 먹어 치우더니 이렇게 말한다.

"핀리와 함께 방에 올라가도 돼요?"

"너도 다 먹었니?"

사실 난 다 못 먹었지만, 앨런 부인에게 고개를 끄덕인다.

"잘 먹었습니다."

"그래. 너희끼리 재밌게 놀아라."

감독님 말에 난 다시 보이21의 방으로 돌아가 녀석이 야광 스티커로 별자리를 만드는 모습을 지켜볼 수밖에 없다.

"넌 말이 별로 없구나?"

보이21이 어깨 너머로 나를 보며 묻는다.

"응."

"그럴 만한 일이라도 있었어?"

그럴 만한 일로 말하자면 좋은 일, 나쁜 일 참 많이도 있었다. 그런데 그걸 다 설명하려면 많은 말이 필요하다. 나에겐 벅찰 정도로 많은 말이.

마음 한편으론 말로 설명하고 싶기도 하다. 나의 과거에 대해, 내가 왜 말을 많이 하지 않는지에 대해, 우주에 대해서든 뭐에 대해서든 전부. 하지만 내 마음은 늘 주먹처럼 꽉 쥐어져 있다. 그 말들이 빠져나가지 못하도록.

보이21이 내 얼굴을 마주 보며 말한다.

"내가 우주에서 왔다는 말을 믿어?"

난 어깨를 으쓱한다.

"내가 우주로 올라가면 그땐 믿게 될 거야. 하지만 일단 난 여기 지구에서의 임무를 완수하는 데 도움을 줄 사람이 필요해.

년 감정이 풍부한 사람 같은데, 난 지금 감정을 연구하는 데 아주 관심이 많아. 넌 믿을 만하지?"

나는 고개를 끄덕인다. 나는 대체로 믿을 만하니까. 하지만 동시에 빙긋 웃는다. 나는 전혀 감정이 풍부하지 않다. 어쨌든 감정에 휘둘리지 않으려고 애쓰는 편이다.

보이21도 빙긋 웃는다.

"나에게 너희 문화를 가르쳐 줄래?"

보이21이 덧붙인다.

"부탁이야."

"올해 농구 할 거야?"

보이21은 나에게 등을 돌리고 말한다.

"나는 뛰어난 농구 선수로 프로그램돼 있어. 지구인은 절대 날 못 이겨. 하지만 시즌이 시작할 즈음이면 난 떠나고 없을 거야. 너희 지구인이 11월이라고 부르는 시기엔 이미 우주로 돌아가 있을걸."

그 말에 안심이 된다. 11월에 이곳에 없다는 건 농구 시즌을 뛸 수 없다는 뜻이니까. 하지만 이내 지금 이 모든 게 얼마나 터무니없는 상황인지 다시 떠올린다.

이 자식, 완전 맛이 갔네.

저런 상태로는 절대로 정식 농구 시즌에서 요구하는 역할을 해낼 수 없다. 특히 저렇게 자기가 우주에서 왔다고 주장한다면 말이다. 농구는 팀을 위해 규칙에 복종하는 경기다. 보이21은 벌써 규칙에서 한참 벗어났다.

학기가 시작된 후 러셀이 자기가 우주에서 왔다고 주장하고 다니면 무슨 일이 벌어질까.

식당에선 내 옆자리로 쫓겨 오겠지. 다들 저 녀석 식판에도 당근을 버릴 거고.

벨몬트는 그 정도로 한심한 동네다.

"네가 우주에서 왔다는 걸 사람들에게 알려선 안 돼."

보이21이 정말로 궁금하다는 표정으로 묻는다.

"왜? 이 구역 지구인들은 거짓을 듣고 싶어 하는 거야?"

벨몬트는 참 복잡한 마을이다. 한 문장으로 설명할 수 있는 곳이 아니다. 마약에 폭력에 인종 갈등에 아일랜드 깡패들까지.

'아일랜드 깡패'라는 말을 입에 담기만 해도 목숨이 위태로운데 그 사람들을 어떻게 설명하나?

나는 그냥 입을 꾹 다물고 만다.

보이21이 내 얼굴을 보고 말한다.

"지구인, 너는 왜 내 일에 신경 쓰는 거야?"

나는 어깨를 으쓱했다가 이내 이렇게 말한다.

"난 그냥 사람들 일에 신경 쓰는 거야."

보이21이 나를 보고 슬며시 웃는다. 이상한 소리지만, 그 표정에 내 가슴팍이 따뜻해진다. 목구멍을 쑤시던 손가락도 사라진다. 보이21이 이를 반짝이며 한쪽 눈을 찡긋한다. 그러고는 다시 야광 스티커 작업으로 돌아간다.

난 바닥에 앉아 그 애가 별자리를 만드는 모습을 지켜본다. 작은 동그라미 모양으로 된 양면테이프를 떼어 내서 별의 중심에 붙인 다음, 별을 검지 끝에 놓고 벽이나 천장에 꾹 붙인다. 머리 위쪽에 별을 부착할 때는 슈퍼맨처럼 공중으로 뛰어오른 다음, 집이 시끄럽게 울리지 않게 우아한 동작으로 착지한다. 키가 워낙 크니까 그렇게 높이 뛸 필요가 없기도 하지만, 그 정도로 몸을 잘 쓴다는 얘기다. 녀석은 정말 단호한 표정을 짓고 있다. 두 눈썹이 코 위쪽에서 서로 만나려고 애쓰는 것만 같다.

10분쯤 지나 그 애가 블라인드를 내리고 불을 끄더니 내 옆에 앉으며 말한다.

"여기가 우주라고 생각해 봐."

어이가 없어서 웃음이 터질 뻔했다.

난 우주가 어떤 곳인지 전혀 모른다. 그런데 지금 이 순간, 난 한 번도 느껴 보지 못한 기분을 느끼고 있다. 혹시 겁을 먹어야 하나. 적어도 경계는 해야 하지 않을까. 하지만 보이21이 나에게 해를 끼칠 것 같진 않다. 난 그냥 앉아서 바라본다.

달리 뭘 어쩌겠어?

완벽하게 고요한 몇 분이 지나간다.

보이21이 자기 방에 별자리를 만들어 대는 이유에 대해 생각해 본다. 자기만의 작은 우주를 통제할 수 있는 게, 마치 신이라도 된 것처럼 별들을 자기가 원하는 대로 배치할 수 있는 게 좋은 걸까? 아니면 철부지 어린애들이 그러듯이 자기가 다른 존재인 척하는 게 재미있는 걸까?

잘 모르겠다. 어느 쪽이든 상관없다.

누군가와 어두운 방에 단둘이 있는 건 에린 말고는 처음이다. 에린하고 있을 땐 뽀뽀하고 싶어서 둘 사이의 그 고요한 침묵을 즐길 수가 없다.

이유는 잘 모르겠지만, 이렇게 다른 누군가와 함께 앉아 있으니 기분이 좋다. 정말 희한한 소리 같지만 보이21과 같이 있는 게 즐겁다. 내 또래 중엔 이렇게 일부러 침묵을 함께할 만한 인간이 별로 없다. 학교 아이들은 쉬지 않고 떠들고 계속 움직인다.

스티커가 비현실적인 초록색으로 빛난다. 솔직히 말해 그 빛을 바라보는 게 재미있다.

우리는 꽤 오래 말없이 앉아만 있다. 어쩐지 이보다 좋을 순 없다는 기분이 든다. 내 피부는 이상하게 따끔거리고 있지만.

"얘들아? 둘이 불도 안 켜고 뭐 해?"

감독님이 문을 열자 복도의 불빛이 흘러 들어오고 마법이 깨져 버린다. 보이21이 말한다.

"별 보기입니다, 지구인."

"아, 그래…….."

감독님이 고개를 꺾고 보이21이 만들어 놓은 수많은 별자리를 바라보며 감탄한다. 그러다가 말한다.

"이제 가자, 핀리."

내가 일어서자 보이21이 묻는다.

"핀리라는 지구인, 너의 거주 시설은 어디야?"

"오셔 거리 5-21. 마을 반대편에 살아."

"이따 밤에 그리로 갈게."

보이21이 악수를 청한다. 손이 내 손의 두 배다. 내가 손을 흔들며 질문하듯 눈을 가늘게 떠 보이는데, 감독님이 말한다.

"또 보면 좋겠구나, 보이21. 다음 만남을 기대하마."

우리는 앨런 부부에게 인사하고 감독님 차를 타고 집에 온다.

허물어져 가는 연립주택들과 움푹 팬 도로, 이리저리 굴러다니는 쓰레기, 그래피티가 박힌 나무들을 보고 있자니 보이21이 진짜로 밤에 나를 찾아올지 의심스러워진다.

그냥 재미 삼아 한번 상상해 본다. 보이21이 농구장의 센터서클만 한 1인용 비행접시를 타고 우리 집의 작은 앞뜰에 착륙한다. 우주선의 초록색 돔이 부활절 달걀처럼 열린다.

상상 속의 보이21이 말한다.

"안녕, 핀리! 은하수 타러 가자."

나는 감독님 몰래 빙긋 웃는다.

10

"그래, 러스를 만나 보니 어땠나?"

내 머릿속에 떠오른 대답은 다음과 같다.

'녀석은 자기 주변에 별난 힘의 장을 만들어 두었습니다.'

터무니없는 소리로 들릴 테니 입 밖으로 꺼내진 않는다.

"당장엔 받아들이기 힘들겠지. 내 생각엔 말이다, 어떤 사람들은 그렇게라도 해서 살아가려고 하는 거고, 러셀도 자신을 보호하려고 연기를 하고 있는 것 같은데, 난들 뭘 아나? 암튼 그 앤 엄청난 일을 겪었으니까. 오늘 함께 와 줘서 고맙다. 다음 주에 학기가 시작되면 학교에서 러스를 안내해 줄 수 있겠나?"

"그럴게요."

"그 애의 비밀도 지켜줄 테고?"

"예, 감독님."

감독님은 우리 집 앞에 차를 댄 후 나와 악수를 하고 말한다.

"넌 정말 착해, 핀리. 너도 알지?"

나는 빙긋 웃고 트럭에서 내린다.

집에 들어가자 할아버지와 에린이 식탁에서 '전쟁' 게임을 하고 있다. 둘의 카드 뭉치가 거의 비슷하다. 할아버지는 매번 마치 가라테로 판자를 빠개는 것처럼 카드를 쾅쾅 내려놓고, 에린은 가볍게 카드를 놓는다. 에린은 자기가 이길 때마다 "이런, 안 됐네요, 맥마너스 씨. 그만 포기하는 게 나을 것 같은데, 느림보 할아버지." 하며 할아버지를 놀린다. 나는 할아버지를 놀리는 에린이 너무 귀엽다. 할아버지도 그런 에린이 너무 좋은가 보다. 애써 미소를 감추는 표정만 봐도 알 수 있다.

할아버지가 묻는다.

"그래, 이사 왔다는 아이는 어떻더냐?"

뭐라고 답해야 할지 모르겠다. 녀석이 얼마나 이상한지 말하기도 그렇고, 녀석의 비밀을 발설하는 건 배신이라 더 그렇고. 난 그냥 어깨를 으쓱한다.

할아버지가 에린에게 말한다.

"넌 저런 벙어리 귀머거리 놈이 어디가 좋으냐? 몽둥이로 패도 입을 안 여는 놈."

"몰수패예요. 할아버지가 이겼어요."

에린이 내 손을 잡고 내 방으로 간다.

"당장 돌아와, 이 아가씨야! 내가 여기 에이스 다 모았는데! 끝까지 해! 이건 전쟁이라고!"

할아버지가 소리치지만 우린 벌써 계단을 절반이나 올라왔다.

우리는 창문의 덧문을 열고 나가 지붕 위에 눕는다. 잠깐 입을 맞춘다. 기분이 좋다. 에린이 내 가슴팍에 머리를 대고 묻는다.

"감독님하고 새로 올 선수 보러 간 거야?"

"새로 올 학생."

나는 손가락으로 에린의 머리칼을 쓸어 넘기고 머리통을 문질러 준다. 에린은 이런 걸 좋아한다.

"괜찮은 애였어?"

"응. 괜찮았어."

"이름이 뭔데?"

"보이21."

에린이 농담을 들은 듯이 깔깔 웃는다. 그래서 다시 말한다.

"러스 워싱턴."

나는 에린의 등을 어루만지며 입맞춤을 더 나눈다.

입맞춤을 끝내고 우리는 말없이 있다. 그냥 그렇게 누워 반달을 올려다본다. 에린을 집에 데려다 줄 시간까지.

나는 에린의 집 현관 앞에서 그 애의 두 눈을 오래도록 들여다본 후 굿나잇 키스를 하고 나온다.

오늘 지붕에서 보낸 시간은 정말 좋았다. 에린은 워낙 키스를 잘하니까. 그런데 지금 난 에린을 생각하지 않는다. 놀랍게도 보이21 생각을 하고 있다.

기분이 이상하다. 걱정이 된다.

보이21이 불쌍하다. 부모는 살해당하고, 자기는 우주에서 왔다고 믿다니. 그런데 별자리를 그처럼 잘 아는 건 흥미롭다. 무지하게 똑똑한 녀석인 것 같다. 어쩌면 나를 속일 정도로 영리하게 연기하고 있는 건지도 모른다. 어쩌면 감독님의 해석대로 보이21은 지금 연기를 하고 있는 건지도 모르겠다.

만약 보이21이 농구 시즌이 시작하기 전에 제정신을 차리면 어떻게 되는 거지?

녀석 실력이 감독님이 생각하는 정도의 반만 돼도 난 선발 자리를 잃게 된다. 그런데 감독님은 나에게 보이21을 도와 달라고 한다. 녀석을 도와주면, 난 이번 시즌을 벤치에서 엉덩이나 덥히다가 끝낼 확률이 높다. 반대로 녀석이 벨몬트에 적응하는 걸 도와주지 않으면, 난 처음으로 감독님 말을 거역하는 게 된다.

보이21은 부모님이 살해당했어. 죽임을 당했단 말이야. 네가 이렇게 이기적으로 굴 때가 아니라고.

그렇게 되뇌어 보지만 동시에 이런 생각도 든다.

그렇지만 이번이 마지막 학년, 마지막 시즌이야. 그동안 에린하고 얼마나 열심히 훈련했는데…….

녀석은 정말로 자기가 우주에서 왔다고 생각하는 걸까?

녀석이 내 등번호를 가져가게 될까?

어쩌면 우리는 친구가 될지도 모른다. 진짜 친구 말이다.

그러고 보면 난 남자 중엔 제대로 된 친구가 하나도 없었다.

나에겐 에린밖에 없었다.

보이21과 나는 이미 침묵 속에 함께 앉아 있었다. 그것도 처음 만난 날에.

그 초록빛 별자리들은 다 무엇이었을까?

난 발걸음을 멈춘다.

"네가 사는 거주 시설이 마음에 들어."

그 녀석이 우리 집 앞에 무척 뻣뻣한 자세로 서 있다. 몹시 초조해하는 것 같다.

"여기 어떻게 왔어?"

"이 구역 지도가 있어. 지구에선 반드시 지도를 들고 다녀야 하거든."

"어쩐 일이야?"

"난 너희 지구인이 감정이라고 부르는 것에 대한 과학적 정보를 수집하기 위해서 이 행성에 파견되었어."

"아니. 왜 지금 우리 집 앞에 서 있는 거냐고."

"지붕에 누워 있는 걸 봤어. 길 건너 저쪽에 있는 큰 나무 뒤에서. 애인이 갈 때까지 예의 바르게 기다렸는데."

난 그냥 녀석을 올려다본다.

녀석은 날 엿보고 있었다. 이 정도면 당연히 화가 나야 하는데, 어쩐지 화가 나지 않는다. 녀석이 왜 우리 집에 왔는지 그게 더 궁금하다.

"우리, 저 위에 앉아서 우주에 뭐가 보이는지 확인해 볼래?"

보이21이 우리 집 지붕을 가리킨다.

난 나도 모르게, 순식간에, 내 뜻과는 거의 상관없이, 고개를 한 번 끄덕인다. 녀석은 나를 따라 집으로 들어온다.

아빠가 — 하필 이번 주는 금요일에도 밤 1시부터 아침 9시까지 야간 근무조라서 막 출근하려는 참이다 — 묻는다.

"네가 그 전학생이냐?"

"전학생? 그게 지구의 언어로 날 가리키는 말인가요, 지구인?"

"얘가 지금 날 지구인이라고 부른 거냐?"

아빠는 맨눈으로 해를 바라볼 때처럼 눈을 찌푸린 거북한 표정이다. 난 어깨를 으쓱한다.

"할아버지 할머니가 걱정하시겠다."

아빠가 꺼림칙한 눈길로 문제의 누비아인 셔츠를 쳐다보며 말한다.

"안 그래도 감독님이 혹시 네가 여기 왔느냐고 전화하셨어. 여기 있다고 전화 드려야겠다."

아빠가 전화를 걸러 방으로 들어간다.

휠체어에 앉아 있는 할아버지도 말한다.

"얘야, 이 동네 처음이지. 이렇게 밤늦게 혼자 돌아다니면 위험해."

"이 행성 사람들은 절대 나를 위협하지 못합니다."

할아버지가 고개를 저으며 말한다.

"그럼 좋겠지만, 그렇지가 않아."

아빠가 다시 와서 말한다.

"감독님이 데리러 오신단다. 둘이 앞에서 기다려라. 할 이야기가 있으면 하고. 난 이만 출근해야겠다."

아빠는 출근하고 우린 현관 앞 계단에 앉는다.

"언젠가는 너희 지붕 위에 함께 앉아서 내 고향, 저 우주의 이야기를 들려주고 싶어. 넌 참 평화로운 존재야, 핀리. 언젠가 너희 지붕 위에 앉을 수 있을까?"

나보고 '평화로운 존재'라고 한 사람은 지금껏 아무도 없었다. 그렇게 생각하는 사람은 있을지 모르겠지만, 그렇게 말하는 사람은 없다.

"물론이지."

흰토끼보다는, 벙어리 귀머거리보다는, 평화로운 존재라는 말이 마음에 든다.

평화로운 존재.

녀석의 얼굴을 살피며 혹시 나를 놀리는 건 아닌지, 비꼬는 것은 아닌지 가늠해 본다. 전혀 아니다. 지금 녀석은 100퍼센트 진지하다. 적어도 내 눈엔 그렇다. 우리는 감독님이 피곤한 얼굴로 도착할 때까지 10분 동안 가만히 앉아 있다. 감독님은 멋쩍은 미소로 나에게 고마움을 전하고, 트럭에 러스를 태우고 떠난다.

난 보이21에 대해 생각하느라 밤새 잠들지 못한다.

새 학기 전날 밤, 나와 에린은 지붕 위에서 입을 맞추고 있다. 에린이 갑자기 몸을 떼고 말한다.

"저거, 감독님 트럭이지?"

몸을 세우고 홈통 너머로 아래를 살피니 정말로 포드 트럭이 와 있다.

"핀리!"

아빠가 거실에서 외친다. 우리는 창문을 넘어 방으로 들어와 계단을 뛰어 내려간다.

"내가 방해가 된 건 아니었으면 좋겠구나."

감독님이 아빠와 마주 보며 웃는다. 에린이 말한다.

"아니에요. 그런 거 없어요."

감독님이 나를 보고 말한다.

"나랑 잠깐 드라이브할래, 핀리?"

"좋아요."

"10분이면 된다, 에린. 금방 돌려주마."

에린은 "아니에요." 하면서 소파에 폴짝 올라앉아 할아버지 손에 들린 리모컨을 가져온다. 할아버지는 또 술에 취해서 왼손에 할머니 묵주를 손가락 무기처럼 친친 두른 채 기절해 있다. 다리 사이엔 초록빛 아일랜드 위스키 병을 끼고 있고.

"난 우리 어르신이랑 텔레비전이나 봐야지."

할아버지 상태를 본 아빠가 고개를 절레절레 흔들 뿐, 아무도 말을 하지 않는다.

트럭을 타는데 감독님 이마에 구슬땀이 맺혀 있고 셔츠에도 짙은 땀자국이 나 있다. 날씨가 덥고 끈적거리긴 하지만, 지금 감독님은 긴장한 상태다. 차로 우리 동네 근처를 돌다가 멈춘다. 엔진은 끄지 않는다. 에어컨이 빵빵 돌아가고 있어서 시원하다. 우리 집에는 없는 에어컨이니까.

"지금도 러스를 도와줄 마음이 있나?"

감독님이 원하는 대답은 정해져 있다. 그 대답을 한다.

"좋아. 지금 상황은 말이다, 실랑이가 있었지만, 어쨌든 러스는 자기가 우주에서 왔다느니 하는 말은 안 하기로 했고, 러스 워싱턴으로 지내겠다고 약속했다. 그러니까 일단 학교에선 보이21이라고 부르지 않아도 돼. 하지만 수업이며 낯선 환경이며 그 애가 받을 스트레스를 생각하면 언제 다시 그 증상을 보일지 모른다. 그래서 말인데 네가 러스 곁에 딱 붙어 있었으면 한다.

잠시도 떨어져선 안 돼. 화장실에도 따라가고. 알겠나?"

마치 경기 중에 상대 선수를 밀착 수비하라고 지시하는 것 같다. 집합 때처럼 큰 목소리로 말하고 있고 말투도 명령에 가깝다. 내가 감독님 '부탁'을 들어주는 게 아니라 선수로서 마땅히 해야 할 일을 하는 것처럼 느껴진다. 나도 기꺼이 돕고 싶지만, 어쩐지 상황이 전과 다른 것 같다. 아니면 내가 또 과대망상에 빠진 건가?

"수업 듣는 반이 다르면요?"

"그건 걱정할 것 없다. 앨런 씨에게 러스를 몇 시에 데려다 주라고 할까?"

"어디로요?"

"너희 집에. 같이 등교해야지."

난 에린하고 단둘이 학교에 간다. 그때가 하루 중 가장 행복한 순간이다. 이른 아침에 에린과 이야기하는 게 얼마나 좋은데. 물론 키스하는 것도 좋지만. 나는 재빨리 머리를 굴린다.

"7시 20분쯤 러스를 에린 집에 내려 주면 어떨까요?"

"좋아."

내가 7시에 에린 집에 가면 20분 정도는 둘이 있을 수 있다. 평소보다 좀 더 일찍 일어나야 하겠지만, 상관없다.

"편리."

감독님이 손을 뻗어 내 어깨를 꽉 쥔다.

"이번 러스 문제, 정말 중요하다. 그 애가 벨몬트에서 잘 지내는 게 나에겐 정말 중요해. 그 애 아버진 내 소중한 친구였어."

난 고개를 끄덕인다.

"기대해도 되겠나?"

"예, 감독님."

"그래. 에린 집에서 7시 20분이다. 에린네 전화번호가 어떻게 되지?"

전화번호가 기억나지 않아 이렇게 말한다.

"저희 집에서 딱 한 블록 거리예요. 현관 계단에 앉아 있을게요. 앨런 씨가 쉽게 찾을 수 있을 겁니다."

"참, 에린에겐 이 일에 대해 아무 말 안 했겠지?"

"필요한 정도만요."

"고맙다. 일단 농구 시즌이 시작될 때까지는 러스의 진짜 정체를 비밀로 하자."

감독님에게 내 선발 자리에 대해 묻고 싶다. 어떻게 내 자리를 뺏어갈 수도 있는 위험한 녀석을 나에게 도우라고 할 수 있는지 묻고 싶다. 하지만 난 아무 말도 하지 않고, 감독님은 집으로 차를 몬다. 감독님이 집 앞에 차를 대고 말한다.

"에린과 가족에게는 농구 이야기를 했다고만 해 둬. 이건 우리끼리의 비밀이니까."

나는 고개를 끄덕인다. 내겐 좀 불편한 비밀이다. 하지만 감독님이 지시를 내리면 선수는 따른다.

12

"그래서, 러스라는 애가 매일 우리와 함께 학교에 간다고?"

에린과 나는 에린 집 앞 계단에 앉아 보이21이 자기 할아버지 차를 타고 오길 기다리고 있다. 오늘 우리는 함께 등교해서 고등학교의 마지막 학년을 시작하게 된다.

"그런가 봐."

"왜?"

에린이 묻는 말에 나는 어깨만 들썩인다.

에린에게 비밀을 두는 건 정말 싫지만, 감독님은 보이21의 진짜 정체를 밝히지 말라고 했고, 난 그 말을 따르는 수밖에 없다. 물론 난 에린을 믿는다. 에린은 비밀을 정말 잘 지킨다. 그렇지만 어쩐지 보이21에 대해선 각자—에린도 포함해서—알아서 판단하게 해야 할 것 같다.

"감독님이 우리 오빠를 만나러 '아이리시 프라이드 펍'에 찾아왔던 거 알아?"

내 눈이 빠른 속도로 끔뻑인다. 놀라운 이야기다. 아이리시 프라이드 펍은 흑인이 갈 만한 곳이 아니다. 로드 형이 옛날에 감독님 밑에서 뛰어서 둘이 아는 사이라고 해도 말이다.

"감독님이 동네에 소문을 내 달라고 했대."

이번에는 눈썹이 치켜 올라간다.

"무슨 소문?"

"러스 워싱턴이 우리 친구라는 소문."

그러니까 감독님이 로드 형에게 보호를 요청했다는 말이다. 그렇다면 감독님은 테럴 패터슨의 형 마이크에게도 갔다는 소리다. 흑인 동네는 그 형이 주름잡고 있으니까.

"감독님이 농구 선수도 아닌 애한테 이렇게까지 목을 매는 게 좀 이상하지 않아?"

에린이 나를 떠본다.

"감독님한테 개인적인 이유가 있어서 그래."

"그게 뭔데?"

"가족처럼 가까운 사이래. 알았지?"

"알았어. 근데, 뭐 잊은 거 없어?"

에린이 장난스러운 표정을 짓자 내 몸이 뜨거워진다.

난 고개를 한쪽으로 젖히고 눈을 가늘게 뜬다.

에린이 일어서서 뱅그르르 돈다. 개학 기념으로 산 새 원피스가 약간 들리면서 무릎이 보인다.

난 그 모습을 바라만 본다. 오늘 학교에 원피스를 입고 오는 여학생은 에린밖에 없을 것이다. 다들 청바지나 짧은 반바지나 딱 붙는 미니스커트를 입고 오겠지.

"나 어때, 핀리?"

난 빙긋 웃으며 두 엄지손가락을 쳐들고 한쪽 눈썹을 올린다.

"고마워. 너도 새로 산 식서스팀 티셔츠 입으니까 정말 멋져."

에린이 두 손을 내 무릎에 얹고 입을 맞추려고 몸을 기울이는데, 입술이 맞닿기도 전에 자동차 경적 소리가 들리더니 커다란 구형 캐딜락에서 보이21이 내린다.

우린 가방을 메고 차 쪽으로 가서 녀석을 맞이한다.

신상으로 보이는 멋진 옷을 입고 있다.

토미힐피거 셔츠.

짙은 색 청바지.

나이키의 줌 솔저 운동화.

머리도 손질했다. 고불고불한 꼰 머리도 다 잘라 내고 머리통이 보일 만큼 바싹 깎았다.

등에 메는 백팩이 아니라 가죽으로 된 숄더백을 메고 있다.

사립학교 학생 같다. 저래서야 우리 학교에선 절대 편히 지낼 수 없다. 괜히 눈에 띄기만 한다. 우리 학교는 약 파는 놈들 말곤 다들 돈이 없으니까.

에린이 악수를 청한다.

"난 에린이라고 해. 만나서 반가워."

"러스야."

보이21은 눈을 맞추지도 않고 손만 흔든다.

"어디에서 왔니, 러스?"

"멀리 서부."

의사가 러셀을 제대로 고쳤든가, 보이21이 자기를 제대로 숨기고 있든가 둘 중 하나라는 생각이 든다.

멀리 서부?

매우 현실적이고 사실에 부합하는, 전혀 이상하지 않은 대답이잖아.

나는 실망하는 나 자신에게 놀란다.

"내 손자를 부탁해도 될까?"

앨런 씨가 캐딜락 안에서 말한다.

"네, 할아버지."

"고맙다."

앨런 씨는 빙긋 웃으며 옛날식 모자 ─ 짧은 챙이 360도로 달려 있고 빨간 띠가 둘려 있으며 깃털이 하나 꽂힌 모양이다 ─ 아래로 내 눈을 본다.

학교 가는 길에 에린은 보이21을 대화에 끼워 주려고 애쓰지만, 녀석은 한두 마디로 짧게 대답하고 아무 질문도 하지 않는다. 평소 내 모습과 얼추 비슷하다. 녀석도 때에 따라서는 말을 안 하는 성격인가 싶다.

난 에린이 이 196센티미터의 장신에게 가장 당연한 질문을 던지길 기다리고 있다. 마침내 에린이 그 질문을 한다.

에린이 농구를 하느냐고 묻자 녀석이 확실하게 대답한다.

"안 해."

부끄러운 소리지만, 솔직히 말해 녀석이 더 이상 농구를 하지 않는다는 대답이 반갑다. 내 자리가 안전하다는 데 마음이 놓인다.

에린은 멀리 서부에서도 정확히 어느 주, 어느 도시에서 살다 왔는지 묻는다.

"몰라."

에린이 나에게 걱정스러운 눈길을 보내더니, 다시 녀석을 향해 벨몬트가 마음에 드느냐고 묻는다.

보이21은 어깨를 움츠린다.

"차 안에 있던 분은 할아버지?"

보이21이 고개를 끄덕인다.

"할아버지 댁에 살아?"

"할머니도 같이."

"부모님은 어디 계시는데?"

"질문 그만해."

보이21이 어색한 미소를 띠고 덧붙인다.

"부탁이야."

에린은 다시 한 번 나에게 걱정스러운 표정을 지어 보인다.

잭슨 거리에 접어들자 에린이 말한다.

"저거야. 벨몬트 고등학교."

우리 학교는 옆으로 길쭉한 3층 건물이고, 입구에는 1년 내내 경찰차가 서 있다. 정문 옆에 있는 금속 탐지기에서는 성격 까칠한 거구들이 무작위로 가방 검사를 한다. 벽돌담에는 온갖 종류의 그래피티가 박혀 있다. 누군가가 오래전에 필기체로 휘갈겨 놓은 그래피티 하나에는 벨몬트 고의 마스코트인 수탉의 거대한 실루엣 옆에 줄줄 흘러내리는 은색 스프레이 물감으로 이렇게 적혀 있다.

'벨몬트 고는 무지 큰 닭대가리'

우리가 매일 아침 맨 처음 대하는 글이다.

복도는 누렇고 엄청나게 시끄럽다. 깔깔 웃는 여자애들. 서로 밀쳐 대는 인간들. 꽝꽝 닫히는 사물함. 보이21에게 신경 쓰는 사람은 아무도 없는 것 같다. 하긴 누가 우리 셋에게 신경을 쓸까.

우리는 인파를 비집고 들어가 복도에 붙은 명단을 확인한다.

이름순으로 반을 배정하는데, 워싱턴(보이21)과 맥마너스(나)가 같은 반이다. 우리 빼고 ㅁ과 ㅇ은 다 다른 반이다.

감독님이 손을 썼다는 사실을 깨닫는다. 우리 학교 농구팀은 감독님이 부임한 후 줄곧 좋은 성적을 내왔기 때문에 학교에서 감독님 입지가 꽤 탄탄한 편이다.

보이21의 사물함이 바로 내 옆자리다. 다른 것도 다 그런 식이다. 내가 듣는 수업을 똑같이 듣고, 모든 선생님이 좌석 배치표에 우리를 붙어 앉게 해 놓았다. 이 말은 보이21이 내가 듣는 모든 고급 수업(대학 학점으로 인정되는 수업이다)을 듣게 된다는 소리다. 뭐 대단한 건 아니다. 우리 학교 수업 수준은 그리 높지 않으니까. 난 똑똑한 편은 아니다. 예의 바르게 굴고 엉뚱한 짓만 하지 않으면 고급 수업을 들을 수 있다.

보이21은 선생님들하고는 늘 눈을 맞추고 매우 공손하고 정중한 태도를 보인다.

녀석은 다른 학생들하고는 말을 섞지 않는다. 누가 말을 걸어도 바닥이나 천장만 계속 바라보고 대꾸도 하지 않는다.

아이들이 녀석을 거만하다고 생각할까 봐 걱정된다. 그래서는 이 동네에 사는 데 도움이 되지 않는다. 흠씬 두드려 맞는 걸 좋아한다면 또 모를까.

점심시간. 녀석의 키와 몸집이 보통이 아니란 걸 알아차린 우리 팀원들이 내 자리로 다가온다.

테럴이 말을 건다.

"요, 흰토끼, 이 분은 누구심?"

"러스 워싱턴이야. 전학 왔어."

에린이 대신 대답한다.

"운동 좀 하나?"

서가 말한다. 서는 우리 팀 주전 스몰포워드이자 미식축구팀의 독보적인 와이드리시버. 서의 어머니는 아들이 모두에게 존경받는 사람이 되길 바라는 마음에서 이름을 서(Sir, 선생님)라고 지었다. 서는 이 동네에 많지 않은 푸에르토리코 혼혈이다.

보이21은 고개만 젓는다.

우리 팀 파워포워드 하킴이 말한다.

"농구 한번 해 보지그래? 키가 크잖아! 농구에 딱인데."

웨스가 묻는다.

"고급 영어 수업 듣지? 어떤 작가 좋아하냐?"

앞서 말했듯이 웨스는 우리 팀의 센터이고 책벌레다. 원정 경기 가는 버스에서도 늘 책을 읽고, 밤에 불이 다 꺼진 뒤에도 머리에 헤드램프를 쓰고 책을 읽는다.

보이21은 고개를 들지도, 대꾸하지도 않는다.

"그래. 뭐, 대충 알겠다. 말수가 적은 분이시로군! 여기 새로 사귄 친구 분하고 똑같으시네."

테럴 말에 에린이 대꾸한다.

"조용한 게 잘못이니?"

"그럴 리가요, 흰토끼 아가."

에린이 기분이 확 상한 얼굴이 되지만, 난 아무 말도 하지 않는다. 에린이 자리에서 벌떡 일어나 식판을 내려 간다. 할 수만 있으면 나도 뭐라고 했을 것이다. 이럴 땐 말을 못하는 나 자신이 정말 싫다.

테럴이 두 손을 머리 위로 들고 소리친다.

"다들 주목! 다들 여기 주목!"

식당에 있는 아이들이 모두 말을 멈춘다.

조용해지자 테럴이 말한다.

"전학생을 소개할게. 이쪽은 검토끼. 흰토끼와 친하고, 흰토끼만큼 말을 안 해. 둘은 내 친구야. 알겠지? 그러니까 토끼들이 마음껏 뛰놀 수 있게 내버려 두길. 공지 끝. 자, 점심 맛있게들 먹어."

검토끼라는 새 별명에 낄낄대는 녀석들도 있지만, 테럴이 보이21에 대해 그의 형이 보호하는 몸이라고 공식 선언했다는 건 모두가 잘 알아듣는다.

"좋아. 그럼 너희 토끼들은 마음껏 뛰놀아라. 그리고 흰토끼 너, 이번 겨울에 나한테 공 나를 준비는 다 됐지?"

"물론이지."

테럴의 양쪽 귀에 커다란 다이아몬드 귀고리가 박혀 있다. 새 것이다. 테럴은 작년엔 다이아몬드 같은 건 차지 않았다.

팀원들이 떠나자 에린이 자리로 돌아온다. 하지만 날 보려고 하지 않는다.

나도 안다. 테럴이 '흰토끼 아가'라고 불렀을 때 내가 나서 주길 바랐다는 걸. 하지만 난 테럴과 사이좋게 지내야 한다. 그래야 농구 시즌이 잘 풀리기 때문이고, 나에겐 그게 가장 중요한 일이기 때문이다. 또, 우리 학교 여학생들은 그보다 훨씬 더 심한 별명도 듣고 산다. 내가 농구 시즌을 손꼽아 기다리는 이유가 여기에 있다. 시즌이 시작되면 각종 플레이를 달달 외워야 하니까 거의 매일 밤을 체육관에서 보내게 될 것이다. 나머지 세상은 사라질 것이다.

보이21이 할머니가 싸 준 샌드위치를 다 먹고 나서 말한다.

"우린 토끼가 아니야."

처음으로 보이21이 내 눈을 들여다본다.

이런 말을 하면 녀석이 아니라 내가 미친 것 같겠지만, 녀석은 지금 나에게 말을 하면서 학교 전체에 메시지를 전하고 있다. 더더욱 이상한 건, 녀석이 전하려는 메시지가 뭔지 알 것 같다는 것이다.

식당을 나와 복도에 들어서자 우리는 '토끼'가 들어간 인사를 수십 번, 수백 번 받는다.

"요, 깜토끼, 흰토끼!"

"안녕하냐, 큰 토끼, 클 토끼?"

"당근 어뒀냐? 토끼들 밥 줘야지."

하나같이 재미로 놀리는 말들이다. 어쨌든 우리는 로드 형과 마이크 형에게 보호받는 몸이니까. 그래도 짜증이 나는 건 어쩔 수가 없다.

보이21도, 나도 한마디도 하지 않는다.

솔직히 말하면 학교에 나 말고 토끼가 한 마리 더 있다는 게 기분 나쁘지 않다.

13

고어 선생님은 키가 크고 마르고 두꺼운 안경을 썼다. 머리 모양은 아이들이 대놓고 놀리는 보글보글한 파마머리다. 내 생활담임이지만, 난 이 사람이 별로다. 늘 웃는 얼굴에 말투도 부드럽고, 항상 나에게 가장 이로운 방향을 찾아보자고 하는데도.

선생님이 학교 첫날 영어 시간 중에 나를 불러냈다.

이럴 필요가 전혀 없는데 왜 이러나 싶다. 교실에 보이21을 두고 온 것도 불안하다. 이건 감독님이 바라는 바가 아니다.

고어 선생님 방은 바닥부터 천장까지 자동차 범퍼에 붙이는 스티커로 도배되어 있다. 모두 대학 이름이 적힌 스티커다. 우리 학교에서 대학에 진학하는 학생이 별로 없다는 걸 생각하면 좀 역설적인 풍경이다.

내가 자리에 앉자 선생님이 묻는다.

"그래, 진로에 대해 생각해 봤어?"

"전문대요."

거기가 내가 장학금을 못 받아도 갈 수 있는 유일한 곳이다. 내 수능 점수는 그저 그렇다. 아빠는 나에게 2년간 전문대에 다닌 다음 대학교에 편입하면 된다고 한다. 결국엔 그게 훨씬 싸게 먹히니까. 어차피 대출을 받겠지만 덜 빌려도 되니 그편이 현명한 것 같다. 어쨌든 그때 가서 에린이 농구를 하고 있는 곳에 가면 된다는 게 내 생각이다.

"넌 그보다 잘할 수 있어. 이 문제는 나중에 다시 이야기하기로 하자."

선생님이 앉은 채로 몸을 내민다.

"그래, 새로 온 러스 워싱턴이라는 학생 이야기 좀 해 보자."

"무슨 이야기요?"

"글쎄. 감독님이 너에게 그 애를 봐 달라고 부탁한 이유랄까, 뭐 그런 거."

선생님이 빙긋 웃으며 입술을 핥는다.

"감독님이 왜 너를 선택하셨을까?"

난 어깨를 으쓱한다.

"나도 러스에게 일어난 일을 알아, 핀리. 나도 관계자야. 비밀로 할 거 없어."

선생님은 날 가늠하면서 내가 뭘 알고 있는지 알아보려는 것 같다. 혹은, 러스에 대한 정보를 털어놓게 하려고 수를 쓰는 건지도 모른다. 선생님 표정이 마음에 안 든다. 내 머릿속을 헤집어 놓는 게 재미있기라도 한 모양이다.

"어때? 너와 러스 사이에 공통점 같은 게 있어?"

"농구를 하죠."

난 그렇게 말하고 곧 후회한다. 고어 선생님이 그 사실을 아는지 모르는지 모르니까.

"그렇지."

선생님 대답에 기분이 나아진다.

"그런데 그것 말고 다른 건 없을까? 예를 들어 너에게도 뭔가 심각한 일이 있었다든가 하는 거. 지금까지 너무 오래 꽁꽁 싸매 둔 무언가 말이야."

무슨 말인지 잘 안다. 고어 선생님은 1학년 때부터 계속 내가 이 주제에 대해 말하게 하려고 애를 써 왔다. 하지만 그건 선생님이 상관할 문제가 아니다.

선생님은 자기가 뭘 헤집어 놓으려는 건지도 모르면서 함부로 덤빈다. 세상에는 말로 헤집지 말아야 할 일들도 있다. 고어 선생님은 이 동네에 살지 않는다. 그게 이렇게 티가 난다.

"그만 가 봐도 될까요?"

"난 널 도우려는 거야, 핀리."

"감독님이 러스를 혼자 두지 말라고 하셔서요. 교실로 돌아가야 해요."

"넌 감독님이 시키는 일은 이유도 묻지 않고 무조건 하는 거야?"

"네."

"왜?"

"감독님이니까요."

"난 네가 걱정돼, 핀리. 혼자서 감당할 수 없을 것 같으면 언제든 나를 찾아와. 그걸 알아주었으면 한다. 난 너희를 지켜 줄 수 있어."

누가 누굴 지킨다고? 선생님, 주위를 한번 둘러보세요. 우리는 사는 동네부터가 다르거든요.

슬슬 짜증이 나기 시작한다. 그게 티가 났나 보다.

고어 선생님이 검지와 중지로 수업 통행증을 들어 올린다.

"가 보렴."

난 총알같이 튀어나온다.

14

마지막 종이 울린 후, 보이21은 에린과 함께 방과 후 연습을 하러 체육관에 가는 나를 따라온다.

난 연습복으로 갈아입으면서 보이21에게 함께 운동을 하겠느냐고 물어본다.

"그냥 보기만 할래."

나는 고개를 끄덕인 뒤 얼굴을 돌리고 씩 웃는다.

굳이 함께 운동을 하자고 해서 혹시라도 녀석이 팀에 합류했을 때 내 선발 자리를 뺏는 걸 돕고 싶진 않다.

보이21이 사이드라인에 앉아 있는 동안 난 더 강해지고 더 빨라진다. 코트에 나가 땀을 흘리고 몸의 움직임과 함께 빨라지는 심장 박동을 느끼는 순간엔 모든 생각이 멈춘다.

스티커 별자리를 바라보고 있었을 때도 비슷한 기분이 들었다. 하지만 농구는 더 강렬하다. 농구는 다른 모든 것을 사라지게 한다.

에린과 내가 여러 종류의 슛 연습과 자유투 연습, 전력 달리기를 하는 동안 러스는 선수석에 앉아 있다.

우리가 5마일 드리블을 할 때 러스는 운동장에 앉아 있다.

우리가 역기 운동을 할 땐 웨이트 훈련실 한구석에 앉아 있다.

녀석은 내내 너무도 무표정한 얼굴로 우리를 지켜보고 있다.

마침내 녀석이 숙제를 꺼내서 한다.

내가 에린을 집 앞까지 데려다 주고 입맞춤을 할 때 녀석은 보도에서 기다린다.

보이21과 나는 우리 집 현관 계단에 말없이 앉아서 녀석의 할아버지가 데리러 오길 기다린다.

다음 날도 할아버지가 녀석을 에린 집에 내려 준다.

보이21은 또다시 나의 조용한 그림자가 된다.

15

물리 담당인 제프리 선생님이 현장 학습으로 아이맥스 영화를 보러 갈 거라고 발표한다. 허블이라는 망원경을 우주에 고정하는 탐험에 관한 영화라고 한다.

제프리 선생님이 허가서 양식을 나눠 주며 말한다.

"올해 우리가 배울 내용 중에 우주여행과 관련된 것이 얼마나 많은지 몰라. 정말 입이 쩍 벌어질 만큼 환상적인 장면을 보게 될 거야!"

반 아이들은 현장 학습을 간다고 신이 난 것 같다. 어쨌든 평상시와 달리 한나절이나 학교를 떠나 있게 된다. 그런데 보이21은 웃는 기색조차 없다.

왜 저러지? 우주여행이라면 엄청 좋아할 줄 알았는데. 비록 아이맥스 영화이긴 해도.

다음 수업이 시작되기 전에 내가 묻는다.

"현장 학습 재밌을 거 같지?"

"그래."

그뿐이다.

굳이 우주 이야기를 자꾸 꺼낼 필요는 없겠다 싶어 그 정도에서 멈춘다. 그런데 제프리 선생님이 현장 학습에 대해 말할 때마다 러스는 입을 쩍 벌리고 펜으로 책상을 두드려서 모두의 눈길을 산다.

저건 틱 장애 같은 걸까.

현장 학습 날, 학교 앞에서 줄을 서는데 실망스럽게도 고어 선생님이 제프리 선생님과 함께 인솔자로 나와 있다. 그래도 난 인사를 하고 선생님도 나를 반갑게 맞는다.

우리는 소형 스쿨버스 한 대로 필라델피아 센터시티에 있는 프랭클린 연구소로 향한다. 버스로 30분밖에 걸리지 않는 거리다. 난 필라델피아 센터시티에는 딱 한 번 가 봤고, 프랭클린 연구소는 이번이 처음이다. 필라델피아에는 아빠와 함께 식서스와 필리스 경기를 보러 몇 번 가 봤지만, 거긴 센터시티는 아니었다.

보이21과 나는 버스에서도 같이 앉는다. 난 내내 창밖을 바라본다. 이렇게 벨몬트를 벗어나는 일은 흔치 않으니까. 고속도로에 들어서기 전에 로빈 타운십이라는 동네를 가로지른다. 여기는 다들 고급 주택에 산다. 거리에 쓰레기 하나 없고, 나무에도 그래피티 같은 건 없고, 번쩍이는 최신식 자동차가 널려 있다.

어떤 집은 우리 학교만큼이나 크다. 앞뜰이 축구장보다도 넓다. 텔레비전에나 나오는 곳 같다. 이런 동네에 사는 사람들은 어떻게 사는지 궁금해진다. 보이21이 캘리포니아에서는 아주 큰 집에서 살았다는데…….

그러나 난 아무것도 묻지 않는다.

우리는 도시를 가로질러 만국기가 쭉 걸려 있는 거리를 지나 버스에서 내린 다음, 콘크리트 계단을 올라 오래전에 세운 것 같은 거대한 기둥을 지나 프랭클린 연구소로 들어간다.

제프리 선생님이 표를 끊는 동안, 아이들은 내가 본 것 중에 가장 큰 의자에 앉아 있는 하얀 거인 같은 벤저민 프랭클린 동상 옆에서 기다린다. 다른 학교에서도 물리 수업을 하러 와서 아이들이 다른 학교 애들과 뒤섞이고 있지만, 보이21과 나는 프랭클린 옆에 가만히 머무른다.

"괜찮니?"

고어 선생님이 묻자 난 고개만 끄덕이고, 러스가 대답한다.

"넵."

녀석은 초조한 모습으로 두 손을 자꾸만 맞잡았다 놓았다 하고 있다.

제프리 선생님이 아이들을 집합시키고 표를 나눠 주며 말한다.

"내가 너희 나이였을 땐 이런 걸 경험할 수 있으리라고 꿈도 꾸지 못했다. 현대 과학의 경이로움을 목격하는 시간이다. 자, 가 보자, 꿈나무들아!"

진짜 웃긴다. 누가 괴짜 아니랄까 봐, 우리한테 아이맥스 영화 좀 보여 준다고 선생님이 완전히 들떠 있다.

우리는 선생님을 따라 극장으로 들어가서 자리를 잡는다.

둥근 스크린이 활짝 펼쳐진 하늘색 낙하산 같다. 공 안에 들어온 기분이다. 어딘가로 떨어지고 있는 것만 같다.

멀미에 대비하는 방법이 안내된다. 눈을 감거나 뒤쪽에 있는 출구로 나가라고 한다. 하지만 우리 자리는 긴 열의 한가운데라 여기서 빠져나가기는 거의 불가능할 것 같다. 내 뒤에 있는 녀석들이 내 머리에 대고 토하지나 않았으면 좋겠다.

안내가 끝나고 곧 영화가 시작된다.

제프리 선생님 말 그대로 엄청난 영상이 펼쳐진다. 시끄럽고, 생생하고, 입체감이 장난 아니다. 마치 내가 우주를 둥둥 떠돌아다니는 것 같다. 우리가 다 함께 우주를 여행하고 있는 것 같다. 스피커 소리가 얼마나 큰지 흉곽이 다 떨린다. 손을 뻗으면 나무에서 이파리를 따듯이 행성과 별들을 움켜잡을 수 있을 것만 같다. 게다가 해설자가 레오나르도 디카프리오다.

"진짜 굉장하다."

난 보이21에게 속삭인다. 아무런 대꾸가 없다. 멀미를 참는 건지 녀석은 손으로 입을 막고 있다.

화면에 우주 왕복선이 나타나자 보이21이 외친다.

"이건 못 참아!"

몇몇 사람이 "쉬잇!" 소리를 낸다. 하지만 녀석은 자리에서 일어나더니 사람들 무릎을 타 넘으며 상영관을 빠져나간다.

"거기 좀 앉아!"

어둠 속에서 누군가 소리쳐도 녀석은 멈추지 않는다.

난 녀석이 괜찮은지 따라가 보려고 한다. 실내는 깜깜하고 계단은 가파르고 녀석은 정신을 놓고 있으니까. 그런데 고어 선생님이 "넌 거기 있어, 핀리!" 하더니 녀석을 따라 나간다.

선생님이 알아서 상황을 정리할 것이다. 난 다시 자리에 앉아 영화에 집중하려고 한다. 하지만 그럴 수가 없다.

대체 왜 저러는 거지?

우주 비행사들이 왕복선의 비좁은 선실 안을 둥둥 떠다닌다. 저 안엔 중력이 없다. 비행사들은 우주복을 입고 허블 천체 망원경을 설치한다. 우주를 찍은 사진 중 몇몇은 정말로 입이 쩍 벌어지게 한다. 저 바깥에 있는 우주가 얼마나 큰지, 우주에 있는 것들은 하나같이 얼마나 거대한지, 보는 것만으로도 머리가 어지러워진다. 우주에는 수십억 개의 은하가 있고, 은하마다 수십억 개의 별이 있다고 디카프리오가 말한다. 상상이 잘 안 된다. 문득문득 보이21과 고어 선생님이 어디로 가서 무슨 이야기를 하고 있을지 궁금하기도 하지만, 점점 까맣게 잊고 영화에 빨려 들어간다.

영화가 끝나고 우리는 제프리 선생님을 따라 프랭클린 연구소 밖으로 나온다. 거대한 기둥 아래 계단에 앉아 필라델피아 공립 도서관과 마천루들 사이로 분수가 솟아오르는 모습을 바라보며 싸 온 점심을 먹는다. 참치 샌드위치를 반쯤 먹었을 때, 녀석과 선생님이 이쪽으로 걸어오는 모습이 눈에 들어온다. 두 사람이 길을 건너 계단을 오른다. 다른 아이들은 웃고 떠드느라 바쁘다. 나만 녀석이 돌아오는 걸 알아챈다.

"이제 괜찮지?"

고어 선생님이 러스의 어깨에 손을 올린 채 묻는다. 마치 친한 친구처럼. 러스는 고개를 끄덕이곤 내 옆에 앉는다.

고어 선생님은 우리만 놔두고 제프리 선생님 쪽으로 간다. 아무리 말이 없는 나라도 지금의 침묵은 어색하다. 그래서 입을 연다.

"좋은 영화 놓쳤다, 너! 별들이 이렇게 멀리서 보는 거하고 저 가까이서 보는 게 정말 다르다. 그리고 성단이라는 거 말이야, 거인이 우주에 손가락을 딱 꽂고 사정없이 돌린 것 같이 생겼더라. 내 설명이 좀 이상한가?"

러스는 지나가는 차만 쳐다볼 뿐, 대꾸하지 않는다.

"아까 왜 나갔어?"

"그 얘긴 별로 하고 싶지 않아. 알지?"

"그럼."

아무 말도 하고 싶지 않은 그 심정, 이해한다.

그거야말로 내가 아주 잘 아는 거니까.

16

9월 말, 드디어 구내식당 아주머니들이 점심 때 당근을 내놓기 시작한다. 난 테럴을 주시하며 당근 장난이 시작되길 기다리는데, 웬 모르는 녀석이 먼저 다가온다. 커다란 이글스 미식축구팀 셔츠를 입어 몸집이 작아 보였지만, 표정만큼은 한없이 건방지다. 놈은 나와 눈을 마주치곤 "토끼들 밥 주자." 하며 식판의 질퍽한 당근을 긁어 내 음식 위에 쌓으려고 한다. 그때 러스가 날카롭게 외친다.

"우린 토끼가 아니야!"

아이맥스를 보러 간 날처럼 정신이 나간 건 아니다. 그냥 화가 난 거다. 안 그래도 덩치 큰 녀석이 사나운 눈빛과 날카로운 목소리로 상대를 겁주고 있다.

당근을 버리려던 놈이 뒤로 풀쩍 물러서며 식판을 바닥에 떨어뜨린다. 식당에 있던 사람들이 몸을 돌려 우리 쪽을 쳐다본다.

찬물을 끼얹은 듯한 침묵.

난 잠깐 눈이 휘둥그레졌다가 이내 빙긋 웃는다. 이제 새 친구 걱정은 덜었다. 지금 보니 멀쩡히 제 앞가림은 하고도 남을 녀석이다. 오히려 내가 녀석 신세를 지게 될 것 같아 걱정이다.

그 후론 아무도 우리 음식에 당근을 투척하지 못한다.

가을 내내 보이21은 하루 한시도 내 곁에서 떨어지지 않는다. 주말에도 에린하고 내가 연습하는 모습을 보러 온다. 하지만 농구공엔 손도 대지 않는다. 또 뭔가 의미 있는 말은 에린에게도 나에게도 전혀 하지 않는다.

그냥 늘 내 옆에만 있다.

우린 이따금 러스를 데리고 쇼핑몰이나 극장에 간다. 녀석이 언제 다시 폭발해서 지난번에 당근을 버리려던 놈에게 했던 것처럼 난동을 부릴지 모르겠지만, 표정은 늘 그대로다. 우리가 웃어도 녀석은 웃지 않는다. 우리가 미소를 지어도 녀석은 미소를 짓지 않는다. 그저 우리 주위를 맴돌기만 한다. 에린과 나는 태평한 편이라 그런 것에 별로 상관하지 않지만, 점점 호기심이 생기기도 한다.

단둘이 지붕에 있을 때 에린이 보이21에 관해 묻는다. 난 어깨를 으쓱할 뿐 감독님이 나에게 한 이야기를 알려 주지 않는다. 그리 대단한 이야기는 아니지만, 이미 감독님께 비밀을 지키겠다고 약속했다. 난 약속을 지키는 사람이다.

"혹시 내가 없을 땐 러스가 재미있는 말을 해?"

"그렇지도 않아."

사실이다. 내가 녀석에게 아무것도 묻지 않기 때문이겠지만.

"그 애, 왜 그러는 걸까?"

"그냥 말이 없는 성격일 수도 있지. 나처럼."

"난 말 없는 사람이 섹시하더라."

갑자기 에린의 입술이 내 입술에 포개진다. 입이 잔뜩 뜨거워지고 미끈거린다.

에린이 몸을 떼고 말한다.

"조용한 건 괜찮아. 근데 늘 우릴 따라다니잖아. 단둘이 있을 수가 없어."

"신경 쓰여?"

"좀 그렇지. 그래도 지붕 데이트는 방해하지 않아 다행이야."

우린 다시 입을 맞춘다. 뜨겁고 달콤하다.

10분쯤 키스를 나누는데, 문득 보이21이 처음 만난 날 이후론 우주 이야기를 한 번도 꺼내지 않았다는 생각이 든다. 하지만 굳이 그 주제를 끄집어낼 필요는 없을 것 같다. 녀석은 벨몬트에서 그럭저럭 잘 살아남고 있고, 괜히 내가 발을 걸고 싶진 않으니까. 이 동네에선 살아남는 것만도 꽤 힘든 일이다. 또 아이맥스 때와 같은 사태를 일부러 다시 일으키고 싶지도 않다.

난 개인의 사정을 존중한다. 그리고 에린하고 입맞춤하는 걸 좋아한다. 그래서 지금 이 순간에 집중하기로 한다.

17

10월 말의 어느 밤, 에린 집에 다녀오는데 나무 뒤에서 보이21이 불쑥 튀어나온다.

"너희 집 지붕에 가서 앉아 있어도 될까?"

늦은 시간이긴 하지만 금요일 밤이라 고개를 끄덕인다.

이제는 보이21이 내 뒤를 따라왔다고 해서 놀라지 않는다. 늘 그러니까. 또 말했다시피 나와 에린에게 시간이 필요할 땐 자리를 비켜 주니까.

우리는 함께 집으로 향한다. 녀석은 숄더백 말고도 손에 끈으로 묶은 흰색 상자를 들고 있다. 어쩐지 안달이 난 모습이다. 턱을 늘리려는 건지 사자처럼 하품을 하는 건지 모르겠지만 계속 입을 엄청 크게 벌려댄다. 피곤해서 그러는 것 같지는 않다.

집에 들어가니 아빠가 재킷을 걸치고 출근 준비를 하고 있다. 내가 안 보는 줄 알 때, 표정을 숨길 힘도 없을 때 나오는 예의 그 체념한 듯한 슬픈 표정이다.

아빠가 우릴 보고 말한다.

"네가 여기 온 거 할아버지 할머니도 아시니, 러스?"

"네, 아저씨. 한 시간쯤 뒤에 할아버지가 데리러 올 거예요."

"그 상자는 뭐냐?"

"컵케이크요."

"진짜로?"

보이21이 고개를 끄덕인다.

"그래. 그럼 난 출근한다."

할아버지는 또 휠체어에 기절해 있다. 한 손엔 맥주 캔을 들고, 다른 손엔 할머니 묵주를 감고, 무릎에 텔레비전 리모컨을 얹은 채 세상모르고 잔다.

텔레비전에선 매직 존슨이 청소용품을 광고하고 있다. 쇼 호스트가 '마법' 청소 지팡이로 소파나 카펫에 묻은 얼룩을 닦아낼 때마다 존슨이 "정말 저랑 똑같군요. 이건 정말 '매직'이에요!"라고 말한다.

"나도 레이커스 역대 최고의 포인트가드가 케이블 광고 방송에 나와 자기 얼굴에 먹칠하는 꼴을 구경하고 싶다만, 우리 중 누군가는 돈을 벌어야겠지. 어휴, 이 아빠는 출근하신다!"

보이21이 아빠의 농담을 듣고 웃자, 아빠가 웃으며 손을 들어 올리고 웃기는 아빠들이나 하는 하이파이브를 나눈다. 그리곤 이내 사라진다.

"사라져라, 이 쓸모없는 세제들아!" 하며 매직 존슨이 농구공을 던지듯 낡은 병들을 멀리 있는 쓰레기통에 던져 넣는다. "여기 매직이 왔어요, 매직이! 얼룩들아, 정신 차려! 이제 너흰 끝장이다! 매직! 매직! 매직!"

매직 존슨도 늙은 것 같다.

"가자."

내 말에 보이21이 나를 따라 내 방으로 올라온다.

창문을 열어젖히고 함께 지붕으로 올라간다. 바깥은 춥지 않고 선선하다. 냉장고 문을 열었을 때처럼 시원한 느낌이다.

보이21은 지붕에 앉자마자 상자를 연다. 놀랍게도 상자에서 생일 초를 꺼낸다. 가게에서 파는 컵케이크도 두 개 꺼낸다. 방에 불을 켜 두어서 케이크에 설탕 장식으로 그려진 우주 왕복선이 보인다. 녀석이 아이맥스 극장에서 소란을 피웠던 일이 생각난다. 슬며시 걱정이 된다.

보이21이 케이크에 초를 하나 쑥 꽂는다. 촛불의 심지가 딱 우주 왕복선을 쏘아 올리는 부분에 온다.

녀석이 라이터로 초에 불을 붙이고 이렇게 말한다.

"우주 수송체 120. 발사 10초 전. 8초 전. 5. 4. 3. 2. 1. 디스커버리호가 발사되었습니다. 이제 평화를 싣고 우주로 올라가 국제 과학의 새로운 관문을 열어 줄 것입니다."

보이21이 생일 노래를 부르기 시작한다. 녀석 눈에 열기와 광기 같은 게 어려 있다.

"사랑하는 보이21, 생일 축하합니다."

녀석은 그렇게 노래하고 촛불을 분다. 그리고 나에게 컵케이크 하나를 건네며 "너는 바닐라 맛, 나는 초콜릿 맛." 하더니 자기 몫을 덥석 베어 문다.

바닐라 초콜릿 어쩌고는 농담인가.

하지만 녀석 얼굴엔 웃음기가 없다.

"생일 축하해, 러스. 미리 알았으면……."

"태양계에 열다섯 번째 왔다가 돌아가기 직전의 일이야. 아빠 차를 탔는데 학교로 가는 길이 아닌 거야."

보이21이 너무도 진지한 목소리로 말을 잇는다.

"오히려 반대쪽으로 가는 거야. 내가 어디 가느냐고 물어도 아빠는 싱글거리기만 해. 그러다 공항까지 가서 비행기를 타는데, 도착지가 플로리다야. 그래서 '아빠, 약속 지키는 거야?' 하고 물으니까 아빠가 한쪽 눈을 찡긋하네. 내 심장이 쿵쾅거리기 시작해. 우리가 어디 가는지 딱 알았거든. 우리는 플로리다에 내려서 어떤 호텔에 들어가. 아빠가 굳이 말로 안 해도 난 알아. 아빠가 평생 꿈꿔 온 그것, 내가 평생 꿈꿔 온 그것을 눈앞에 두고 있으니까."

바람이 불고, 아직도 나무에 매달려 있는 바싹 마른 이파리들이 바스락거린다. 약간 오슬오슬하다.

"다음 날, 우린 관망 지점으로 가. 드디어 내 눈에 우주 왕복선 디스커버리호가 들어와. 발사대 위에 거대하게 서 있어. 그곳과 우리 사이엔 작은 바다밖에 없어. 아빠와 난 디스커버리호가 발사될 때까지 거의 영원과도 같은 시간을 기다려. 무슨 문제라도 생기면 어쩌나 하면서……. 정오 20분 전, 디스커버리호가 발사돼. 로켓에 불이 붙자 어마어마한 소리가 나. 또, 우주선 밑동에서부터 거대한 연기 구름이 터져 나오더니 수평선을 따라 끝도 없이 부풀어 나가. 마침내 우주선이 굉장히 느리게 위로 떠올라. 오렌지색 용암으로 된 밝은 뿔 같은 걸 타고 뒤에 길쭉한 연기 기둥을 남기면서 위로 밀려 올라가는 거야……. 그건 내가 그때까지 본 것 중에서 가장 아름다운 광경이었어. 아빠가 나에게 팔을 두른 채 함께 서서 지켜본 것도 기억나. 발사가 끝나고 우린 둘 다 한동안 아무 말도 하지 않았어. 그렇게 거기 서서 미소만 짓고 있었어. 그날은 내 최고의 생일날이었어. 아니, 내 인생 최고의 날이었어."

보이21의 이야기가 끝났지만, 난 무슨 말을 어떻게 해야 할지 모르겠다. 녀석이 현장 학습 때 소란을 피운 이유가 그거였다.

보이21이 말한다.

"컵케이크 먹어."

난 몇 입에 케이크를 먹어 치운다. 진하고 촉촉한 바닐라 맛이다. 이가 시릴 정도로 달콤하다.

우리는 한동안 말없이 앉아 있다.

"그 장면, 너도 볼래?"

"어떻게?"

"유튜브로. 아까 다운로드 받아 놨어."

보이21이 가방에서 노트북을 꺼낸다.

우리는 짧은 영상을 본다. 좀 전에 보이21이 한 말은 유튜브 영상에서 발사 장면을 중계한 사람의 말을 그대로 읊은 거였다. 우주 평화니, 관문이니 하는 대사 전부를.

녀석은 이 영상을 몇 번이나 본 걸까.

"너희 아버지도 우주에 관심이 많았어?"

"푹 빠져 있었지. 책도 얼마나 많이 읽었다고.「스타 트렉」을 엄청 좋아했어. 저 최후의 개척지를 정말 사랑했어. 집에 고성능 망원경도 몇 대 있었고. 지금도 창고에 있어. 멀리 서부에."

보이21이 내 눈을 들여다본다. 어떤 결정을 내리려는 것 같은 표정을 하고. 이상하다. 오늘 녀석은 자신의 과거에 대해 가장 많은 이야기를 했다. 어쩌면 자기가 생각했던 것보다 더 많이 빗장을 풀어 버린 건 아닐까 싶다. 그런데 그때 녀석의 표정이 바뀌더니, 아무렇지도 않게 원래의 표정으로 돌아온다.

"오늘 아빠가 텔레파시로 생일 카드를 보내왔어. 선물을 하나 준비했대. 그런데 너희 지구인은 전혀 모르는 어떤 은하에 예상치 못한 유성우가 내리는 바람에 원래 예정보다 지구 시간으로 며칠 늦게 데리러 올 것 같대. 그래서 나, 너와 좀 더 함께 있어야 할 것 같아, 핀리라는 지구인."

마음 한편으론 이런 수수께끼 놀이는 이제 그만 집어치우라고 하고 싶다. 녀석에게 단도직입적으로 묻고 싶다. 방금 들려

준 이야기를 생각하면 더더욱. 오늘 녀석은 멋대로 우리 집에 왔고, 누가 시키지도 않았는데 자기 아빠 이야기를 했다. 분명히 그 이야기를 하고 싶었던 것이다. 하지만 난 아무것도 묻지 않는다. 난 확실하지 않을 땐—늘 확실하지 않지만—입을 열지 않는 인간이니까.

뭐라도 물어봐 줘야 하는 거 아닐까?

녀석에게 지금 대화가 필요한 건지도 모르잖아.

내가 아무것도 묻지 않고 자기가 원하는 대로 있게 해 주기 때문에 이런 이야기를 털어놓는 거라면?

녀석이 '보이21'이든 뭐든 상관없다. 다만, 이상하게 러셀이 마음에 든다.

우리는 입을 여는 대신 바닥에 누워 하늘만 쳐다본다. 구름이 껴서 달도 보이지 않는 하늘인데도.

할아버지 차가 도착하자 보이21이 말한다.

"컵케이크 같이 먹어 줘서 고맙다, 지구인."

나는 방에서 나와 계단을 내려가 문밖까지 바래다준다.

보이21이 차를 타기 직전에 뒤돌아서서 말한다.

"너와 함께 우주를 돌아다녀도 좋을 것 같아, 핀리. 넌 평화로운 존재야. 기분 좋은 생일이었어. 고마워."

"또 보자, 친구."

나는 그렇게 말한다.

보이21은 이내 사라진다.

내 방에서 『베니스의 상인』을 읽어 보려는 중이다. 영어 수업 때문인데, 만만치 않은 책이다. 그때 뭔가가 내 방 창문에 부딪힌다. 눈덩이가 유리에 철썩 붙었다가 아래로 흘러내린다. 창문을 올리자 차가운 공기가 쏟아져 들어온다. 순간, 또 눈덩이가 날아와 내 얼굴을 때린다.

"눈싸움하자!"

에린이 길 건너편에서 외친다. 난 잽싸게 재킷을 걸치고 신발을 신고 계단을 뛰어 내려간다.

거실을 지나는데 아빠가 묻는다.

"어디 불났냐?"

문을 열고 나가자마자 에린이 내 가슴팍을 퍽 맞힌다.

눈이 펑펑 내리고 있다. 온 동네가 하얗게 덮였다. 눈이 올 때마다 우리 동네는 아름다운 마법에 걸린다. 더없이 고요해지고,

그 많은 쓰레기와 깨진 유리병과 지저분한 그래피티가 잠깐이나마 하얀 눈에 가려진다. 눈이 오기엔 아직 이른 것 같은데, 그래서 오늘 저녁이 더더욱 아름답게 느껴진다. 기대하지도 않았던 선물 같다.

내가 눈을 퍼서 뭉치는 동안 에린이 세 번이나 나를 맞힌다. 눈덩이를 비축해 둔 것이다. 눈덩이를 하나 만들어 에린을 겨냥해 던진다. 에린이 몸을 숙여 피하길래 난 에린을 넘어뜨린다. 눈이 그렇게 많이 쌓인 건 아니니까 너무 세지 않게. 에린은 처음엔 별로 저항하지 않더니, 이윽고 나와 겨루려고 한다. 난 에린의 두 손목을 잡고 팔꿈치로 팔을 꽉 누른다. 그리고 입을 맞춘다.

지금 이 순간 이 세상에서 가장 따뜻한 것은 우리 입술이다.

"정말 아름답지 않아?"

에린이 말한다. 눈송이들이 내 두 귀를 지나 에린의 머리 옆으로 잔뜩 쏟아져 내린다.

"멋져."

"지붕에 올라가서 밤새 구경하자."

"그러자."

그때 자동차 헤드라이트가 우리 쪽으로 다가온다. 이상하다. 이 동네 사람들은 눈이 올 땐 운전을 안 하는데.

우린 자리에서 일어난다.

감독님의 포드 트럭이다.

"감독님이 웬일이지?"

"글쎄."

감독님이 천천히 차를 세우더니 차창을 내리고 말한다.

"핀리, 잠깐 차에 타서 드라이브할래?"

나는 에린을 보고 어깨를 움츠린다.

"난 가서 눈으로 할아버지를 맞혀야지."

에린은 정말로 만들어 둔 눈덩이를 하나 집어 들고 집으로 달려간다. 저걸 할아버지에게 던지려는 걸까. 에린이니까 그래도 된다. 할아버지는 나만큼이나 에린을 좋아하니까.

난 감독님 트럭에 탄다. 손을 녹이려고 히터에 대니 바람이 엄청 뜨겁다. 감독님은 근처로 차를 몰지도 않고, 나에게 묻는다.

"러스는 어떠냐?"

"잘 지내요."

"농구를 하라고 말해 봤어?"

"넵."

거짓말이다. 생일 이후로 녀석은 말수가 더 줄었다. 농구고 뭐고 아무것도 이야기하고 싶어 하지 않는 것 같아서 난 그냥 놔두고 있다. 하지만 감독님이 듣고 싶어 하는 말은 그게 아니다.

"뭐라고 하던?"

"별말 없었습니다."

"별말이 없어?"

"예."

"그 애가 농구에 대해서 뭐라고 했는데?"

"농구를 하고 싶어 하지 않는 것 같습니다."

"러스가 그렇게 말한 거야, 아니면 네 생각이야?"

"그 애는 불안한 상태입니다."

"네가 정신과 의사냐, 핀리?"

감독님은 한 번도 나에게 이런 식으로 말한 적이 없다. 목소리에 빈정대는 투가 섞여 있다. 나에게 짜증을 내는 것이다.

화가 난다.

난 지금까지 날마다 녀석과 함께 등교했고, 매일같이 녀석과 함께 점심을 먹었고, 벌써 두 달 넘게 녀석을 그림자처럼 달고 다녔다. 그리고 오늘 저녁 에린과 단둘이 멋진 시간을 보내고 있는데 감독님이 방해한 것이다.

"아닙니다, 감독님."

"내일 수업 끝나고 러스와 함께 보건실에서 체력 검사를 받아. 그리고 금요일에는 팀 모임에 데리고 나와. 알겠나?"

"예."

"너도 그 애의 플레이를 보면 내가 왜 이렇게 신경을 쓰는지 이해할 거다. 날 믿어 봐."

"알겠습니다."

감독님이 어둠 속에서 손을 뻗어 내 어깨를 꽉 쥔다.

"고맙다, 핀리. 이건 농구보다도 중요한 일이야. 우리 팀보다도 중요해. 러스는 널 좋아한다. 네가 도움이 되고 있어."

무슨 말을 해야 좋을지 모르겠다.

아무리 생각해도 내가 러스에게 별 도움이 안 되는 것 같고, 녀석 상태가 나아지는 것 같지도 않은데.

"아버지, 할아버지께 인사 전해 주고."

감독님 말에 난 고개만 끄덕이고, 그길로 눈 속을 달려 집으로 간다.

에린은 아빠와 함께 식서스의 경기를 보고 있다. 할아버지의 윗옷이 흠뻑 젖어 있다. 에린이 정말로 할아버지에게 눈을 던진 것이다.

"정말 못 말리는 아가씨야."

할아버지가 나를 보고 말한다. 아빠가 웃음을 터뜨린다.

"집에 들어오더니 할아버지 가슴팍을 맞히지 뭐냐."

"내가 다리만 멀쩡했어도……."

"아이고, 만날 그 다리 타령."

할아버지에게 이런 식으로 말해도 괜찮은 사람은 별로 없지만, 우리 집에서 에린은 특별한 사람이다. 우리와 함께 지낸 시간이 얼마인데. 에린은 우리 가족이다.

"가자, 핀리."

우린 그제야 지붕 위에 앉아 벨몬트가 하얗게 변하는 모습을 바라본다. 폴폴 눈이 내린다. 송이송이 하얀 눈이.

"감독님이 뭐래?"

"러스에게 농구를 하라고 권하래."

"그렇군."

에린은 그렇게 말한다.

아침이 되자, 눈은 거의 다 녹아 없어졌다. 다시 특별할 것 없는 날이 시작된다.

셋이서 학교로 걸어가는 길에 에린이 말한다.

"러스, 혹시 농구에 관심 있어?"

"글쎄."

러스의 얼굴을 슬쩍 보니, 앞니 사이로 입술을 빨고 있다.

녀석이 나와 눈을 맞춘다. 마치 나에게 허락을 구하는 것 같은 모습이다. 나도 안다. 녀석이 다시 농구를 하게 도와주는 것이 내 역할이라는 것을.

그러나 난 그렇게 하지 않는다.

"오늘 수업 끝나고 보건실에서 체력 검사 있어. 잘해 봐. 핀리와 함께 농구 하면 좋잖아."

에린의 말에 러스가 고개를 끄덕인다.

난 아무 말도 하지 않는다.

그날 오후 우린 둘 다 검사에 통과한다. 하지만 농구 이야기는 하지 않는다.

농구팀의 첫 모임이 있는 날, 앨런 씨가 전화를 걸어 와 러스가 몸이 안 좋아 결석을 하게 됐다고 알린다.

결석은 처음 있는 일이다.

혹시 농구팀 모임 때문일까.

수업이 끝나고 우리 팀은 식당에 모인다.

감독님이 허가서 양식과 추수감사절 다음 날부터 시작되는 연습 일정표를 획획 나눠 준다.

종이를 가방에 집어넣는 것만으로도 기분이 좋아진다. 이것으로 올해 농구가 공식적으로 시작되었으니까.

모임이 끝나고 팀원들은 미식축구장으로 몰려가는데 감독님이 나를 부른다.

"핀리, 얘기 좀 할까?"

다들 떠나고 나만 남자 감독님이 묻는다.

"그동안 러스가 농구에 대해 어떤 태도를 보였지?"

또 그 질문이다.

감독님은 왜 같은 질문을 자꾸 하는 걸까?

"체력 검사는 함께 받았습니다."

"그건 잘했다. 그런데 러스가 오늘 학교에 가지 않겠다고 했다는군. 팀 모임이 있는 날에. 앨런 부부 말로는 그 애가 다시 우주 이야기를 시작했다고 한다. 부모님이 우주선을 타고 와서 자기를 데려갈 거라고 말이야."

난 청소부가 카페테리아 저편에서 쓰레기통을 비우는 모습을 바라본다.

"러스에게 농구를 해야 한다고 말했나? 그동안 잘 도와준 거 맞아, 핀리?"

"그 애는 농구 이야기는 안 하려고 해요. 원래 말을 많이 하지도 않고요."

감독님이 한숨을 쉬고 불쾌한 표정을 짓는다.

"잘 들어. 러스를 첫 연습에 반드시 참석하게 해라. 팀의 일원이 되고, 훈련을 하고, 그렇게 평소대로 돌아오면 그 애가 어떻게 행동하는지 보자. 그 애에겐 지금 규칙적인 일상이 필요해. 끝까지 경기에 나가지 않더라도 말이야. 팀과 함께하는 것만으로도 도움이 될지 모른다. 누구보다도 네가 잘 알잖아."

솔직히 말하면 감독님 때문에 슬슬 열에 받친다.

왜 테럴이나 웨스나 다른 선발 선수에겐 그 녀석을 도우라고 귀찮게 하지 않는 건데요? 왜 나 혼자 이런 임무를 맡아야 하는 건데요? 난 농구를 하고 싶을 뿐이라고요.

"날 실망시키지 않겠지."

감독님은 그렇게 말하고 내 오른뺨을 톡톡 친다.

19

추수감사절이라 사람들이 장갑을 끼고 스카프와 모자를 쓰고 있다. 에린과 보이21과 나는 핫초코를 홀짝이며 우리 학교 미식축구팀이 홈구장에서 이번 시즌 마지막 경기에 패배하는 모습을 구경하고 있다.

이 동네 사람들은 미식축구를 좋아하는 편이지만, 농구 경기에 비하면 분위기가 훨씬 미지근하다. 추수감사절이라서 평소보단 약간 더 활기차지만, 대단하진 않다. 벨몬트는 미식축구엔 별 소질이 없는 동네라고 보면 된다.

그래도 우리 학교 악단의 하프타임 공연은 볼만하다. 마이클 잭슨 헌정 공연인데, 마지막엔 「스릴러」를 멋지게 연주하며 완벽한 좀비 댄스를 춘다.

보이21은 사람 수가 적은 백인 구역에 우리와 함께 앉아 있다. 좀 튀긴 하지만, 뭐라고 하는 사람은 없다.

우리 학교 체육관이 의도적으로 흑백으로 분리된 건 아니다. 다만, 벨몬트 주민들은 자기와 비슷한 사람들끼리 앉는 경향이 있다. 늘 그래 왔다.

우리 셋은 우리 편이 멋진 모습을 보여 줄 때마다 환호하지만, 말은 거의 하지 않는다. 경기 내내 보이21에게 혹시 내일 농구팀에 나오지 않겠느냐고 권하고 싶지만, 또 한편으론 권하고 싶지 않다.

4쿼터에 테럴의 패스가 인터셉트되면서 벨몬트 고 미식축구팀은 시즌 성적 2승 6패로 플레이오프 진출에 실패한다. 우리 농구팀 소속 선수는 아무도 다치지 않았으니 이번 미식축구 시즌은 완벽했다고 생각한다. 감독님도 물론 그렇게 생각할 것이다.

관중석에서 나오다가 벨몬트 고 농구팀의 열혈 팬이자 테럴의 엄마인 패터슨 부인과 마주친다. 표범 무늬 모자를 쓰고, 목욕 가운 같은 가죽 재킷을 입었다. 엄청난 멋쟁이다. 부인이 나를 발견하고 소리친다.

"흰토끼! 너, 이리 와 봐."

나는 패터슨 부인에게 간다. 부인이 나를 힘차게 껴안고 양 볼에 입을 맞춘다. 부인은 자기 친구들(다들 코트 위에 벨몬트 고 미식축구팀 셔츠를 입었다)에게 이렇게 말한다.

"다들 알지? 피터 맥마너스 아들. 이제 진짜 경기가 시작되는 거야. 역시 농구가 최고지! 흰토끼가 이번 겨울에 우리 아들 밥상 한번 거하게 차려 줄 거야. 주 대회 우승까지 우리 테럴하고 흰토끼, 내가 쭉 응원한다. 알았지, 흰토끼?"

"예, 아주머니."

"어머, 조용하고 예의 바른 것 좀 봐. 꼭 고등학교 때 제 아빠 같다."

짙은 자주색 붙임머리를 한 몸집 큰 부인이 말한다.

그 말에 다들 낄낄 웃고 빙긋거리며 "그으래?!" 한다.

"그래, 흰토끼! 저기 네 여자친구랑 말 없는 키다리 그림자가 기다리고 있네. 어서 가 봐."

아주머니는 그렇게 말하고 3미터 저쪽에 서 있는 보이21과 에린을 향해 점잖지만 퉁명스러운 고갯짓으로 인사를 보낸다.

우리는 주차장에서 벨몬트 고의 다른 교사들과 어울리고 있는 감독님을 발견한다. 학생들은 그게 맥주인 줄 모를 거라는 듯이 종이컵으로 맥주를 마시고 있다. 감독님은 나에게 내일 아침(드디어 농구 시즌이 정식으로 시작되는 때다)에 보자고 하고, 에린에게는 격려의 말을 건넨다. 그러더니 보이21에게 직접 집에 데려다 주겠다고 한다. 앨런 부부와 함께 추수감사절 식사를 하기로 했다면서.

에린과 나는 마침내 단둘이 되어 손을 잡고 우리 동네로 걸어온다. 몇 남지 않은 나무들이 이파리를 떨구었지만 우리 동네에선 아무도 낙엽을 치우지 않는다. 우리는 마른 잎을 바스락거리며 보도를 걷는다.

"있잖아, 우리, 이번 시즌에는 계속 사귀는 게 어때? 꼭 헤어질 필요는 없잖아?"

나는 아무런 대답도 하지 않는다.

에린과 난 해마다 이와 똑같은 대화를 나눈다.

에린은 자기나 나나 일정에 치여 계속 무척 바쁠 테니까 사귀든 헤어지든 별 차이 없지 않느냐고 하고, 난 농구 시즌에 연애를 하면 한눈을 팔게 된다고 생각한다.

에린하고는 그냥 친구로 지내는 게 불가능하다. 매일 점심시간에, 등교할 때, 사물함 근처에서 에린을 보면 몸이 달아오를 테고, 그러면 농구에 100퍼센트 집중할 수 없게 될 테니까. 난 에린을 사랑하는 만큼 농구를 사랑한다. 이건 이해가 충돌하는 문제다. 만약 농구 시즌에도 우리가 지붕에서 입을 맞추거나 손을 잡으면 내가 세운 목표들은 그대로 잊혀지게 될 것이다. 학교 수업도 들어야 하고 할아버지도 돌봐야 하는 마당에 농구 시즌에 여친까지 사귀는 건 내 정신력으론 불가능한 일이다.

난 에린과 입을 맞추고 손을 잡는 게 정말 좋다. 샤워를 하고 온 에린의 머리칼에서 나는 복숭아 향도 정말 좋다. 겨울에 체육관에서 나는 땀 냄새, 가죽 냄새만큼이나 좋다. 팀에서 농구를 하는 것만큼이나, 남자애들과 함께 땀 흘리는 것만큼이나 좋다. 그리고 여친을 사귀는 것과 농구를 하는 것이 상호 배타적인 것도 아니다. 둘 다 어떤 필요를 채워 준다. 그것도 똑같은 필요를.

농구와 에린은 나머지 세상을 사라지게 해 준다. 나에게 집중하게 하고, 나를 잊게 하고, 엔도르핀이 돌게 해 준다. 중독되려면 둘 중 어느 한 쪽에 제대로 중독되는 편이 낫다. 에린하고 헤어지는 건 이번 시즌으로 네 번째다. 우린 언제나 다시 서로에게 돌아왔다.

그런데 오늘은 왜 이렇게 낯설고 두려운 기분이 드는 걸까?

내가 뭐라고 주장을 펼 생각이 없음을 알고 에린이 말한다.

"혹시 내가 다른 사람을 사귈까 봐 걱정은 안 돼?"

난 웃음을 터뜨린다. 에린은 농담을 하는 거다.

겨울엔 농구가 에린의 남자친구다. 농구가 내 여자친구이듯이.

에린이 또 묻는다.

"어떻게 할래?"

"이번 시즌엔 너야말로 농구에만 집중해야 해."

에린도 잘 안다. 사실은 에린도 농구에만 전념하고 싶어 한다. 내일이 시즌 첫날이라 괜히 한번 칭얼거려 보는 거다.

"학교에 같이 가거나 이야기하는 것도 안 돼? 점심 같이 먹는 것도? 조금만 덜 극단적으로 생각하면 안 돼?"

에린의 미소에 장난기가 어려 있다. 괜히 그러는 거다. 우리가 농구를 위해 헤어지는 이유를 에린도 잘 안다.

"집중이 흐트러지면 안 돼."

보이21이 정말로 농구로 돌아올 가능성을 떠올리고는 이렇게 덧붙인다.

"올해는 더더욱."

"왜?"

난 어깨를 움찔한다.

에린에게 진실을 말할 수 없으니까.

에린이 팔꿈치로 내 옆구리를 살짝 찌른다.

"왜 올해는 더더욱 안 되는 건데?"

뭐라고 둘러대야 할지 모르겠다.

"정말 이렇게 이상하게 굴 거야?"

에린이 이렇게 말하며 내 손을 꼭 쥔다. 에린은 나에게 화를 내는 게 아니다.

아직 농구 시즌이 정식으로 시작되지 않았으니 에린의 입술에 키스를 해도 된다.

난 즉각 생각을 행동에 옮긴다.

20

에린 집에서 추수감사절 식사를 한다. 식탁 공간이 너무 좁아서 접이식 의자를 펴기도 쉽지 않다. 의자는 짝이 맞는 게 하나도 없고, 나무로 된 오래된 식탁은 긁힌 자국 투성이다. 은 식기들도 짝이 안 맞는 고물들이다.

에린의 부모님은 낡고 칙칙한 운동복을 입고 있다. 아주머니는 분홍색 미니마우스, 아저씨는 무늬가 없는 짙은 남색이다.

로드 형도 와 있다. 솔직히 말해 난 형이 무섭다. 돈 리틀 사건을 생각하면 그러지 않을 수가 없다. 식사 중에 형이 묻는다.

"동네에서 누가 귀찮게 하진 않고?"

"응."

로드 형은 목에 문신을 새로 했다. 아일랜드어 같기도 한데, 난 아일랜드어를 모른다.

"에린, 넌?"

"그런 사람 없어. 오빠는 이제 농구 안 해?"

"안 해."

그 대답이 난 서글프다. 우리가 어렸을 때 형은 늘 우리와 같이 농구를 했고 팀에서는 뛰어난 포인트가드였다. 형이 벨몬트 고에서 감독님 밑에 있던 시절에 아빠와 함께 경기를 보러 가곤 했다. 형은 정말 멋졌다. 한번은 펜스빌 고를 상대로 트리플 더블을 기록하는 것도 봤다. 16어시스트, 18득점, 10리바운드였다.

"농구팀, 올해도 잘할 것 같아?"

로드 형이 나에게 묻는다.

"잘할 거야. 에린이랑 여자팀도 잘할 거고."

"감독님이 흑인치곤 정말 괜찮은 사람이야."

로드 형이 자기 동생 이야기는 무시하고 이렇게 말한다.

"흑인이 그 정도면 대단하지."

형의 인종 차별 발언에 에린이 입을 열려고 하다가 이내 생각을 바꾼다. 추수감사절에 가족과 싸우고 싶진 않은 것이다. 에린은 로드 형을 그리워한다. 옛날의 로드 형, 우리가 꼬마였을 때 함께 농구를 해 주던 로드 형을. 그때 형은 인종 차별적인 말을 입에 담는 사람이 아니었다.

나도 뭔가 말하고 싶다. 흑인 중에 괜찮은 사람이 얼마나 많은데 라든가. 하지만 난 이 동네에서 내가 어떤 입장인지 잘 안다. 그렇다. 나는 문신을 하나 더 새기고 온 아일랜드 깡패 로드 형이 두렵다. 다들 그를 두려워하는 것과 똑같이.

우리는 몇 분간 조용히 식사만 한다.

에린의 부모님은 우리 아빠보다 나이가 많고, 우리 아빠와 마찬가지로 좀 이상한 분들이다. 아저씨는 나처럼 말이 없다. 식사 중에도 눈을 마주치지 않는다. 아주머니는 무척 예민한 분으로, 계속해서 주방을 들락거리느라 차분히 음식을 먹지 못한다. 이야기를 나누기는 거의 불가능하다.

에린의 부모님은 공기가 빠져서 쭈글쭈글해진 좀비 같다. 표현이 웃기긴 하지만 정말 그렇다. 두 분 다 생기가 별로 없다.

어떻게 보면 에린 집이 우리 집보단 낫다. 평면 텔레비전, 컴퓨터, 인터넷까지 있다. 이 집에서 로드 형이 감당하는 부분이 얼마나 되는지 궁금하다. 아저씨는 일을 그만둔 지 오래됐고, 아주머니는 마을 사무소에서 비서로 일하니까 그 정도로 돈을 많이 벌 리 없다.

"고기 좀 더 줘야겠네."

식사 중에 아주머니가 가장 많이 하는 말이다.

에린이 모두에게 말을 시킬 셈으로 다들 무엇에 감사하느냐고 묻는다. 아저씨는 "칠면조."라고 한다. 아주머니는 "가족."이라고 한다. 로드 형은 "기네스 맥주와 제임슨 위스키."라고 한다. 나는 "농구."라고 한다.

에린은 이렇게 말한다.

"핀리."

"나도 에린."

"나도 농구."

우린 서로의 눈을 들여다본다. 로드 형이 콧방귀를 뀌며 고개를 절레절레 흔든다. 우리는 말없이 식사를 끝낸다.

로드 형은 마지막 호박파이를 먹어 치우자마자 집을 떠난다. 에린의 부모님은 소파에 앉은 채로 잠들어 버린다. 에린과 난 설거지를 한 뒤 우리 집으로 간다. 할아버지는 또 휠체어에 앉아 할머니의 초록색 묵주를 꼭 쥔 채 술에 취해 기절해 있다. 명절 때마다 보는 모습이다. 할아버지는 특별한 날엔 더욱더 할머니를 그리워한다. 우린 아빠에게 에린이 싸 온 음식을 건네고 아빠가 먹는 동안 옆에 앉아 있다.

"아저씨는 무엇에 감사해요?"

"내 아들에게 이렇게 좋은 친구가 있다는 것에. 이렇게 맛있는 음식에도 감사하고."

아빠 말에 에린이 빙긋 웃는다.

"너희 둘, 농구 시즌 준비는 잘했지? 아아, 나도 농구나 하는 고등학생이면 좋으련만."

아빠의 얼굴에 먼 곳을 보는 것 같은 서글픈 표정이 어린다. 그때가 엄마랑 사귀던 시절이기 때문이리라. 아무도 말을 하지 않은 채로, 아빠가 식사를 마친다.

아빠가 파이까지 다 먹자마자 우리는 내 방으로 가서 지붕으로 나간다. 우린 이불을 들고 나와 몸을 친친 감싸 거대한 고치가 된다. 상쾌한 가을 공기를 마신다. 오늘도 냉장고를 열었을 때처럼 시원하다.

원래 계획은 30분간 쉬지 않고 에린과 입을 맞추는 것이었다. 오늘이 지나면 최소한 석 달간은 키스를 못 하게 되니까. 만약 둘 중 한쪽 팀이라도 플레이오프에 진출하면 넉 달간이나 에린의 입술을 맛보지 못할 수도 있다. 그래서 난 에린의 셔츠에 손을 넣고 부드럽고 단단한 등을 어루만지면서 오늘 밤엔 농구를 잊고 여자친구와 함께 있는 이 시간에 집중하려고 한다. 그런데 그게 잘 안 된다.

"왜 그래? 마음이 딴 데 가 있어."

에린이 결국 그렇게 말한다.

"내일 걱정이 돼서."

센 바람이 불어와 몸이 떨려 온다. 그래도 지금 내 옆엔 에린이 있다. 무척 따뜻하다.

"왜? 넌 두 시즌이나 선발 포인트가드였잖아. 감독님은 너 없인 못 살아. 넌 지금 최상의 컨디션이야. 이번 시즌은 정말 열심히 준비했어. 올해는 진짜 멋진 한 해가 될 거야. 노력은 배신하지 않는다, 알지? 지난 여름 우리의 표어."

내가 아무 말도 하지 않자 에린이 또 말한다.

"무슨 일 있는 거야? 너, 몇 주 전부터 계속 이상해. 열두 시에 나랑 헤어지기 전에 털어놓는 게 좋을걸. 안 그럼 몇 달 동안이나 후회할 거야."

"비밀로 해 줄 수 있어?"

난 에린에게 그렇게 묻고 만다. 에린 말이 맞다. 이 이야기를 에린에게 해야만 한다. 물론 이 일을 말하면 감독님을 배반하는 게 되고 죄책감을 느끼겠지만, 더 이상은 비밀로 할 수가 없다.

"물론이야."

나는 에린의 아일랜드 토끼풀 같은 초록색 눈동자를 바라보다가 나도 모르게 이렇게 말해 버린다.

"러스의 부모님은 살해당했어."

"뭐라고?"

"그게 러스가 여기 오게 된 이유야. 부모님이 죽임을 당한 뒤에 머리가 이상해져서 외상 후 스트레스 장애를 겪는 아이들을 위한 시설에 들어가야 했었대. 나랑 둘이 있을 땐 자기를 보이 21이라고 불러. 자기는 우주에서 왔고, 곧 자기 부모님이 우주선으로 자기를 데리러 올 거래."

에린이 입을 벌리고 있다. 하지만 말은 하지 않는다.

"농담 아니야. 러스가 할아버지네 집으로 이사 왔을 때 감독님이 나에게 그 녀석을 도와 달라면서 한 이야기야. 감독님하고 러스 아버지가 친한 친구였대. 워싱턴이라는 이름은 가명이야. 사실은 전국 각지에서 스카우트 제의를 받는 포인트가드래. 캘리포니아에서 농구를 했대. 감독님이 나더러 러스가 벨몬트에 잘 적응해서 우리 팀에서 뛸 수 있도록 도우라고 했어. 러스가 내 선발 자리를 차지하게 될 거야, 에린. 감독님이 아무한테도 말하지 말라고 해서 그동안 말 못 했어."

"와아, 이건 정말 '와아'다! 엄청난 이야기네. 걘 정말로 자기가 우주에서 왔다고 믿는 거야?"

"그냥 연기일지도 모르지만, 늘 그렇게 얘기해."

"그러고 보니 운동하는 몸이었지. 딱 봐도 그랬어. 왜 진작 말하지 않았어?"

"감독님이 하지 말라고 했어."

"나에겐 했어야지. 난 너에게 전부 털어놓는걸. 비밀 같은 게 생기면 벨몬트에 영원히 처박히게 되는 거 너도 알잖아. 너 영원히 벨몬트에 살고 싶어? 아니면 나랑 같이 떠나고 싶어?"

"당연히 너랑 같이 떠나고 싶지. 이 동네는 정말 지긋지긋해."

"그래서?"

이번엔 에린이 정말로 화가 난 것 같다. 난 말로 표현한다.

"미안해. 응?"

하늘을 쳐다본다. 구름이 잔뜩 끼어 아무것도 보이지 않는다. 에린 말대로 비밀은 위험하다. 하지만 난 감독님이 하라고 하면 무슨 일이든 한다는 걸 에린도 잘 안다.

팽팽했던 긴장이 좀 누그러진 것 같아 이렇게 말한다.

"러스가 내 선발 자리를 차지하는 건 싫어."

"감독님이 과장한 거 아니야? 러스가 그 정도로 잘할까?"

"모르지. 그게 문제야. 그걸 알면 이렇게 심란해 할 일도 없지."

에린이 내 코끝에 키스한다.

"넌 내일 러스가 팀에 나올지 안 나올지 그것부터 모르잖아!"

"농구를 하고 싶어 하는 것 같지는 않아."

"그 애가 내일 나온다고 해도 연습을 오래 쉬었잖아. 경기를 뛸 만한 상태가 아니니까 일단 네가 유리해. 또, 감독님에게 넌 중요한 선수야. 네가 팀을 위해 얼마나 노력하는지도 알고, 러스를 도와준 것도 알고. 감독님이 너한테 러스의 친구가 되어 달라고 부탁했고, 넌 그렇게 했어. 감독님을 위해서. 그리고 이건 순전히 가정해 보는 건데, 네가 가장 걱정하는 일이 벌어진다고 쳐 봐. 네가 선발에서 빠진다고 해도, 이건 최악의 시나리오일 뿐인데, 감독님은 너를 식스맨으로 쓸 거야. 안 그래?"

"내가 원하는 건 식스맨이 아니야. 난 선발 포인트가드이자 주장이 되고 싶어."

"다시 한 번 말하지만, 내일 가서 열심히 해. 너의 농구는 그 누구도 방해하지 못해."

난 에린의 뺨에 입을 맞춘다. 에린이 몸을 꼼지락거리며 내려와서 내 가슴팍에 머리를 기댄다.

"러스의 부모님, 정말로 살해당했어?"

"응."

"그래서 그렇게 말이 없었구나. 세상에! 어쩜 살해라니."

에린이 잠깐 말을 멈추더니 이렇게 묻는다.

"감독님이 그래서 너한테 러스를 도우라고 한 건가?"

"무슨 말이야?"

"아니, 그냥. 혹시 그런 게 아닐까……."

"그런 거?"

"아, 아니야."

"더 일찍 말하지 못해서 미안해. 감독님이……."

"어쩌다 그랬대?"

"어쩌다라니, 뭐가?"

"러셀 부모님, 어쩌다 살해당한 건데?"

"모르지. 그런 얘기는 안 해. 당연히 하기 싫겠지."

"그 애는 아무 얘기도 안 하지."

"그럴 만도 하지."

그것으로 이 이야기는 끝난 듯하다.

우리는 잠시 그렇게 누워 함께 숨을 쉰다. 내가 뱉은 숨이 달 빛에 비친다. 우리의 심장이 이렇게 가까이서 뛰고 있다.

"러스가 너랑 함께 다니면서 정말 즐거워하는 거, 너도 느끼 지? 무슨 길 잃은 강아지처럼 온종일 너만 따라다니잖아. 걔가 널 어떻게 바라보는지, 그건 모르지? 그 앤 널 좋아해. 그 애한 텐 네가 필요해. 넌 지금까지 좋은 친구가 되어 줬어. 도움을 줬 다고. 어쩌면 그 앤 겨울에도 널 그림자처럼 따라다니고 싶어서 팀에 들어올지도 몰라. 그럼 계속 함께 다닐 수 있으니까."

"그 녀석은 감독님이 시킨 대로 날 따라다니는 거야. 그뿐이야."

"아니, 그렇지 않아, 핀리. 네가 좋은 사람이라서 그러는 거야. 함께 있으면 편해서. 다른 사람이 아니라 너라서. 넌 사람들에 게 뭘 요구하지 않잖아. 부정적인 말은 입에 담지도 않고, 절대로! 주변 사람을 못살게 구는 사람이 얼마나 많은데. 넌 그렇지 않아. 넌 존재만으로도 사람들에게 힘을 줘."

에린의 말이 다 맞는 것 같진 않지만, 난 더 이상 반박하지 않는다. 우리는 자정까지 서로 껴안고 지붕에 누워 있다. 에린을 집까지 바래다주고 우린 현관 계단에서 한 번 더 입을 맞춘다.

"이번 시즌, 행운을 빌게."

"올해는 너의 해가 될 거야, 핀리."

"그래."

나는 한 계단 내려온다.

"우리 정말 헤어지는 거야?"

"딱 몇 달만."

"농구 시즌 끝나면 다시 나랑 사귀어 줄래?"

에린이 묻고 난 고개를 끄덕인다. 하지만 이건 규칙 위반이다. 지금까지 난 우리가 '진짜로' 헤어져야 한다고, 잠깐 떠나는 것과 헤어지는 것은 다르다고 주장해 왔으니까. 다시 만날 날을 생각하게 되면 농구에 집중할 수 없으니까. 하지만 우리 둘 다 이것이 잠깐의 이별이란 걸 잘 안다. 우리는 앞으로 우리에게 남은 삶을 함께 보낼 것이다.

"가야겠다. 첫날이니까 푹 자야지."

에린은 고개를 한 번 끄덕인 후 집으로 들어간다.

이제 난 여자친구가 없다. 난 농구 선수일 뿐이다.

난 포인트가드다. 재미있는 시즌이 될 것이다. 올해는 더더욱.

시즌

"때로 선수의 가장 어려운 과제는
팀에서 자기가 맡은 역할을
충실히 해내는 것이다."

스카티 피펜

매년 그랬듯이 올해도 내가 가장 먼저 도착한다. 이른 아침 연습이라 체육관이 아직 열리지 않아서 밖에서 감독님이 오길 기다린다.

날씨가 쌀쌀하다. 반바지 차림이라 더하다.

키가 2미터나 되는 웨스 리즈가 갈색 종이로 싼 책에 코를 박고 걸어온다. 내가 있는 줄도 모르고 체육관 문을 열려고 하다가 문이 잠긴 걸 보고 책에서 얼굴을 든다.

"어, 있었네. 흰토끼, 못 봤어."

"그래."

내가 대꾸하자 웨스가 책을 들어 보인다.

"랠프 엘리슨의 『투명인간』. 좋은 책이야."

랠프 엘리슨을 읽어 본 적은 없지만, 아니, 사실은 그게 누군지도 모르지만 난 고개를 끄덕인다.

다음으로 서와 하킴이 나타나 모두에게 손뼉을 맞부딪친다.

선수들이 속속 도착한다. 감독님은 아직도 나타나지 않는다.

테럴이 마이크 형 차에서 내린다. 크롬 도금 바퀴에 색유리로 장식한 힙합 스타일 베엠베다. 멀어져 가는 자동차에서 나오는 베이스 음향이 가슴팍을 후려친다.

테럴이 묻는다.

"감독님은?"

"모르겠어."

테럴의 금목걸이에 자기 등번호인 3 자가 대롱거린다. 처음 보는 물건이다.

저학년 팀 감독이자 우리 팀 부감독인 왓스 선생님이 나타난다. 부감독님은 절대 제시간에 오는 사람이 아니다. 감독님이 정식으로 늦는다는 뜻이다.

우리 감독님은 절대 늦는 법이 없는데. 절대로.

무슨 일이지?

다른 선수들과 있다가 문득, 감독님이 늦는 이유를 깨닫는다.

식은땀이 나기 시작한다.

보이21에게 팀 연습에 나오라고 설득하러 간 것이다.

"흰토끼, 왜 그렇게 초조한 얼굴이냐?"

테럴 말에 난 고개를 젓고 어깨를 으쓱한다.

하킴이 말한다.

"너 입 좀 더 쓰면 안 되겠냐? 플레이 외칠 때 빼곤 말하는 걸

들은 기억이 없다니까."

"넌 뭘 그렇게 읽냐?"

테럴이 웨스에게 묻자, 웨스는 고개도 들지 않고 대꾸한다.

"랠프 엘리슨."

"랠프 엘리슨이 누군데?"

"아프리카계 미국인 작가 중 가장 위대한 사람. 우리의 유산
이지. 너도 알아 둬야 할 작가야."

누가 들으면 허세라고 생각할 만한 말투다. 그런데 테럴이 갑
자기 다른 선수들에게 우스꽝스러운 표정을 지어 보이더니 웨
스가 들고 있는 책을 낚아챈다.

"이리 내놔!"

웨스의 저지에도 아랑곳없이 테럴이 책을 들춰 보곤 소리친다.

"『해리 포터』잖아! 이 바보, 꼬마 마법사 얘길 읽고 있어!"

모두가 웨스를 향해 낄낄거린다. 부감독님까지도.

난 왜들 웃는 건지 모르겠다.

웨스가 『해리 포터』를 읽는 게 뭐가 어때서?

그게 너희와 무슨 상관인데!

테럴에게 뭔가 말하고 싶지만, 혀가 제대로 움직이지 않는다.
얼굴만 붉게 달아오른다.

"고급 영어 수업 때문에 읽는 거야. 읽기 숙제라고. 나도 억지
로 읽는 거거든!"

"진짜냐, 흰토끼?"

서가 나에게 묻는다.

"그럼."

거짓말쟁이를 모면한 웨스가 나에게 고맙다는 표정을 지어 보이고는 테럴에게서 『해리 포터』를 낚아챈다.

테럴이 묻는다.

"『해리 포터』에 흑인도 나오냐?"

"그게 중요해?"

테럴이 웨스에게 대꾸하려는데 감독님의 트럭이 나타난다. 보이21과 함께다.

테럴이 나를 보고 말한다.

"저게 누구냐, 흰토끼? 네 그림자잖아. 검토끼는 농구 안 하는 줄 알았는데?"

"왜 감독님 차를 타고 왔지?"

하킴이 나를 보고 묻는다.

"글쎄."

나는 하늘을 응시한다. 온통 잿빛이다.

감독님이 체육관 문을 열자, 다들 안으로 들어간다.

나는 보이21을 무시하고 내 목표에만 집중하기로 한다. 농구 시즌엔 초등학교 이래 가장 친한 친구인 에린과도 말을 하지 않는 나다. 녀석을 무시한다고 해서 마음 불편할 것도 없다. 지금은 우선순위를 정해야 할 때다. 농구를 해야 할 때다. 우리 팀엔 내가 있어야 한다.

그렇지?

딱 하나 문제가 있다면, 보이21의 부모님이 살해당했고 그 때문에 아파하는 녀석을 내가 돕기로 되어 있다는 것이다.

팀이 슛을 하며 몸을 푸는 동안 보이21은 내 근처를 맴돈다. 난 계속 움직인다. 리바운드를 쫓는다. 지금까진 그림자가 별로 성가시지 않았지만, 이젠 이 녀석이 무겁게 느껴진다. 녀석 때문에 몸이 점점 느려지는 것 같다. 이건 농구 시즌에 여자친구를 사귀는 것이나 다름없다. 이제 녀석은 혹이다.

딱 한 번 러스의 얼굴을 살핀다. 무척 초조하고 겁먹은 모습이다. 화가 난다. 감독님 평가가 사실이라면 보이21은 이 체육관 안에서 가장 뛰어난 선수일 텐데, 뭘 저렇게 걱정하는 거지?

감독님이 호루라기를 불자 모두 벽에 기대어 앉는다. 보이21이 내 옆에 주저앉지만, 난 녀석을 보지 않는다. 감독님은 유니폼이 열여덟 벌밖에 없으며 다음 주에 그 주인을 정하겠다고 말한다. 벽에 기대어 앉아 있는 선수는 스물여섯 명. 여덟 명은 팀에서 제외된다는 뜻이다.

감독님은 주 대회 우승이라는 우리 목표에 대해서도 말한다. 팀워크와 노력에 대해, 우리가 하나가 되는 것, 한 가족이 되는 것에 대해 이야기한다. 매년 똑같은 이야기다.

전에도 천 번쯤 들었던 이야기다. 그런데도 감독님 말에 마음이 가벼워지고 더 집중하게 된다. 내 근육들은 준비되어 있다. 내 심장은 세차게 고동치고 싶어 한다. 내 머리는 생각을 멈추고 싶어 한다. 이건 무아지경에 빠져드는 것과도 비슷하다.

농구 시즌은 내 삶의 유일한 의미다. 농구에는 명확한 목표가 있다. 그 목표를 이루기 위해 우리는 하나로 뭉치고, 동네 주민들은 환호를 보낸다. 농구는 이 동네에서 제대로 된 유일한 것, 사람들이 계속해서 응원하는 유일한 것이다. 농구는 내가 살아온 삶에서 가장 멋진 것이다. 에린을 빼면.

곧이어 우리는 풀코트 연습을 한다. 그런데 보이21이 어느 줄어디에 섞여 있는지 신경 쓰지 않아도 훤히 보인다. 녀석의 움직임이 얼마나 형편없는지 모두가 눈길을 주고 있으니까.

보이21의 첫 번째 패스는 관중석으로 날아간다.

네 번의 슛은 골대에 닿지도 않거나, 맞고 튕겨 나간다.

수비에서는 매번 뚫린다.

끔찍한 얼굴을 하고 있다. 술에 취하기라도 한 것처럼.

양어깨는 앞으로 구부정하고, 무릎을 한데 모으고 있다. 농구의 기본자세와는 거리가 멀다. 녀석은 빛줄기를 타고 우주로 올라가길 기다리는 것처럼, 혹은 기도를 올리는 것처럼 계속해서 조명만 올려다본다. 여기 있고 싶지 않은 게 확연히 느껴진다.

그런데 웃기는 건, 이 상황이 즐겁지 않다는 거다. 슬슬 녀석이 걱정되기 시작한다. 곧 울음을 터뜨릴 것 같은 표정을 하고 있는 녀석 걱정을 하다가 결국 나까지 자세가 흔들린다.

내가 엉뚱한 패스를 하자 감독님이 소리친다.

"뭐야? 너라고 당연히 선발인 줄 알아? 특별 대우는 없어!"

감독님이 나에게 이런 식으로 소리를 지르는 건 처음이다.

난 정말로 초조해지고 혼란스러워진다.

감독님을 만족시키려면 보이21과 나 둘 다 잘해야 한다. 그건 공평하지 않다. 여기 있는 선수 중에 나만 저 녀석과 이상한 관계로 묶여 있다.

감독님이 새로운 공격 플레이를 점검한다. 다행히 난 그대로 1군 팀에서 연습한다. 러스는 2군 팀이다. 녀석은 20분이나 내가 뛰는 모습을 지켜보고도 플레이를 외우지 못한 것 같다.

녀석의 움직임은 끔찍하다.

차마 눈 뜨고 볼 수가 없다.

믿을 수 없을 만큼 형편 없는, 그냥 코미디다.

선발 선수들이 화난 표정으로 서로 눈빛을 교환하고 고개를 절레절레 젓고 험한 말을 뇌까린다. 녀석 하나 때문에 연습의 흐름이 깨지고 있으니까.

태어나서 처음 농구공을 만져 보는 사람 같다.

저건 일부러가 아니고서야…….

순간, 어떻게 된 일인지 깨닫는다. 감독님이 왜 저렇게 실망하고 화를 내는지도.

다음 두 시간 동안 나는 있는 힘을 다해 뛰지만 정신은 다른 곳에 가 있다.

연습이 끝날 무렵 체육관에 여자팀이 들어온다. 난 힐긋 에린 쪽을 본다. 에린이 내 모든 동작을 지켜보고 있다. 두 눈으로 나를 응원하고, 손을 흔들고 싶은 걸 꾹 참고 있다. 난 에린에게 지금 이 사태에 대해 설명하고 싶다. 하지만 우리는 앞으로 석 달간 말을 하지 않기로 한 상태다. 어쩔 수 없다.

연습용 유니폼이 땀에 젖어 무겁다. 머리털도 피부도 끈적거린다. 근육도 머리도 지쳤다. 저 녀석 덕분에. 농구를 하면서 이렇게 힘든 적은 없었다. 생각이 너무 많아진다. 운동선수는 생각을 하지 않는 편이 낫건만.

마무리 운동으로 전력 달리기를 한다. 난 무조건 1등으로 들어오겠다고 결심한다. 지치지 않은 상태에서는 서, 하킴, 테럴, 어쩌면 보이21도 나보다 훨씬 빠를 것이다. 지금은 나도 지친 상태지만, 다른 뛰어난 선수들과 달리 재능이 없기 때문에, 아빠 말처럼 난 노력으로 재능을 이겨야 한다. 그래서 나 자신을 더 세게 몰아붙여 매번 2, 3미터 차이를 두고 1등으로 들어온다.

연습을 제대로 못 한 걸 만회하려고 하자 곧 폐가 불타는 듯하고 두 다리가 비명을 지르고 몸이 말을 듣지 않으려고 한다.

보이21은 매번 한참 뒤에 꼴찌로 들어온다.

애처로울 지경이다.

"집합!"

다들 감독님 명령에 집합해 가운데로 손을 모은다. 우리는 팔로 연결된 하나의 거대한 바퀴가 된다.

"오후 연습은 3시에 시작한다. 핀리와 러스는 감독실로 와. 하나, 둘, 셋에 팀이라고 외친다. 하나, 둘, 셋."

"팀!"

나는 감독님을 따라, 러스는 나를 따라 감독님 방으로 간다. 나머지 선수들은 부감독님을 따라 라커룸으로 가고, 여자팀이 코트에 들어간다. 십수 개의 농구공을 드리블하는 소리와 그 두 배의 운동화가 나무 바닥을 때리는 소리가 들려온다.

보이21과 나는 방 이편과 저편에 선다. 감독님이 문을 닫는다.

"핀리, 난 너에게 러스가 벨몬트에 적응하도록 도우라고 했다. 맞나?"

난 고개를 끄덕인다.

"내가 한 이야기를 생각하면, 러스가 올해 우리 팀에 들어와야 팀이 목표를 이룰 가능성이 더 커진다고 생각하지 않나?"

보이21이 신발을 내려다본다.

"러스는 네가 사정을 다 알고 시작했다는 걸 알고 있다. 우리가 무슨 이야기를 나누었는지 알아. 내 질문에 대답해라, 핀리."

"예."

예, 감독님. 전국에서 스카우트 제의를 받는 일류 포인트가드가 저 대신 뛰는 것이 우리 팀에겐 훨씬 더 좋은 일입니다.

"러스에게 팀에 나오지 말라고 한 이유가 뭐야?"

머리에서 눈알이 튀어나오려고 한다. 난 저 녀석에게 우리 팀에 들어오지 말라고 한 적이 없다. 절대로! 난 입을 벌리지만 아무 말도 나오지 않는다. 혀가 움직이질 않는다.

심장이 다람쥐처럼 목을 타고 밖으로 빠져나오려고 한다. 주

136

먹에 힘이 들어간다. 얼굴에 난 구슬땀이 바닥으로 떨어진다.

"그렇게 말한 건 아니에요. 말로 한 적은 없어요."

보이21이 말한다.

"뭐? 핀리가 너에게 팀에 들어오면 안 된다고 했다면서?"

"전 그렇게 말하지 않았어요. 제가 들어오는 걸 바라지 않는 게 분명하다고 했지. 핀리가 그렇게 말한 적은 없지만, 저에게 팀에 들어오라고 한 적도 없어요. 한 번도 농구를 권하지 않았어요. 감독님, 올해는 핀리의 마지막 해예요. 괜히 제가 끼어들어서 방해하고 싶지 않아요."

"아니, 우리는 팀을 최우선으로 생각한다. 지금까지 내가 한 말 잊었나?"

"감독님, 핀리는 저에게 잘해 줬어요. 좋은 아이예요. 저 앤 나보다 훨씬 더 농구를 사랑해요. 비시즌에도 열심히 준비했어요. 저보다 훨씬 더요. 제가 갑자기 끼어들어서 선발 자리를 빼앗을 순 없어요. 그런 게 무슨 친구예요?"

나는 녀석의 얼굴을 지그시 바라본다.

웃는 기색은 없다.

눈을 깜빡이지도 않는다.

진지하기 짝이 없다.

녀석은 내 선발 자리를 지켜 주려고 올해 농구를 하지 않을 생각이었다. 그것 때문에 연습 때 농구를 못하는 척했던 것이다. 순전히 날 위해서. 난 우리 가족과 에린과 감독님에게 느끼는 것과 비슷한 감정을 녀석에게서 느낀다. 녀석이 무슨 생각을 하고 있는지 깨닫는다.

지금까지 날 위해 이렇게 자기를 희생하겠다는 사람이 하나라도 있었나?

"저 애 등번호를 뺏을 수도 없고요. 그건 옳지 않아요."

나는 내 연습용 셔츠에 적힌 번호를 내려다본다. 1학년 때부터 쓴 번호다. 이런 순간이 올 거라곤 예상했지만, 예상과는 다른 기분이다. 당연히 내 번호를 가지고 싶을 텐데……

"핀리, 한 번도 러스에게 농구를 하지 말라고 한 적이 없어?"

"없습니다, 감독님."

"그렇다면 그건 내가 사과하마."

사과 같은 건 필요 없지만, 마음이 놓인다. 난 그저 농구를 하고 싶을 뿐이다. 감독님이 나를 좋게 봐 주길 바랄 뿐이고.

"상황이 무척 이상하게 됐군. 그렇다면, 이렇게 하자. 내가 잠깐 나가 있을 테니 둘이서 얘기를 나눠 보도록 해."

감독님은 나가고, 녀석과 나는 꽤 오랫동안 말없이 서 있다.

바깥 코트에서는 운동화들이 끽끽거리고 여자팀 감독님이 열심히 하라고 소리친다. 이 방에선 땀과 가죽 냄새가 난다. 오래된 야구 글러브 냄새 같다. 먼지도 되게 많다.

이런 상황에 놓였다는 것 자체가 짜증 난다.

선수들의 마음을 모으는 게 감독님 역할 아닌가?

이렇게 우리 둘만 놔두고 나가 버려도 되는 건가?

"너의 마지막 시즌을 망치고 싶지 않아, 핀리. 이젠 농구도 별로 하고 싶지 않고."

마침내 녀석이 입을 열었지만, 난 무슨 말을 해야 할지 모르겠다. 그래서 아무 말도 하지 않는다.

연습 때는 감독님에게 큰소리를 듣고 심란했는데, 녀석이 감독님에게 거짓말을 했다는 게 밝혀졌어도 기분이 썩 나아지지 않는다. 녀석에게 화가 나진 않는다. 날 위해서 자신이 가장 잘하는 걸 그만두겠다고 하는 사람은 처음 보니까. 나 같으면 누가 아무리 중요해도 그 사람을 위해 농구를 포기하진 못할 것 같으니까.

"게다가 난 21번이 아니면 농구를 할 수가 없어. 난 꼭 21번이어야 해. 난 그래."

"왜?"

"아빠가 고등학교 때 21번이었어. 지금은 우주에서 나를 지켜보고 있고. 난 아빠를 위해서 농구할 땐 꼭 21번으로 뛰겠다고 약속했어. 지금 아빠는 저 멀리 우주선에 있어서 그 약속이 어느 때보다도 중요해. 하지만 내가 올해 농구를 안 하면 등번호 같은 건 상관없잖아. 그편이 나아. 네가 이미 21번이고 넌 지구인 중에서 나의 가장 친한 친구니까. 난 그냥 관중석에서 널 응원하면 돼. 그것도 꽤 재밌을 거야. 너희 아빠, 할아버지와 함께 널 응원하다가 떠날 때가 되면 떠나면 되고. 우리 엄마 아빠가 곧 날 우주로 데려갈 텐데 농구 따위는 해서 뭐해?"

러셀의 눈을 들여다본다. 녀석은 눈물을 참고 있다. 진심으로 자기 부모님이 우주선을 타고 있다고 생각하는 걸까? 아니면 우주를 일종의 방패로 삼는 걸까? 그런 말들로 위장하면 자기의 진짜 모습을 드러내지 않을 수 있으니까? 참 이상한 상황이다.

여기엔 뭔가가 있다. 보이21은 우주 이야기로 나에게 힌트를 주려는 건지도 모른다.

왜일까?

러스가 우주를 언급한 건, 녀석의 생일날 우리 집 지붕에서 우주 왕복선 발사 장면을 함께 보았던 그날 이후로 처음이다.

만약 녀석이 감독님 생각만큼 농구를 잘한다면 팀에게 가장 좋은 선택이 무엇인지는 명확하다. 난 늘 나 자신보다 팀을 더 중요시했다. 훌륭한 농구 선수는 팀을 먼저 생각한다.

러셀에게 가장 필요한 것이 무엇인지 알 것 같다.

좋은 친구는 어떤 행동을 하는지도 생각해 본다.

난 21번이 박힌 내 연습용 셔츠를 벗어 보이21에게 건넨다.

녀석이 셔츠를 받으며 말한다.

"핀리, 내가 이걸 받으면, 그러니까 내가 농구에서 능력을 최대치로 발휘하기 시작하면, 또 내가 외계력까지 쓰게 되면, 넌 그대로 나에게 포인트가드 자리를 넘기게 돼. 너에겐 승산이 전혀 없어."

"그건 두고 보자."

"무슨 일이 생기든 계속 내 친구로 남아 주겠다고 약속해. 난 네가 친구로 있어 줘야만 해. 부탁이야. 약속해."

"무슨 일이 생기든 난 네 친구야."

난 진심으로 말한다.

"되는 데까진 참을 거야. 하지만 결국 나도 어쩔 수 없게 될 거야. 농구를 하면 내 안의 어떤 부분이 바뀌어 버려. 난 그렇게 프로그램돼 있으니까."

"참지 마."

녀석이 내 자리를 뺏을 거라면, 최선을 다하는 것이 나에 대한 예의고 의무다. 난 정정당당하게 승부를 내고 싶다.

녀석은 아무 대답이 없다.

"너희 부모님이 곧 우주선을 타고 널 데리러 온다는 거, 진심으로 하는 말이야?"

"응. 아마 내년 초가 될 거야. 이젠 엄마 아빠가 지구인 달력을 쓰지 않으니까 정확히 말하긴 어려워. 지금은 태양계에 존재하지 않으니까. 너희는 지구의 태양 공전만 가지고 달력을 만들잖아. 명왕성만 넘어가면 지구인 달력은 쓸모없어지지."

"팀원들에게 우주 이야기를 할 건 아니지?"

"내가 농구 하는 걸 보면 내가 지구인이 아니라는 걸 알게 될 거야. 도저히 비밀로 할 수가 없어. 내 실력은……우주적이니까."

난 천천히 고개를 끄덕이며 녀석이 웃음을 터뜨리길 기다린다. 감독님이 나머지 선수들과 함께 달려 들어와 내가 장난에 속아 넘어갔다고 놀리며 배를 잡고 웃어대길 기다린다. 하지만 그런 일은 일어나지 않는다.

방금 전 그 말이 다른 선수 입에서 나왔다면 허풍이거나 선수들이 상대를 도발할 때 하는 헛소리라고 생각했겠지만, 지금 녀석은 완벽하게 진지하다. 제 실력을 자랑하려는 것도 아니다. 오히려 녀석은 자기 능력을 부끄러운 것인 양 숨기려 한다.

"넌 내 말 믿지, 핀리? 내가 부모님과 함께 다시 우주로 올라갈 거라는 말, 다른 사람은 몰라도 넌 믿으니까."

난 고개를 끄덕인다.

"감독님과 둘이 이야기 좀 해도 돼?"

"응."

보이21이 나가고, 감독님이 문을 닫고 들어온다.

"의심해서 미안하다, 핀리. 난 이 상황이 정말 어렵다. 저 애 아버지는 내 소중한 친구였어. 그래서 어쩔 수가……."

감독님이 말을 끝내지 못한다. 난 침을 꿀꺽 삼키고 기다린다.

"러스에게 등번호를 줬나?"

난 고개를 끄덕인다.

"넌 정말 훌륭한 아이다, 핀리. 정말로 착해. 올해 주장은 너와 테럴이다. 나중에 말하려고 했지만 상황이 상황이라……."

"감독님, 저 앤 자기 부모님이 우주선을 타고 와서 자길 데려갈 거라고 진심으로 믿고 있어요."

"그건 잘 모르겠다."

"저 앤 지금 도움이 필요해요."

"도움은 받고 있다. 1주일에 두 번씩 병원에 다니고 있어. 2주 전에 러스가 앨런 부부에게 뭐라고 했는지 알아?"

녀석이 자기 할아버지 할머니에게 털어놓은 이야기를 듣고 싶진 않다. 그런데 감독님은 말을 멈추지 않는다.

"부모님이 10월에 자길 데려가기로 했는데, 아, 그 우주선을 타고 말이다. 그런데 자기가 텔레파시인지 뭔지로 메시지를 보냈다더라. 지구에 몇 주 더 있으면 안 되겠느냐고 말이야. 핀리라는 이름의 친구가 생겼는데 핀리는 평화로운 존재라면서. 너와 함께 있는 게 좋다고 했단다."

난 다시 한 번 침을 삼킨다.

"저 앤 지금 위험한 상태다, 핀리. 넌 영리하니까 무슨 뜻인지 설명하지 않아도 알겠지? 저 애가 농구 하는 걸 보면, 그러니까 진짜 플레이를 시작하면 너도 모든 걸 이해하게 될 거야. 내 말 믿어라, 핀리."

감독실에서 나오니 우리 팀은 다들 가고 없다.

여자팀 2군 선수들이 지역 방어를 연습하고 있고, 에린은 벽에 기대어 앉아 두 다리를 붙안고 무릎에 뺨을 대고 있다. 에린의 눈이 나를 향한다. 순간 내가 셔츠를 입고 있지 않다는 걸 깨닫는다. 에린의 얼굴에 걱정이 어리지만, 지금은 에린을 생각할 때가 아니다. 난 그대로 고개를 돌리고 옷을 갈아입으러 라커룸으로 들어간다.

밖으로 나오니 러스가 있다. 난 녀석을 뒤에 달고 마을 도서관에 간다.

청소년 코너에 『해리포터와 마법사의 돌』이 두 권 있다. 둘 다 빌려서 한 권은 녀석에게 건넨다.

"웨스가 이 책에 푹 빠져 있거든. 테럴한테는 고급 영어 수업 때문에 읽는 거라고 둘러댔고."

내가 설명하자 녀석이 고개를 끄덕인다.

녀석은 우리 집까지 따라온다. 난 샌드위치를 만들어 녀석과 할아버지와 함께 먹는다. 오늘따라 할아버지는 꽤 멀쩡한 상태로 농구 연습에 대해 이것저것 묻는다. 난 대충 대답한 다음 녀석과 함께 방에 올라와서 다시 체육관에 갈 시간까지 『해리 포터』를 읽으며 시간을 보낸다.

소설의 주인공은 끔찍한 삶을 살다가 우연히 그곳에서 빠져나오는데, 그때 돌아가신 자기 부모님이 실은 마법사였다는 사실을 알게 된다. 나는 책장을 넘기면서 내가 벨몬트를 빠져나갈 수나 있을지, 만약 빠져나간다면 어떤 곳에서 어떤 삶을 살게 될지 생각해 본다.

우린 연습 시간 전에 체육관에 도착해서 여자팀 연습이 끝날 때까지 선수석에 앉아 계속 책을 읽는다.

웨스가 우리 옆에 앉더니 무얼 읽는지 알아차리고 속삭인다.

"이럴 것까진 없어."

날 바라보는 모습을 보니 감명을 받은 모양이다. 내가 웃어 보이며 주먹을 들어 올리자 웨스가 주먹을 맞부딪혀 온다.

"이 책, 진짜 괜찮지? 생각보다 훨씬 좋다니까."

웨스도 자기 『해리 포터』를 꺼낸다. 테릴, 하킴, 서는 우리가 『해리 포터』를 읽는 걸 보고 고개만 절레절레 흔든다.

두 번째 연습에서 러스는 꽤 나은 모습을 보이지만, 대단한 건 아니다. 녀석이 팀에 들어올 정도는 돼도 내 자리를 위협할 정도는 아니라는 생각이 든다.

나의 자아는 녀석의 실력에 대해 본인 입으로 한 말이며 감독님 말이 과장되게 부풀린 소리였나 의심한다. 그러나 마음속 저 깊은 곳에서는 보이21이 아직도 자신을 억제하고 있다는 걸 너무도 잘 알고 있다.

녀석은 100퍼센트로 실력을 발휘하려고 하지 않는다.

그 누구와도 부딪히려고 하지 않는다.

그저 실수만 없게 설렁설렁 움직이고 있다.

농구를 하고 있지만, 저건 진짜 농구가 아니다.

옷을 갈아입은 에린이 관중석에 혼자 앉아 한동안 우리를 지켜보고 있다. 연습이 절반쯤 지났을 때 올려다보니 어느새 사라지고 없다.

난 연습할 때 에린이 지켜보는 게 싫다. 긴장하게 되니까.

그렇지만 벌써 에린이 그립다.

22

우리는 농구 연습에 나가고 수업을 듣고 숙제를 하고 『해리 포터』를 읽는다. 정말 그것만 하며 지낸다.

러스가 요즘 에린이 왜 안 보이느냐고 묻는다.

"이젠 농구가 내 여친이거든."

녀석이 웃음을 터뜨린다. 내 말이 정말 웃긴다는 듯이.

웨스가 『해리 포터』를 다 읽고 난 며칠 후, 우리도 책을 끝낸다. 금요일 오후 연습에 앞서 슛을 하던 웨스가 말을 건다.

"『마법사의 돌』 어땠어?"

러스가 되묻는다.

"만약 네 친구 중 누군가가 마법력을 가지고 있다면 말이야, 넌 그 사실을 알고 싶겠어?"

웨스는 어깨를 15센티미터쯤 뒤젖히더니 얼굴을 잔뜩 구기며 묻는다.

"해리 같은 친구? 진짜 마법력 말이지?"

"그 누구에게도 없는 그런 능력."

"아, 그거야 당연히 알고 싶겠지."

러스가 두 손바닥을 양 옆구리에 대고 문지르기 시작한다.

"그런데 그걸 알게 되면 두 번 다시 그 친구를 못 만난다면? 호그와트는 아무나 가는 데가 아니잖아."

"그런 걸 왜 묻냐, 러스?"

녀석은 뒷머리를 어깨 이쪽저쪽으로 굴린다. 웨스가 나를 향해 고개를 갸우뚱한다. 난 어깨를 으쓱할 뿐이다.

"오늘 우리 집에 가서 그 책으로 만든 영화 같이 볼래? 엄마가 넷플릭스에서 빌려 줬거든."

그날 저녁 우리 셋은 웨스 집에서 『해리 포터』를 본다. 무척 재밌다. 마법에, 고성 같은 건물에, 우정까지 볼거리가 많다.

영화가 끝나자 웨스는 우리를 제 방으로 데려가서 자기가 좋아하는 '너드'라는 랩 그룹의 음악을 들려준다. 우리 동네에서 흔히 들을 수 있는 딱딱한 리듬의 갱스터 랩과 달리 무척 펑키한 음악이다. 욕이 난무하는 건 똑같지만. 사실 난 음악을 많이 듣지 않는다. 일단 아이팟부터 없다. 음악이 싫은 건 아닌데 어느 한 장르에 빠져들지 못한다.

"너드(N.E.R.D.)라는 이름, 무슨 뜻이게?"

웨스가 묻자 내가 되묻는다.

"뭔데?"

러스가 말한다.

"아무도(No one) 절대로(Ever) 진짜(Really) 죽지 않는다(Dies)."

"너도 팬이었어, 러스?"

웨스가 묻자, 러스가 고개를 끄덕이고 빙긋 웃는다.

"이 그룹 웹사이트에 있는 「눈에 보이는 사운드」라는 게임 해 봤어? 복고풍 비디오 게임이야. 거칠고 미래적이고 펑키해."

웨스가 컴퓨터로 너드의 웹사이트를 띄우고 게임 링크를 누른다. 「눈에 보이는 사운드」는 우주를 테마로 한 게임이다.

그래서 녀석이 이 그룹을 좋아하는 거로군.

달과 비슷한 배경에서 멤버들이 거대한 고릴라에게 쫓긴다.

"옛날식이지. 멤버 중 하나가 돼서 플레이하는 거야."

웨스와 러스가 번갈아 가며 게임을 한다.

둘이서 웹사이트를 여기저기 둘러본 후, 웨스가 '해리포터 독서 모임'을 만들자고 제안한다. 시리즈를 읽으면서 그때그때 영화를 보자는 것이다. 독서 모임 같은 건 돈 많은 부녀자들이나 하는 줄 알았는데. 농구가 아닌 뭔가에 소속되는 것도 재미있을 것 같긴 하다. 러스와 나는 그러자고 하고 『해리 포터와 비밀의 방』을 빌린다.

웨스가 맘에 든다. 사이야 늘 좋았지만, 요즘엔 웨스가 나하고도, 러스하고도 진짜 친구가 되어 가고 있는 듯하다. 자주 만나서 어울리는 그런 친구 말이다. 웨스가 해리 포터 독서 모임 같은 걸 만드는 괴짜이기 때문인지도 모른다. 웨스는 그만큼 이상하다. 우리만큼 특이하다.

왜 내가 전에는 웨스와 어울리지 않았을까?

집으로 가는 길에 내가 '너드'와 그들의 웹사이트에 있는 우주에 대해 묻자 러스가 이렇게 말한다.

"그건 가짜 우주지 진짜 우주가 아니야. 아무도 절대로 진짜 죽지 않는다는 건 사실이지만."

내가 눈썹을 치켜세우자 녀석이 나를 힐긋 본다.

"물질은 없어지지도, 새로 만들어지지도 않아. 그게 우주의 기본 법칙이지. 가장 기본적인 법칙. 그리고 생명력이라는 게 있어. 그 힘이 여기 지구에선 사람의 몸, 육체라는 감옥에 갇혀 있지. 지구인이 죽으면 그 생명력이 방출되어서 다시 은하를 자유롭게 여행할 수 있게 돼. 그건 죽음이 아니야. 해방이야."

"음…… 뭐라고?"

"핀리 넌 계몽된 인간인 것 같아서 알려 주는 거야. 다른 인간들은 그런 생각을 받아들이지도 못하거든."

나를 특별한 사람이라고 생각한다니, 좀 뿌듯하다. 하지만 좀 서글프기도 하다. 녀석은 아픈 거니까.

지금 보이21의 뇌 깊숙한 곳에선 전쟁이 일어나고 있다. 그리고 그 전쟁에서 녀석은 지고 있다.

내가 도와줄 방법은 많지 않다.

23

학교 복도에서, 체육관에서 에린을 본다. 나와 마주칠 때마다 에린은 우연을 가장해서 나와 눈을 맞추거나 말을 걸려고 한다. 난 못 본 척 똑바로 앞만 보고 걸어간다.

감독님이 팀 모임에서 나와 테럴을 올해의 주장으로 발표한다. 우리 팀은 피자 수십 판을 먹어 치우며 함께 축하한다.

첫 경기 전날, 감독님이 선발 라인업을 발표한다.

난 선발 포인트가드로 뛰게 된다.

모든 게 생각대로 잘 되어 간다. 그래서 보이21이 내 자리를 빼앗을 수 있는 능력의 소유자라는 걸 조금씩 잊고 있다.

이제 난 다시 제대로 된 농구를 한다.

코트에 들어가면 아드레날린, 땀, 움직임, 가죽 냄새, 환호성, 끽끽거리는 운동화 소리, 하이파이브, 그리고 내가 무언가를 이룰 수 있으며 지금 그걸 이루고 있다는 기분에 몸을 맡긴다.

코트 밖에서는 기대와 배고픔에 몸을 맡긴다. 다음 연습이나 다음 경기까지 남은 시간을 세고, 공책에 플레이를 그리고, 코트 위의 내 모습을 상상한다.

몸을 날려 루스볼을 잡아내는 나. 무릎의 상처가 타는 듯이 아프다. 얼마나 가까이서 밀착 수비를 하는지 상대의 무릎과 팔꿈치에 맞아 다리와 팔과 가슴팍에 멍이 든다. 수비가 열려 있는 우리 선수를 찾아 영리하게 패스를 날리는 나. 레이업슛으로 득점까지 하는 나. 잘했다고 칭찬하는 감독님. 자랑스럽게 미소 짓는 아빠와 할아버지.

땀 흘리며 연습하고 몽상하던 시간이 지나고, 어느새 난 진짜 경기에 나가 뛰고 있다. 약체 록포트 고와의 첫 경기에서 난 머릿속으로 그려 보았던 모든 것을 실제로 하고 있다.

이 기막힌 느낌이라니. 혹시 꿈은 아닐까. 혹시 지금이 과학 수업 시간이고 내가 몽상을 하는 건 아닐까.

아니, 과학 시간의 몽상이 아니다. 난 농구를 하고 있다.

난 15어시스트를, 테럴은 32득점을 기록한다.

우리가 3쿼터까지 점수를 40점으로 벌려 놓자 감독님이 2군을 투입한다.

벤치에 앉아 있으니 심장 박동이 느려지고 뜨거웠던 근육이 식는다. 이어 임무를 완수했을 때의 만족스러운 감각이 찾아온다.

러스의 플레이를 지켜본다. 역시나 진심으로 뛰지 않는다.

실수는 전혀 없지만, 다른 후보 선수들이 슛을 날리게 공을 주고만 있다. 달리는 속도도 3쿼터 수준이다. 기회가 와도 슛을 하지 않는다. 열의가 전혀 없다.

러스는 무척 이타적으로 뛰고 있다. 보기 좋은 모습이긴 하지만, 벌건 대낮에 무언가를 숨기고 있는 것만 같다. 자기가 무엇을 할 수 있는지 세상에 보여 주기 싫은 것처럼.

우리는 101 대 69로 승리한다.

아빠가 날 자랑스러워한다.

할아버지도 날 자랑스러워한다.

24

여느 해와 같이 시즌 두 번째 경기에선 남녀 팀이 각각 펜스빌 고와 맞붙는다. 펜스빌은 우리 팀의 숙적으로, 늘 우리와 함께 우승을 노려 온 강력한 맞수다.

경기 전날, 감독님은 연습 중인 우리를 일렬로 벽에 기대앉게 한 뒤 이렇게 말한다.

"전력 분석에 의하면 펜스빌은 테럴에 대비해 '3-2 혼합 방어' 로 나올 것이다. 즉, 테럴이 공을 가질 때마다 수비 둘이 붙을 거야."

"젠장, 두 명이나 달라붙는 건 싫은데."

감독님은 테럴의 말을 무시하고 말을 잇는다.

"우리는 웨스, 하킴, 서가 지역 방어에 매치업으로 들어갈 거고, 그럼 핀리가 열린다."

그러니까 펜스빌은 내가 점프슛이 안 된다고, 즉 난 득점할

염려가 없다고 생각한다는 소리다. 그런 것에 기분이 상하진 않는다. 내가 득점 확률이 가장 낮은 건 사실이니까. 나는 포인트 가드지 골잡이가 아니다. 그게 내 역할이고, 테럴에게 수비가 둘이나 붙는 게 처음 있는 일도 아니다. 그런데 어쩐지 올해 들어 내 점프슛은 예년보다 성공률이 떨어지고 있다. 첫 경기에서도 두 번 시도해서 다 실패했다.

"3-2에서 수비가 열리면 핀리가 골을 넣는다. 다들 잘 알듯이 핀리는 슛 능력이 있고 슛을 넣을 것이다. 초반에 그렇게 몇 번 점수를 내면 저쪽에서 개인 방어로 돌리겠지. 그때부턴 우리 식대로 맨투맨 공격을 한다."

감독님은 2군에게도 펜스빌의 혼합 방어에 대해 설명한다.

우리는 그에 대비한 연습을 시작한다. 내가 쏘는 슛은 거의 모두 골대를 맞고 튕겨나간다. 공이 그물에 들어가 뱅글 도는 소리를 들은 게 언제인지 모르겠다.

"계속 쏴라. 오늘은 마음껏 실패해. 골은 내일 넣으면 된다."

감독님 말에 계속 공을 던지지만 공이 골대를 벗어날 때마다 점점 더 불안해진다. 팀원들을 슬쩍 살피니 다들 표정에 의심이 어려 있다. 아니면, 이것도 나의 과대망상일까?

감독님이 나 대신 보이21을 넣는다.

녀석의 슛도 전부 빗나간다. 그렇다고 기분이 나아지진 않는다. 녀석이 의도적으로 슛을 빗맞히고 있다는 확신이 들기 시작한다. 그래서 암울해지고 죄책감까지 든다. 녀석에게 실력을 감추지 말라고 말하긴 했지만 말이다.

연습 후 라커룸에서 웨스, 서, 하킴이 내 팔을 치고 내 등을 토닥이며 "망할 건 오늘 다 했네.", "오늘은 연습일 뿐이야. 내일 넣으면 돼.", "실력은 경기에서 보여 주는 거야." 한다.

테럴은 이렇게 말한다.

"네가 초반에 나한테 들러붙은 수비를 떼 가야 해, 흰토끼. 알지? 난 이번 시즌에 1000득점을 기록하고 싶거든."

감독님은 우리에게 개인 성적을 위해 뛰어선 안 된다고 늘 강조하지만, 테럴이 1000득점을 기록하면 당연히 성대하게 축하할 것이다. 테럴이 일을 내려면 내가 잘해 줘야만 한다.

내일 경기 때문에 걱정이 가시지 않고 그 때문에 배 속이 뒤집히고 난리인데 감독님이 부른다. 감독님이 방문을 닫고 말한다.

"내일 넌 수비가 열리면 슛을 하면 돼. 넌 슈터로서도 빠지지 않잖아, 핀리. 하킴과 웨스도 리바운드를 할 거고. 내 말 믿어."

"예, 감독님."

"러스한테도 슛 연습 더 시켜 주고."

"그 애가 일부러 공을 안 넣는다고 생각하세요?

"진짜 러스의 농구는 아직 시작되지도 않았어. 넌 그 애가 작정하면 어떻게 되는지 몰라."

감독님이 내 눈을 지그시 바라본다. 마치 내 마음을 조종하려는 듯이. 결국 난 운동화를 내려다본다.

"내일 보자, 핀리."

"예, 감독님."

난 방을 나와 옷을 갈아입으러 라커룸으로 간다.

다 간 줄 알았는데 누가 "핀리?" 하고 불러 깜짝 놀란다.

러스가 수건을 걸친 채 내 옆에 서 있다. 라커룸의 그 더러운 샤워 시설을 쓰는 선수는 녀석밖에 없을 것이다. 수십 년간 청소 한 번 안 했지 싶은 곳에서 발에 슬리퍼는 신고 있다.

"무슨 일이야?"

"할아버지에게 이따 밤에 너희 집으로 데리러 오라고 했어."

"왜?"

"너희 집 지붕에 앉아 있고 싶어서."

난 한숨을 내쉰다. 난 지금 피곤하다. 녀석의 신 나는 우주론을 들으며 쿵짝을 맞춰 줄 생각을 하니 진이 다 빠진다.

"숙제를 해야 해서."

"같이 하면 되잖아."

러스는 연신 제 뺨을 문지르면서 그 강렬한 눈으로 나를 바라본다.

또다시, 녀석이 작정하고 헛숫만 날렸다는 의심이 든다. 어쩐지 확신까지 생긴다. 지금 녀석이 내 앞에 서 있는 모습은 다리 사이에 꼬리를 감춘 개처럼 거의 복종에 가깝다.

나에게 복종하는 인간이라니!

대체 왜?

25

아빠가 우리에게 냉동 피자를 데워 주고, 할아버지는 내일의
작전에 대해 질문을 퍼붓는다.

"테럴에게 둘이 붙는다는 거지?"

아빠 말에 내가 답한다.

"응."

러스가 말한다.

"핀리가 슛을 많이 쏠 거예요."

할아버지가 말한다.

"아일랜드인을 위해 넣는 거다!"

아빠가 말한다.

"벨몬트 사람들을 위해서죠. 너도 뛰게 될 것 같니, 러스?"

"글쎄요."

"괜찮으냐, 핀리야? 피자에 손도 안 댔네."

할아버지가 말하고 아빠는 날 바라본다.

난 그냥 어깨만 움츠린다.

러스와 나는 방에서 숙제를 해치우지만, 함께 하는 건 아니다. 한 시간쯤 녀석은 내 책상에서 자기 숙제를 하고, 난 침대에서 내 숙제를 하다가 이윽고 재킷을 걸치고 지붕으로 나간다.

겨울치곤 그리 춥지 않은 날씨다. 멀리서 경찰차 사이렌이 울린다. 그것만 빼면 무척 평화로운 밤이다. 난 지붕에서 보내는 시간이 정말 좋다. 시야가 달라진다. 마음이 편안해지기 시작한다. 10분 정도 말없이 있던 러스가 묻는다.

"만약 내일 내가 경기에 나가게 되면 말이야, 외계력을 써도 되겠어?"

오늘은 녀석의 우주 투정에 반응할 기분이 아니다.

"네가 경기에 나가려면 일단 내 슛이 다 빗나가야 해."

"넌 잘할 거야."

"그럼 그 이야긴 안 해도 되지?"

"그러네."

난 하늘을 올려다본다. 구름 뒤의 달이 삐죽하게 보인다.

"혹시라도 내가 경기에 나가게 되면 어떡하면 좋을지 몰라 물어본 거야. 감독님은 내가 원하든 말든 잠깐이라도 날 경기에 내보내겠대. 넌 우승을 하고 싶잖아. 그러니까 만약 기회가 오면 내가 외계력을 써서 펜스빌을 이기는 걸 도와주면 어떨까 해서 말이야. 텔레파시로 우주에 있는 아빠에게 물어봤더니 조금은 내 존재를 노출해도 괜찮다고 했어. 어차피 곧 데리러 올 거니까.”

보이21의 우주 망상이 지겹다. 감독님의 압박도 지친다.

난 내 점프슛 실력이 걱정된다.

그래서 아무런 대꾸도 하지 않는다. 원래부터 침묵이 나의 디폴트 모드니까. 그게 바깥세상에 맞서는 내 최선의 방어니까.

녀석의 할아버지가 차를 몰고 나타난다. 다행이다.

“내일 봐.”

러스가 방으로 들어가면서 말한다.

난 고개만 끄덕이고, 지붕에 그대로 남는다.

녀석이 아빠와 할아버지에게 인사하는 소리가 들린다.

지붕 아래로 녀석이 캐딜락에 타는 모습을 지켜본다.

자동차의 꼬리등이 점점 작아지는 동안, 난 계속 슛을 시도하는 내 모습을 머릿속으로 그려 본다.

상상 속에서마저 나의 점프슛은 번번이 빗나간다.

26

남자팀 경기에 앞서 여자팀 경기가 진행된다.

관중석이 꽉 찼다. 보통은 우리가 홈경기이면 여자팀이 원정 경기이고 우리가 원정이면 여자팀이 홈경기이기 때문에, 오늘은 올해 에린이 뛰는 모습을 볼 수 있는 몇 안 되는 기회다.

난 팀원들과 함께 선수 지정석에 앉는다.

에린이 나온다. 등번호가 바뀌어 있다. 내 새 번호인 18번이다.

여자팀이 몸을 푸는 동안 난 약간 감상에 빠진다. 농구 시즌 엔 피하려고 하는 바로 그 감정이 느껴지기 시작한다. 사랑. 행 복과 짜증이 똑같은 양으로 다가온다.

웨스와 러스는 다음 권 『해리 포터』를 읽고 있다. 웨스는 후 드티 지퍼를 만지작거리고, 러스는 책 내용이 마음에 드는지 연 신 눈썹을 찡그리고 고개를 끄덕인다. 나머지 선수들은 아이팟 으로 뭔가를 듣거나 수다를 떨고 있다. 왓스 부감독님이 인솔자로 나와 있다.

에린을 응원하러 온 아일랜드인들이 작은 구역을 이루고 있다. 우리 할아버지와 팀원들 부모님들도 그쪽에 앉아 있다. 다들 녹색 옷차림을 하고 있다. 얼굴을 아일랜드 국기처럼 녹색, 흰색, 오렌지색으로 칠한 남자도 있다.

오늘 저녁 체육관에 모인 관중은 대부분 흑인이다. 펜스빌은 흑인이 대부분인 학교니까.

에린이 경기 시작과 함께 장거리 3점 슛에 성공해 관중을 흥분시킨다. 코트 위의 에린은 아름답다. 에린이 멋진 모습을 보여 줄 때마다 팀원들이 내 팔을 치고 내 머리통을 문지른다.

에린은 연속으로 골을 넣고, 리바운드를 하고, 상대방 공을 뺏으면서 전반전 점수를 20점 차로 벌려 놓는다. 라커룸으로 들어가던 에린이 관중석을 올려다본다. 나를 찾아내고 빙긋 웃는다.

에린은 코트 위에서 자기가 가장 잘하는 걸 하고 있어 행복한 것이다. 질투가 나려고 한다. 지금 난 토할 것만 같으니까.

3-2 혼합 방어에 대해 생각해 본다.

후반전 들어 에린은 세 번의 슛블록과 두 번의 인터셉트를 기록하고, 몇 번이나 레인을 타고 들어가 레이업슛에 성공하고, 계속해서 상대의 스크린을 비켜 내고 연속으로 골을 넣으며 쉽게 승리를 가져온다.

기분이 좋다. 그래서 경기가 끝난 후 에린이 나를 찾을 때 나도 미소로 화답하고 만다. 그래도 토할 것 같은 기분은 가시지 않는다. 중요한 경기라 신경이 곤두선 것이다. 오늘은 결승전이나 다름없으니까.

라커룸에 들어가 몸을 푼다. 러스는 침착해 보인다. 어쩌면 녀석은 오늘 우리 팀의 완벽한 비밀 무기가 될지도 모른다. 만약 경기에 나가게 되면 네 실력을 마음껏 쓰라고, 내 걱정은 하지 말라고 말해 주고 싶다. 하지만 그러지 못한다. 녀석은 아직 준비가 덜 됐을 테니까. 어쩌면 내가 선발 자리를 뺏기고 싶지 않아서 녀석이 준비가 덜 됐다고 생각하는 건지도 모르겠다.

테럴이 나를 보고 말한다.

"네가 초반에 3-2 방어에서 골을 넣어야 해. 내가 자유롭게 공격해야 우리 팀이 살아나는 거 잘 알지, 흰토끼?"

"그럼."

난 테럴의 말에 전적으로 동의한다.

우리 팀 선수가 소개될 때, 테럴이 가장 큰 환호성을 받는다. 물론 내 차례에도 아일랜드인 자리에서 뜨거운 함성이 인다. 장애인 구역에 앉아 있는 할아버지가 보인다. 녹색, 흰색, 오렌지색의 스카프를 두르고 있다. 그 옆에 아빠가 앉아 있고, 아빠 옆에 땀에 젖은 에린이 있다. 원래는 자기 팀원들과 함께 있어야 하는데. 저건 내가 자기를 여자친구로 받아들이지 않을 때 내 여자친구로 남으려는 에린의 방식이다. 기분이 좋아진다. 하지만 지금은 에린을 생각할 때가 아니다.

농구 시즌에는 사귀지 않기로 했잖아!

지금은 농구가 내 여자친구라고!

체육관이 들끓기 시작한다. 학생들이 응원가를 부른다.

"벨-몬트! 벨-몬트!"

경기 전 집합에서 감독님이 말한다.

"오늘 경기는 플레이오프나 마찬가지라는 걸 다들 잘 알 것이다. 이 팀과의 경기는 딱 두 번이다. 우리가 리그를 평정하고 무난하게 포스트시즌에 진출하려면 두 번 다 이겨야 한다. 철저한 개인 방어, 적극적인 스위치 플레이, 그리고 빠른 공수 전환이다. 핀리, 네가 슛을 날린다. 3-2 방어에서 네가 골을 넣어."

나는 침을 꿀꺽 삼킨다.

"하나, 둘, 셋에 팀이라고 외친다. 하나, 둘, 셋!"

"팀!"

드디어 코트에 선다. 웨스가 점프볼을 쉽게 가져온다. 감독님이 예측한 그대로 펜스빌은 나에게 수비를 붙이지 않고 테럴에게 둘을 붙이고 삼각 지역 방어에 들어간다. 내가 슛을 날려야 한다. 그런데 난 웨스에게 공을 넘기려다 상대에게 뺏기고 만다.

"슛, 핀리!"

다음 공격에서 다시 나에게 공간이 열린다. 감독님이 또 소리를 지른다.

"쏴, 핀리!"

3점 슛을 쏜다. 공이 골대 앞쪽에 맞고 펜스빌이 리바운드한다. 그 후 난 내리 세 번이나 슛에 실패한다.

0 대 8로 끌려가고 있다.

이건 아니다.

난 단 한 골도 넣지 못하고 있다.

"계속 쏴, 네가 계속 슛을 해, 핀리!"

감독님이 그렇게 외치는데도 난 옆에 있는 하킴에게 공을 넘기려다 또다시 엉뚱한 패스를 날린다. 벌써 두 번이나 공격 기회를 놓쳤고 네 번 연속 헛슛을 날렸다.

할아버지와 아빠 쪽을 힐긋 보니 눈들이 쑥 들어갔다. 나 때문에 창피해서 그런지 멋쩍은 얼굴들이다. 에린이 소리친다.

"계속 쏴! 계속 쏴!"

다음 공격 때도 펜스빌은 날 전혀 막지 않는다. 난 작전 시간을 요청한다. 코트에서 나오는데 감독님이 말한다.

"누가 너더러 작전 시간을 요청하랬나, 핀리? 누가?"

난 침을 삼킨다. 감독님이 내 눈을 들여다본다.

넋이 나간 나, 겁먹은 나를.

"러스, 핀리 대신 들어가!"

러스는 꼼짝도 하지 않는다. 부감독님이 녀석의 팔꿈치를 잡고 떠민다. 보이21이 나를 본다. 난 고개를 돌린다.

러스가 기록원에게 선수 교체 신고를 하자 난 투명인간이 된다. 모두가 내 눈을 피한다. 다들 나 때문에 당황한 것이다.

보이21이 내 자리에 들어가 선발 선수들과 뛰게 된다.

"작전은 그대로다. 러스, 이제 네가 슛을 쏴."

"감독님, 저 녀석은 슛 못해요. 벌써 8점 차란 말입니다."

테럴이 항의한다. 감독님은 잘라 말한다.

"두고 보면 알아. 작전대로 간다."

"핀리, 내가 외계력을 써서 이겨도 돼?"

모두가 나를 쳐다본다. 모두가.

"쟤 지금 뭐래?" 테럴이 묻는다.

"외계 뭐?" 서가 말한다.

"뭐어?" 하킴이 말한다.

"러스! 지금이 그럴 때냐!" 감독님이 말한다.

보이21이 서두르지 않고 느릿하게 말한다.

"핀리, 내가 외계력을 써서 이겨도 되겠어? 네가 정해."

"저 자식들 대체 뭐라는 거냐? 지금 경기 중이거든!"

테럴이 다그치는데도 보이21은 나를 빤히 보며 눈으로 말하고 있다. 녀석은 자기가 원하지 않는데도 뛰어야 하는 처지다.

마음 한편으론 녀석의 진짜 모습을 확인하고 싶다.

또 한편으론 펜스빌을 이기기만 하면 좋겠다.

또 다른 한편으론 녀석이 마음껏 능력을 발휘할 수 있게 친구로서 도와줬어야 했는데 내가 이기적으로 굴었다고 생각한다.

버저가 울린다.

작전 시간은 끝났다.

"핀리, 네가 정해 줘야 해."

"그렇게 해."

결국 난 그렇게 말한다. 이것으로 오늘은 다시 경기에 나가지 못할 것이다. 감독님이 말한다.

"좋아, 작전은 그대로다."

난 벤치 끝에 앉아 있고, 나머지 선수들은 코트로 나간다.

벤치에 앉아 있는 게 부끄럽다. 발가벗은 기분이다.

체육관에 있는 사람들은 모두 경기를 지켜보고 있다. 그걸 아는데도 마치 모두가 나를 쳐다보는 것만 같다. 얼굴이 화끈거린다. 화가 치민다. 벤치에 앉아 있는 내 모습 따윈 한 번도 상상해 본 적 없다. 이건 아니다.

서가 하프코트에서 보이21에게 스로인 패스를 한다. 녀석이 3점 숏 거리 한참 뒤에서 혼자 계속 드리블을 하며 소리친다.

"감독님! 제가 외계력을 써도 화내지 않으실 거죠?"

벤치에 있는 팀원들이 귓속말을 나눈다.

관중들이 보이21이 한 말을 되뇌고 있다.

어쩐지 난 알 것 같다. 이제 모든 것이 바뀔 것이다.

감독님이 소리친다.

"러셀, 네가 할 수 있는 만큼만 해. 부탁이다!"

펜스빌 감독님이 우리 벤치를 향해 이상한 표정을 날린다.

그리고 이상한 일이 벌어진다.

수비가 전혀 붙지 않은 상태에서 보이21이 하프코트에서 점프슛 자세를 취한다. 공이 포물선을 그리며 날아가고, 마치 영화에서처럼 시간이 느려진다. 모든 것이 한눈에 들어온다. 팀원들의 집단적인 충격과 팬들의 표정, 상대 팀의 비웃는 미소까지.

아무도 붙지 않았는데 하프코트에서 슛을 날렸어!

어떻게 벤치에 있다가 방금 들어온 무명 선수가 하프코트 점프슛을 쏠 수 있지?

무모해!

대체 자기가 뭐라고 생각하는 거야?

사람들이 경악한다. 하지만 그때 공이 슉 하고 골대 안으로 들어간다. 관중이 흥분에 빠진다.

보이21의 표정이 바뀐다.

가늘어진 두 눈.

꼭 다문 입술.

긴장이 사라진 몸.

녀석은 손바닥으로 바닥을 치고 낮은 수비 자세를 취하며 상대가 들어오길 기다린다. 펜스빌의 포인트가드가 하프코트를 넘자 바싹 달라붙어 손쉽게 공을 뺏는다.

네 번 드리블을 한 다음 다리를 쭉 펴며 솟아오른다. 공중으로 떠오른 모습에서 마이클 조던의 실루엣이 보인다.

체육관의 모든 사람들이 기대에 벅차 일어서고, 보이21은 압도적인 모습으로 덩크슛을 넣는다. 휘어지는 골대가 아니었다면 백보드가 산산이 부서졌을 것이다.

벤치의 팀원들이 자리에서 벗어나 고함을 치고 공중에 주먹질을 하고 서로 껴안으며 난리를 피운다. 왓스 부감독님은 우리 팀이 테크니컬 파울을 받지 않게 몇몇 선수들을 뒤로 잡아당긴다. 감독님이 나를 힐긋 본다. 그 눈이 이렇게 말하고 있다.

이제까지 내가 한 말, 이해하겠지?

펜스빌 감독이 경기를 중단시키고, 우리 쪽에 대고 소리친다.

"대체 이게 뭔가, 팀? 저 선수의 기록을 봐야겠어. 이건 수상해. 수상하다고!"

"젠장, 러스 너!" 하킴이 말한다.

"너 정말로 마법력이 있었구나. 와, 호그와트에 온 기분이야." 웨스가 말한다.

"우리가 이기겠어." 서가 말한다.

테럴이 나를 쳐다본다. '넌 다 알고 있었지?' 하는 눈빛이다.

"좋아. 작전에 집중하자."

감독님이 말한다. 집합한 팀원들 모두가 나에겐 한마디도 하지 않는다. 나는 배경 속으로 사라지고 있는 것만 같다.

게임이 다시 시작되고, 보이21이 코트를 지배한다.

3점 슛을 넣는다.

리바운드를 한다.

속공을 한다.

덩크슛을 한다.

슛블록을 한다.

상대방 공을 계속 뺏는다.

웬 NBA 선수가 고등학교 팀에서 뛰는 것 같다. 아이들을 상대하는 안드레 이궈달라 같다. 꼬마들 사이에 어른이 끼어 있는 것 같다. 보이21을 수비하는 선수들은 발목이 부러지기라도 한 듯 바닥에 쓰러진다. 녀석이 너무 빠른 탓이다. 녀석은 코트 위의 모든 선수를 압도하며 달리고 쏘고 뛰어오르고 공을 몬다.

곧 우리 팀이 쉽게 앞서 간다.

난 2쿼터가 끝날 때까지도 벤치 신세다.

감독님과 부감독님이, 심판에게 보이21의 적격 여부 확인을 요구하는 펜스빌 코치진(우리 감독님에게 보이21의 출생증명서 및 그의 인생 전체를 증명하는 서류를 제출하라고 할 기세다)과 싸우는 동안, 우리 팀은 라커룸에 들어가 보이21에게 질문을 쏟아붓는다.

너 왜 못하는 척했냐?

그런 플레이는 어디에서 배운 거야?

아까 외계력 어쩌고 한 소리는 뭔데?

너 어디에서 왔냐?

대체 이게 어떻게 된 일이야?

보이21은 라커룸 벤치에 앉아 매우 평화로운 표정으로 온갖 질문들을 듣고 있다.

내가 녀석을 몰랐다면 우쭐거린다고 착각했을 것이다.

하지만 난 너무 잘 안다.

녀석은 둘 중 하나를 선택해야 한다. 팀원들 앞에서 자신의 부모는 살해당했고 자기는 외상 후 스트레스 장애를 진단받아 청소년 시설에서 오랫동안 지냈다고 밝히는 것. 아니면 우주가 어쩌고 하는 그 이야기를 하는 것.

난 녀석이 입을 열기도 전에 어떤 선택지를 고를지 안다.

"난 보이21이라고 해. 너희 지구인들이 감정이라고 부르는 것에 관한 자료를 수집하기 위해 이곳에 보내진 실험용 견본이야. 난 인간이 아니야. 내가 능력을 끝까지 발휘해서 농구하는 걸 보면 그 사실을 똑똑히 알 수 있을 거야."

다들 입을 쩍 벌리고 있다.

침묵.

웨스가 나를 향해 눈을 가늘게 떠 보인다. 내가 이 모든 걸 조리 있게 설명해 주길 바란다는 듯이. 하지만 설령 내가 말을 잘하는 인간이라 해도 이 상황에서 무슨 말을 할 수 있을까?

"젠장, 대체 무슨 말을 하는 거야, 러스? 장난치지 마, 인마!"

하킴이 말하자 다들 신경질적으로 낄낄댄다.

"너 진심으로 그러는 거 아니지? 우릴 골리려는 거지, 러스?"

서가 말한다. 방금 전의 말이 다 농담이었던 것처럼 빙긋 웃으면서. 보이21은 고개를 절레절레 흔든다. 마치 겨울에 호수가 얼어붙는 이유나, 아기가 태어나는 과정 같은 기본적인 것, 어른들은 당연히 이해하는 간단한 것을 아이가 이해하지 못할 때 어른들이 고개를 절레절레 흔드는 것처럼.

"저거 장난 아니야. 정말로 저렇게 생각하는 거야. 눈을 봐.

저 자식, 맛이 갔어."

테럴이 진지한 얼굴로 말한다. 보이21은 서글픈 미소만 짓는다. 누가 또 입을 열기도 전에 감독님이 라커룸으로 성큼성큼 들어와서, 이제 펜스빌은 3-2 혼합 방어를 버리고 러스에게 신경 쓸 거라면서 후반 경기의 작전을 설명한다.

감독님 이야기를 듣고 있기가 힘들다.

코트 한쪽에 신문기자들과 사진사들이 있다. 이제 학교 아이들, 동네 사람들 모두가 우리 동네에 나타난 농구의 신에게 이목을 집중할 것이다. 오래지 않아 소문이 퍼지고 대학 스카우터들이 찾아오기 시작할 것이다. NBA에서도 올지 모른다.

내 입장에선 지나치게 극적인 전개로 느껴지지만, 보이21의 실력을 확인한 만큼 라커룸에 있는 선수 모두가 어느 정도 비슷한 생각을 하고 있을 것이다.

우리 팀이 주 대회에서 우승할 것이고, 그게 가장 중요하다. 보이21이 우주에서 왔다고 주장하는 건 그리 중요하지 않다.

감독님이 작전을 설명하는 동안 보이21은 점점 더 이상한 미소를 짓는다. 설명에 귀 기울이는 것 같지도 않다. 녀석은 우리에게 관심이 없다. 자기만의 그 이상한 세계에 빠져 있다.

우리는 라커룸에서 몰려나와 다시 몸을 푼다. 엄청나게 걱정스러운 표정으로 나를 바라보고 있는 에린이 눈에 들어온다. 난 할아버지와 아빠 쪽은 쳐다보지 않는다. 때가 되면 감독님이 나를 다시 경기에 투입하겠지만, 지금 벤치에 앉아 있는 내 심정은 말할 수 없이 치욕스럽다. 내가 이번 시즌을 얼마나 열심히 준비했는지, 감독님의 부탁으로 내가 보이21을 얼마나 열심히 도왔는지 생각하면 더더욱 치욕스럽고 한심해진다.

감독님은 나를 다시 투입하지 않는다.

후반 들어 펜스빌은 보이21을 막는 데 집중한다. 그래서 서, 하킴, 웨스, 테럴이 계속해서 점수를 올린다.

우리는 계속 10점 차를 유지하지만, 감독님은 벤치 요원을 쓰는 위험을 감수하지 않는다. 펜스빌이 경기 종료 1분 전에 타임아웃을 부를 때마저도.

경기가 끝날 무렵 내가 선발 자리를 잃었다는 사실이 확실해지자 두 눈이 타는 듯이 뜨거워진다. 울음이 터져 나올 것만 같다. 정말 한심하게도.

난 강등되고 말았다.

난 농구를 그 무엇보다도 사랑한다.

난 우리 팀의 그 누구보다도 열심히 연습했다.

난 감독님이 시킨 대로 보이21 곁을 떠나지 않았다.

그런데도 올 시즌 가장 중요한 경기 내내 벤치에 앉아 있었다.

우리 팀이 이기고 악수할 시간이 되자 체육관에 있던 기자들이 보이21에게 달려들어 누구냐고, 어디에서 왔느냐고 묻는다.

"보이21이라고 합니다. 우주에서 왔어요."

녀석은 기자들에게 그렇게 말해 놓고 천장을 가리킨다.

펜스빌 감독이 우리 감독님에게 큰소리로 따지고 있다.

"아니, 저 선수가 하늘에서 뚝 떨어졌을 리도 없고! 저 워싱턴 이라는 선수가 뛸 자격이 있다고 쳐. 그런데 어떻게 아무도 몰랐지? 자네 대체 왜 숨겼나? 난 오늘 경기를 절대 인정할 수 없어! 이건 말도 안 돼!"

학생들과 선수의 부모들이 아래로 내려온다. 팀원들은 주 대회에서 우승이라도 한 것처럼 기뻐하고 있다.

보이21은 무척 당황스러워하는 기자들을 상대로 계속 우주 이야기를 늘어놓고 있다.

팀원들은 다 같이 하이파이브를 하고, 상대 팀을 놀리고, 랩을 하고, 춤까지 춘다. 부모들도 학생들도 코트에 들어와 있다. 마치 새해 첫날처럼 행복에 들뜬 모습으로 모여들고 있다.

나도 함께 기뻐해야 하건만, 그럴 수가 없다.

돌아 버릴 것만 같다.

자리를 뜨면 안 되지만 난 뒷문으로 몰래 빠져나와 거지 같은 운동장 트랙을 뱅뱅 돌기 시작한다. 날이 춥다. 농구 유니폼 차림이라 더 그렇다. 난 어느새 전속력으로 달리고 있다.

나도 내가 왜 이러는지 모르겠다.

우주적인 선수인 보이21이 출현한 이상, 이제 내가 중요한 경기에 포인트가드로 나갈 일은 결코 없을 것이다.

그렇게 열심히 준비했는데……. 이따가 할아버지, 아빠 얼굴을 어떻게 보지……. 최선을 다했지만 이젠 선발이 아니라고 어떻게 말하지……. 이젠 보이21과 나의 관계도 달라지겠지…….

앞으로는 단둘이 있을 일도 없겠지……. 내 유일한 바람은 녀석을 포인트가드 자리에서 내쫓는 것인데 어떻게 우리가 친구로 남을 수 있겠어……. 말이 안 되잖아…….

난 점점 더 빠르게 달린다. 생각을 멈추고, 머리를 끄려고 한다. 엔도르핀이 돌게 하고 심장이 고동치게 한다. 벤치에 앉아선 할 수 없었던 것들을 해소하려고 한다.

에린이 전속력으로 뛰어 나에게 온다.

"핀리, 거기 서! 다시 들어가야지. 안 그럼 팀 모임도 안 하고 갔다고 감독님에게 출장 정지 당할 거야."

"말 걸지 마. 농구 시즌이잖아. 우리는 헤어졌어."

"감독님이 눈치채기 전에 얼른 다시 들어가."

"그 녀석이 얼마나 잘하는지 못 봤어?"

"봤어."

"그런데도 내가 다시 들어가야 해?"

"넌 열심히 준비했으니까. 우린 열심히 준비했어. 다 내 덕분이지. 감독님이 널 벤치에 앉힌 건 네가 슛을 안 했기 때문이야. 러스가 너보다 잘해서가 아니야. 네가 1쿼터 때 감독님 말대로 계속 슛을 했다면 다시 경기에 투입됐을 거야. 하지만 넌 작전을 제대로 수행하지 못했어. 그래서 징계를 받은 거야. 그래 놓고 애처럼 굴면서 이렇게 캄캄하고 추운 데서 혼자 뛰고 있어."

에린은 나를 따라 전속력으로 달리면서 이 말을 한다. 난 에린의 말에 속도를 더 올리고, 결국 에린이 달리기를 포기한다.

나는 혼자서 한 바퀴를 달린다.

에린 말이 맞다.

아까 난 징계를 받은 거다. 그럴 만했다.

지금은 또 애처럼 굴고 있다.

달렸더니 기분이 나아진다.

에린에게 오늘 코트 위에서 정말 멋졌다고 말하고 싶다. 하지만 아직 분이 풀리지 않아 에린에게 다가가서 고개만 한 번 끄덕인다. 우리가 헉헉 내쉬는 숨이 차가운 밤공기 속에 따뜻한 은색 안개가 된다.

에린이 떨고 있다. 당장 에린에게 팔을 두르고 싶은 걸 꾹 참는다. 에린이 우스꽝스러운 미소를 지으며 말한다.

"당장 들어가지 못해! 어서!"

에린을 만지고 싶다. 지금 당장 에린과 함께 우리 집 지붕에 올라간다면 정말 행복할 텐데. 손가락과 발가락이 간질간질하다. 다행히 에린이 손을 들어 나를 보내 준다. 난 에린과 하이파이브를 한 뒤 체육관으로 뛰어 들어간다.

우리 팀은 이제야 라커룸으로 몰려 들어가고 있다.

보이21은 엄청나게 의기양양해하는 것으로 착각하기 쉬운 그 표정을 하고 앉아 있지만, 이번엔 아무도 말을 걸지 않는다. 감독님이 들어와서 언제나처럼 오늘 경기에서 잘한 점과 앞으로 보완해야 할 점에 대해 말한다. 보이21에 대해서는 한마디도 하지 않는다.

감독님은 우리가 내일 연습에서 집중적으로 점검해야 할 부분에 대해 강조하더니, 이윽고 오늘 다들 잘해 주었다고, 다들 자랑스럽다고 말한다. 좀 모순적이다. 난 고작 1분 정도 뛰었고, 자기가 외계에서 왔다고 생각하지 않는 나머지 열두 명의 후보 선수들은 아예 경기에 투입되지도 않았으니까.

이야기가 끝나고 우리는 손을 중앙에 모으고 "팀!"이라고 소리친다.

다들 해산하는데 왓스 부감독님이 보이21과 나머지 팀원 사이에 서 있다. 아무도 보이21에게 말 걸지 말라는 듯이.

감독님이 나를 감독실로 부른 뒤 문을 닫고 말한다.

"이제 우리 팀 포인트가드는 러스다. 다시 경기에 나가고 싶으면 수비가 열렸을 때 슛을 해. 알겠나?"

"예, 감독님."

"넌 작전을 수행하지 않았어, 핀리. 널 뺄 수밖에 없었다. 이건 모든 선수에게 다 마찬가지다."

나도 그렇게 생각한다.

"할 말 있나?"

난 잠시 생각해 보고 입을 연다.

"그 애는 연기를 하고 있는 것 같습니다."

"무슨 말이야?"

"러스 말입니다. 그 앤 사람들이 다가오지 못하게 하려고 우주 이야기를 하는 겁니다."

"알고 있다."

"농구를 하고 싶어 하지 않습니다."

"하기 싫은데 오늘 같은 활약을 보여 줬겠어?"

"예감이 좋지 않습니다, 감독님."

"우리는 최선을 다하면 된다, 핀리. 그 애 부모 일을 되돌릴 순 없지만, 그 애가 가장 잘하는 걸 할 수 있게 기회를 줄 순 있어. 그 앤 농구를 해야만 한다. 네가 농구를 해야만 하듯이 말이다. 내 말 믿어라."

감독님으로선 본인이 잘하고 있다고 믿을 수밖에 없다. 달리 어찌해야 할지 모를 테니. 망치를 쥔 사람에게는 모든 게 못으로 보인다는 말을 들은 적이 있다. 처음 들었을 땐 상투적이라고 생각했는데, 지금 감독님에겐 그 말이 꼭 들어맞는 것 같다. 좀 서글프다.

난 농구를 하고 싶고 주 대회에서 우승하고 싶다.

난 선발 포인트가드로 뛰고 싶다.

계속 러스를 도와주어야 한다고도 생각하지만, 녀석에게 농구를 시켜야 한다는 감독님 생각이 맞는지는 잘 모르겠다. 하지만 난 감독이 아니다.

그래서 이렇게 말한다.

"이제부터는 슛을 하라고 하시면 슛을 하겠습니다."

"좋아. 내일 연습 때 보자."

27

아빠는 경기가 끝나자마자 사라졌다. 출근 시간 때문이다.

난 혼자 있고 싶어서 할아버지에게 팀원들과 함께 치킨을 먹고 가겠다고 한다.

할아버지는 에린의 부모님과 함께 집에 가고, 난 쓰레기투성이인 칙칙하고 더러운 벨몬트 거리를 돌아다닌다.

거의 모든 가로등이 돌에 맞아 박살이 나서 길이 어둡다.

날이 꽤 추운데 난 반바지에 코트만 걸쳤다. 놀랍게도 난 길을 걸으면서 오늘 경기나 잃어버린 선발 자리에 대해 생각하지 않는다.

보이21을 생각하고 있다. 녀석이 얼마나 아픈 건지…….

아무 이유도 없이 자기가 우주에서 왔다고 말하고 다니는 사람은 없다.

뒤쪽에서 값비싼 자동차 오디오가 내는 묵직한 베이스 소리가 다가온다. 고개를 돌린다. 눈부신 헤드라이트 두 개만 보인다. 차가 속도를 늦추더니 내 옆에 와서 선다. 음악이 꺼지고 누가 나를 부른다.

"요, 흰토끼, 타라."

테럴 목소리다. 나는 조수석 창문으로 다가간다. 마이크 형차에 테럴이 타고 있다. 둘 다 금목걸이와 커다란 다이아몬드 귀고리를 했다. 운전석의 마이크 형이 외친다.

"뭘 쳐다보고 섰어. 농구 바지만 입고 쏘다니다 얼어 죽고 싶어? 얼른 타 인마. 무릎 꽁꽁 언 거 봐라!"

난 뒷문을 열고 차에 탄다. 그런데 마이크 형이 차를 출발시키지 않는다.

테럴이 묻는다.

"넌 그 우주 어쩌고 하는 놈에 대해 처음부터 다 알고 있었지?"

거짓말할 이유가 없어서 난 고개를 끄덕인다.

테럴은 내 쪽으로 몸을 돌려 날 마주보고 있고, 마이크 형은 짙은 선글라스를 쓰고 자동차 뒷거울로 나를 보고 있다. 밤 10시가 넘었는데 선글라스를 썼다. 뭔가 달콤한 게 타는 냄새가 난다 했더니 마이크 형이 마리화나 담배를 피우고 있다.

밖으로 나가고 싶지만, 물론 그럴 순 없다.

테럴이 묻는다.

"그 자식, 얼마나 미친 거냐?"

"글쎄."

"학교에 총을 들고 와서 갈길 정도로 미친 거냐? 아니면 우주 어쩌고 웃긴 소리를 늘어놓을 정도만 미친 거냐?"

"후자인 것 같은데."

마이크 형이 말한다.

"후자가 누구야? 미친놈이 앞뒤로 있냐?"

테럴이 묻는다.

"그러니까 말만 그렇게 한다는 거지?"

"나도 모르겠어."

마이크 형이 묻는다.

"감독이 너한테 그 녀석을 도우라고 했다고?"

"넵."

"그래서, 가서 친구가 돼 주고 선발 자리를 뺏겼다고?"

"그렇죠."

테럴이 말한다.

"그러니까 네가 흰토끼지."

"참 착해들."

마이크 형은 그렇게 말하고 담배를 한 모금 빤다.

"난 네가 마음에 든다, 흰토끼. 너에겐 옛날 말로 인성이라는 게 있어."

테럴이 말한다.

"러스란 놈, 완전 돌았어. 하지만 우리 팀에 도움은 되겠지."

마이크 형이 말한다.

"집까지 데려다 줄게. 그럼 가 볼까."

마이크 형 차를 타고 집에 가는 게 내키지 않는다. 형은 취한 상태다. 하지만 내가 달리 뭘 어쩔 순 없다. 그래서 잠자코 뒷자리에 앉아 있다.

우리 동네에서 가장 악명 높은 마약상이 집에 태워다 주겠다고 하면 그러라고 해야 한다. 형은 겨드랑이에 권총을 차고 있을 것이다. 차 안에도 총이 몇 자루 있을 거고. 트렁크 안에 뭐가 들어 있을지는 상상도 할 수 없다.

우리 집에 도착해서 내가 차에서 내리기 직전에 형이 말한다.

"배춧잎 좀 줄까, 흰토끼?"

내가 대꾸하지 않자 테럴이 설명한다.

"돈 말하는 거야."

나는 거절의 의미로 고개를 젓는다.

형이 다시 말한다.

"집에 돈 필요하면 말해라. 우린 늘 사람이 필요하니까. 인성 좋은 사람은 특별히 환영하지."

마약 배달 따위는 절대 하고 싶지 않지만, 난 고개를 한 번 끄덕인다. 그러고는 최대한 잽싸게 차에서 내린다.

마이크 형과 테럴이 떠나고 집으로 들어가니 할아버지가 맥주를 마시고 있다.

아빠는 아까 출근했으니, 오늘 밤엔 할아버지와 나 단둘이다.

할아버지가 나를 보고 말한다.

"기분 참 드럽지?"

"네."

"그런데 그럴 필요가 없어. 네 아비는 늘 노력으로 재능을 이길 수 있다고 하지만, 오늘 속보가 들어왔더구나, 핀리야. 넌 남은 평생 인간답게 최선을 다할 수 있다. 하지만 어떻게 해도 오늘 저녁 우리가 본 그 녀석을 따라잡을 순 없을 거야."

할아버지는 맥주를 들이킨다.

"뜨뜻한 물에 들어가고 싶은데, 도와줄 테냐?"

난 고개를 끄덕이고 할아버지를 욕실로 데려가서 옷을 벗긴 다음 몸을 안아 욕조에 앉혀 준다.

할아버지가 머리를 감는 동안 나는 샤워 꼭지를 들고 있다. 비눗물이 목을 타고 흘러내려 할머니의 초록색 묵주를 적신다. 할아버지는 목욕할 때도 묵주를 벗지 않는다. 목욕을 마치고 할아버지가 물을 잠그라고 한다. 물을 잠그자 할아버지가 말한다.

"감독님은 널 다시 쓰실 거다. 걱정하지 마. 잘 될 거야."

문득, 이 순간 보이21은 무슨 생각을 하고 있을지 궁금해진다.

오늘 경기에 나가서 즐거웠을까?

오늘 일로 기분이 나아졌을까?

내가 농구에서 얻는 걸 그 애도 얻고 있을까?

그렇다면 포인트가드 선발 자리는 나보다 녀석에게 더 필요한 게 아닐까?

"난 네가 농구하는 걸 보는 게 정말 좋다, 핀리야. 요즘 들어

선 그 시간이 가장 즐거워. 아직 나에게 다리가 있는 것처럼 느껴질 정도야. 하지만 인생은 농구보다 크단다. 러스라는 그 애는 특별한 아이다. 누구나 보면 알 수 있지. 그런데 특별하다는 것도 쉬운 일이 아니야. 내 말 알겠냐?"

할아버지가 무슨 말을 하는 건지 모르겠지만, 어쨌든 난 고개를 끄덕인다.

"너도 특별한 아이다, 핀리야. 살다 보면 자기가 원하지 않는 역할을 떠맡을 때가 있지. 그래도 최선을 다해 그 역할을 해내는 것이 훌륭한 거야."

할아버지는 계속 말한다.

"오늘 같은 날에도 할아비는 이런 위선이나 떠는구나. 하지만 그렇다고 해서 내 말이 거짓말은 아니지. 우리 둘 다 지금까지 힘겹게 살아왔어. 너나 나나 아무런 보답도 받지 못했지만."

뭐라고 대답할 말이 떠오르지 않는다. 게다가 난 절대 특별한 인간이 아니다. 그래서 난 그냥 할아버지를 욕조에서 일으켜 침대에 누인다.

나에게 지금 무슨 일이 일어났으며 그게 무슨 의미인지 생각하느라 나는 밤새 잠들지 못한다.

다음 날, 보이21은 자기 할아버지가 차를 몰고 떠나자마자 숄더백을 열어 수건 여러 개를 핀으로 엮어 만든 갈색 가운을 꺼낸다. 그리고 머리와 팔을 꿰어 그걸 입는다.

한때는 티셔츠였던 것 같은 빨간색 천으로 가슴팍에 '우주(SPACE)'라고 박아 놓았다.

이어 반짝거리는 금색 망토를 목에 두른다. 가게에서 꽤 비싸게 주고 샀을 것 같다. 은색 걸쇠도 달려 있고, 소재도 싸구려 핼러윈 의상에 쓰이는 것보다는 훨씬 묵직하다.

난 보이21이 은색 스프레이 물감으로 칠한 오토바이 헬멧을 쓰는 모습을 쳐다보고만 있다. 헬멧 정수리엔 깃대 맨 끝에 다는 것 같은 금색 독수리가 붙어 있다.

앨런 씨가 저 헬멧을 못 봤을 리가 없을 텐데, 녀석이 굳이 가운을 숨긴 이유가 뭘까. 물론 난 물어보지 않는다.

"러스 워싱턴 행세는 끝났어. 이젠 그냥 보이21로 다닐 거야. 곧 지구를 떠날 거니까. 이제는 아무것도 숨길 필요가 없어. 다들 내 외계력을 보기도 했고."

나는 '진심이냐?' 하는 표정으로 녀석을 쳐다본다.

보이21은 내 눈길을 무시하고 이렇게 말한다.

"연습 끝나고 너와 함께 듣고 싶은 특별한 시디(CD)가 있어. 그걸 들으면 모든 걸 알 수 있어. 웨스도 같이 듣자고 해야지. 시디 같이 들을래?"

난 고개를 끄덕인다.

대체 무슨 시디길래 모든 걸 알 수 있다는 거야?

난 궁금해지는 한편으로, 지금 보이21이 선을 넘고 있다는 것도 깨닫는다. 아니, 어쩌면 일부러 선을 긋는 건가?

학교가 가까워질수록 우리 주위로 아이들이 몰려든다. 보이21이 왜 그런 옷을 입었는지, 우주 중에서도 정확히 어디에서 왔는지, 다음 경기에선 몇 점을 올릴 건지 알고 싶어 한다.

우리 학교에서 제일 예쁜 여자애들이 와서 눈을 의식적으로 깜빡이며, "안녕, 보이21?" 하고 키스를 날리고 섹시한 동작으로 은색 헬멧을 만지기까지 한다.

믿기 어려운 장면이다. 벨몬트의 농구 열기를 모르는 사람이라면 더더욱 이해하기 어려울 것이다.

갈수록 많은 아이들이 몰려들지만, 보이21은 괴상하기 짝이 없는 미소를 띤 채 앞으로 나아갈 뿐이다.

세상에, 미친놈 행세를 했더니 인기가 많아져?

아니, 단지 이 녀석이 외계인처럼 농구를 잘해서 이러는 건가?

아이들이 점점 더 몰려들어 우리를 빽빽하게 둘러싸고 소리를 지르며 묻는다. 난 투명인간이 된 것 같다. 아무도 나에겐 한마디도 건네지 않는다. 내가 보이21과 가까운 사이인 걸 알면서도. 난 사람들이 이렇게 많은 질문을 쏟아 내는 걸 들어 본 적이 없다. 보이21과 함께 있는 지금에서야 나에겐 없는 걸 누군가는 가졌구나 하고 깨닫는다. 운동 실력만이 아니라 스타의 매력 같은 것 말이다. 이런, 또 별(star)이 문제군!

학교 앞 계단에 도착하자 보이21이 걸음을 멈추고 말한다.

"다음 경기에선 많이, 아주 많이 점수를 낼 거야. 40점은 확실히 넘겠지. 그리고 내가 온 곳은 너희가 알지도 못하는 데야. 난 곧 우주의 그곳으로 돌아갈 거고. 그 밖에 나에 대해 알고 싶은 건 나의 벨몬트 여행 가이드이자 나의 지구 생활 기록관인 지구인 핀리에게 문의해 줘."

우리를 둘러싼 아이들 대부분은 보이21이 농담을 한다는 듯 웃음을 터뜨린다. 그때 난 스무 명쯤 뒤에 섞여 있는 에린을 발견한다. 에린은 입술을 깨물고 있다.

"핀리, 여기 여러분들이 나, 보이21에 관해 알고 싶어 하는 건 다 알려 주도록 해."

다들 나에게로 시선을 돌린다. 물론, 난 입을 열지 않는다. 난 원래 말이 없는 인간이니까. 아니, 내가 수다쟁이였다 한들 무슨 말을 하겠는가?

"그건 안 돼!"

"흰토끼는 한마디도 안 한다고!"

"넌 어쩌면 농구를 그렇게 잘하니?"

"네가 뭘 연기하는 건지 궁금해!"

"그 우주인 의상은 뭐야? 블랙아이드피스에라도 들어갔냐?"

"넌 누구야?"

"난 우주에서 온 보이21이야!"

러스는 그렇게 말하고 그 반짝거리는 금색 망토가 휘날릴 정
도로 잽싸게 몸을 돌린다.

난 녀석을 따라 학교로 들어간다.

온종일 질문 공세에 시달린다.

보이21은 미소를 띤 채, 감정에 관해 연구하기 위해 우주에서
왔다는 똑같은 대사만 반복한다. 녀석의 대답이 짧을수록 인기
는 더 높아져 간다. 모두가 녀석의 비밀을 알고 싶어 하고, 그게
녀석의 능력이 된다. 능력이 또 하나 늘었군!

지역 신문에 보이21에 관해 실린 내용은 어제 경기에서 올린
점수와 어시스트와 리바운드 개수뿐이다. 아마도 신문사 편집
자들은 녀석이 한 말을 그대로 실을 수 없었을 테지만, 얼마 안
있어 녀석의 진짜 사연이 밝혀지고 녀석이 자신의 과거와 마주
해야 하는 순간이 올 것이다.

선생님들은 러스의 그 이상한 차림에 대해 묻지 않는다. 그런

질문을 하지 말라는 지시가 내려온 게 분명하다. 그 정도로 어처구니없는 모습이니까. 얼빠진 인간이 핼러윈이나 무언극 행진, 아니 그보다도 훨씬 얼빠진 날에 한껏 빼입은 것 같으니까.

점심시간이 걱정된다. 가까운 곳에 지도 교사가 없는 상황에서 팀원들을 만나야 한다. 그런데 식사 시간 바로 전에 담임실로 호출당해 우린 단체 식사에서 제외된다.

보이21은 조이스 선생님에게, 난 고어 선생님에게 불려 간다.

고어 선생님의 보글보글 파마머리가 오늘따라 유난히 반들거린다. 내가 책상 앞에 앉자 선생님이 말한다.

"점심은 내가 가져왔어. 어서 먹어라."

난 따뜻한 칠면조 샌드위치를 바라본다.

흰 빵과 노릇노릇한 그레이비소스.

맛있겠다. 배가 고프다. 그래서 난 그걸 먹는다.

"감독님이 왜 네게 러스를 도와 달라고 했는지 생각해 봤어?"

난 고개를 젓는다.

선생님이 활짝 미소 짓는다. 너무 활짝. 이 하나하나가 나더러 거짓말쟁이라고 하는 것 같다.

선생님은 양손의 손톱을 맞대고 손바닥 맨 윗부분을 톡톡 맞부딪치고 있다. 거미가 거울에 대고 팔굽혀펴기를 하는 것 같다.

"얘기 좀 해 봐, 핀리."

선생님이 내 눈을 뚫어지게 바라본다. 나는 음식으로 눈길을 떨어뜨린다.

"할아버지는 어쩌다 다리를 잃으신 거지?"

난 선생님이 아무 상관도 없는 질문을 해 대는 게 정말 싫다. 특히 이런 질문은 딱 질색이다.

이 방에 있으면 언제나 그렇듯이 얼굴이 타는 듯 뜨거워진다. 저 사람의 엉뚱하고 쓸데없는 질문을 듣고 있어야 할 때 느껴지는 이 기분이 정말 싫다.

"좀 이상하지 않아? 네가 그 일을 모른다는 게. 할아버지가 어쩌다 그렇게 됐는지 물어볼 생각을 한 번도 안 해 봤어? 그동안 마음속에 그런 질문이 한 번도 안 떠올랐어?"

주먹에 잔뜩 힘이 들어간다. 날 열 받게 해서 내 입을 열려는 수작이다. 싫다.

"어머니에겐 무슨 일이 있었지?"

정말로 짜증이 나기 시작한다. 아니, 바로 옆방에는 우주에서 왔다고 주장하는 학생이 있지 않은가.

대체 질문의 요점이 뭐야? 난 이제 땀까지 흘린다.

정신 놓지 말자, 속으로 다짐한다.

뭔가 쓸데 있는 일에 집중해서 정신을 붙잡는 거야.

난 칠면조 샌드위치를 먹는 데 집중한다. 샌드위치를 덥석덥석 베어 물고 음식이 목으로 넘어가는 느낌을 즐긴다. 배가 불러 온다. 고기와 그레이비소스와 말랑말랑한 빵 맛을 음미한다.

"핀리? 내 말 듣고 있니?

난 눈을 마주치지 않고 고개만 끄덕인다.

"러스 일을 우리가 어떻게 하면 좋겠니?"

"글쎄요."

그걸 내가 어떻게 알아?

"너는 어떠니?"

"괜찮아요."

"선발 자리를 잃어서 화가 나진 않고?"

난 어깨를 으쓱한다.

"넌 화내도 돼."

난 빠른 속도로 으깬 감자와 우유를 먹고 마신다.

당장 여기서 나가고 싶다.

"앨런 부부가 어떻게 살해당했는지 알고 싶지 않니?"

뜻밖의 이야기다.

"아뇨."

그런 건 알고 싶지 않다.

대체 그런 걸 왜 알고 싶겠어?

"가 봐도 돼요?"

"화가 나는 건 이상한 게 아니다, 핀리. 이건 네가 쉽게 이해할 만한 일이 아니거든. 보통의 청소년이 감당할 수 있는 것 이상이잖아. 혹시 러셀 이야기를 하고 싶어지거나 네 이야기를 하고 싶어지면 언제든 날 찾아오면 돼. 그걸 알아주었으면 한다. 난 널 도우라고 있는 사람이야. 날 믿고 털어놔도 돼."

"고맙습니다."

난 그렇게 대답하지만, 몸은 벌써 문을 향하고 있다.

방을 나올 때, 고어 선생님이 거의 소리를 지르듯이 말한다.

"러셀에게 네 어머니 일을 얘기해 보는 것도 좋지 않을까?"

선생님이 무슨 말을 하려는 건지 알고 싶지 않다. 그래서 그대로 그 방을 나와서 복도에 주저앉는다.

두 주먹을 꽉 쥐었다가 손가락을 최대한 넓게 편다.

같은 동작을 계속 반복한다. 마음이 좀 가라앉을 때까지.

몇 분 후 보이21이 밖으로 나온다.

나를 보고도 아무 말 하지 않는다. 별일 없다는 표정이고.

여전히 그 갈색 가운과 금색 망토와 은색 헬멧을 걸치고 있다. 난 녀석을 따라 복도를 지나 라커룸으로 간다. 중간에 선도부가 걸음을 붙잡지만, 보이21이 잊지 않고 받아 온 통행증으로 무사히 통과한다.

오전 수업 책과 오후 수업 책을 바꿀 때 보이21이 묻는다.

"이 우주복을 입지 말래. 학교 분위기에 지장을 준다나. 너도 그렇게 생각해?"

"아니."

나는 그렇게 대답하는 나 자신에게 놀란다. 보이21이 빙긋 웃는다. 난 고어 선생님과의 대화가 마음에 들지 않아서, 담임들이 한 말에 무조건 반대하고 본 것이다.

"부모님에게 네가 입을 우주 망토도 하나 보내 달라고 할까 봐, 핀리. 너도 입을래?"

"엄청 입고 싶다."

나도 녀석에게 빙긋 웃어 보인다.

우리는 일과를 마치고 연습에 참석한다.

우주복을 벗고 연습용 유니폼으로 갈아입은 보이21은 대번에 외계인이 아니라 지구인처럼 보인다.

팀의 그 누구도 우주나 보이21이 어젯밤에 한 이야기를 입에 올리지 않는다. 감독님이 입을 다물라고 지시한 게 분명하다.

보이21이 웨스에게 연습 끝나고 집에 가서 함께 시디를 듣지 않겠느냐 묻는다. 너드라는 그룹과 비슷하게 우주와 연관된 거라면서. 웨스는 그러겠다고 하지만, 곧바로 화제를 바꾼다.

"난 자유투를 보완해야 해."

그래서 우리는 자유투를 몇 개 쏜다.

이윽고 감독님이 나타나 정규 연습을 진행한다.

난 2군에서 뛴다. 강등됐다는 사실이 쓰라리긴 하지만, 우리 팀 주전들을 상대로 실력을 발휘하려고 노력한다. 난 모든 것을 잊은 채 땀을 흘리고 근육을 혹사하고 각종 연습을 반복한다.

"오늘 괜찮네, 핀리."

감독님이 여러 번 그렇게 말해 줘서 기분이 좀 나아진다.

보이21과 웨스와 나는 라커룸에서 옷을 들고 나와 캐딜락에 몸을 싣는다. 앨런 씨가 묻는다.

"집에들 데려다 주면 될까?"

"오늘은 우리 집에 중요한 시디를 들으러 가는 거예요."

앨런 씨가 뒷거울로 우리를 바라본다. 회색 눈썹 아래 갈색 눈동자로.

"그래? 무슨 시디인데?"

"수업과 관련된 거예요. 과학 수업."

보이21이 거짓말을 한다.

"알겠다."

집에 도착하자, 앨런 부인은 모두 샤워를 하고 옷을 갈아입은 뒤 함께 저녁 식사를 해야 한다고 한다.

"누가 오는 줄 몰랐지. 그래도 그럭저럭 먹을 순 있을 거야."

앨런 부인이 친절하게 덧붙인다.

우리는 잽싸게 샤워를 끝내고 치킨 샐러드로 저녁을 먹는다.

웨스가 매우 예의 바르게 행동하며 대화를 이어 나간다. 앨런 부부가 농구와 학교생활에 대해 묻는다.

"프랑스어 수업에서 『어린 왕자』를 읽고 있어요. 너도 좋아하겠다, 러스. 그것도 다른 행성에서 온 소년 이야기거든."

"읽어 보고 싶네."

러스가 대답하자, 앨런 부인이 웨스를 차갑게 쳐다본다. 우리까지 녀석의 우주 집착증을 부추기지 말라는 듯한 눈초리다.

"농구는 잘 되고 있고?"

앨런 씨가 묻자 웨스가 대답한다.

"잘하고 있어요. 올해 전력이 참 좋아요. 감독님은 포스트시즌까지 좋은 성적을 낼 걸로 생각하고 있고요."

"그 정도로? 새로운 수비 같은 게 있나? 압박 수비라든가?"

웨스가 우리 팀 전술을 처음부터 끝까지 읊는다. 실전에서 쓴 작전과 아직 쓰지 않은 작전까지 전부 다. 다른 사람들은 둘이 나누는 농구 이야기를 한참 듣고만 있다.

웨스와 함께 있으면 뭐랄까, 나답게 조용히 있을 수 있다. 앨런 부부는 나에겐 아무것도 직접 묻지 않는다. 워낙 말하는 걸 좋아하는 웨스가 있어서 식사 자리가 편하다.

난 앨런 부부가 손자의 우주 가운과 망토를 빤히 보는 것을 몇 번인가 눈치챘다. 두 분 눈에 슬픔이 어려 있다. 그래도 녀석은 헬멧은 벗고 내려왔다.

우리가 식사를 마치자 보이21이 말한다.

"이제 방으로 갈게요. 수업 때문에 시디를 들을 거예요."

앨런 부인이 말한다.

"그래. 공부 열심히들 해."

"저녁 잘 먹었습니다, 할머니."

웨스가 말하자, 나는 같은 뜻으로 고개를 끄덕인다.

보이21을 따라 방에 들어간다. 벽과 천장 전체가 야광 스티커 별로 가득 차서 에너지를 발산하고 있는 것 같다. 좀 으스스하고 어지러우면서도 이상하게 아름답다.

"침대에 앉아."

보이21이 방문을 닫으며 말한다.

우리가 자리에 앉자 러스가 서성거리기 시작한다.

"자, 무슨 시디인지 들려줘."

"너희, 비밀 지켜 줄 수 있어?"

"물론이지."

"알면서."

보이21이 계속 서성거리면서 말한다.

"이건 내가 우리 아빠하고 하던 거야. 다른 사람에겐 처음 말하는 거고."

"뭔데 그래?"

웨스가 말끝에 초조한 눈길로 나를 흘긋 본다.

러스 부모님이 살해당했다는 사실을 웨스도 아는 건가?

"캘리포니아에 살 때 아빠 차를 타고 집도 불빛도 하나 없는 곳에 가곤 했어. 그런 데 가면 별을 엄청 많이 볼 수 있거든. 서해안에 어떤 장소가 있는데, 절벽 아래로 태평양이 보여. 우리는 차를 세워 놓고 절벽을 따라 걸었어. 도로가 없는 곳까지. 그래야 차 불빛 때문에 분위기를 망치지 않거든."

보이21의 서성거림이 조금 느긋해진다.

"아빠와 나는 담요를 깔고 누웠어. 머리 사이에 시디 플레이어를 두고. 그렇게 별 보기를 할 때 아빠가 이 음악을 틀곤 했어."

보이21이 시디를 들어 보인다.

우주복과 긴 망토를 걸친 괴상한 파라오 같은 흑인 남자가 표지를 장식하고 있다. 그의 뒤로 별들이 펼쳐져 있다. 행성도 하나 있는데 띠가 있는 걸로 보아 토성인 것 같다.

"제목은 「우주가 그곳이어라(Space Is the Place)」야. 어떤 영화의 사운드트랙인데 아빠 말로는 영화는 별로래. 난 아직 못 봤고. '선 라(Sun Ra)'라는 재즈 음악가와 '범은하계 태양 악단'이 만든 음악이야. 선 라는 사람들이 자신의 음악을 통해 우주로 이동할 수 있다고 주장했지. 너희와 함께 이걸 들으면서, 저게 하늘의 별이라고 생각하면서 별 보기를 해 보고 싶었어. 어떤 기분이 드는지 해 보자. 내가 아빠하고 했던 것처럼."

웨스가 좀 우스꽝스러운 표정으로 나를 본다.

난 한번 해 보자는 뜻으로 웨스에게 어깨를 으쓱해 보인다.

뭐 어때?

게다가 이건 러스가 '보이21'을 고집하는 이유를 알 수 있는 기회인지도 모른다. 대체 어떤 음악인지 정말 궁금하기도 하고.

"좋아."

웨스의 대답하는 목소리에 망설임이 느껴진다.

보이21이 빙긋 웃고 서성거림을 멈춘다.

"너희도 정말 좋아할 거야. 우주가 그곳이어라! 그럼, 바닥에 누워. 편하게. 위에 있는 별을 바라보면 돼. 그리고 시디가 끝날 때까지는 말을 하면 안 돼. 그게 규칙이야. 다 듣고 나면 내가 불을 켜서 알려 줄게."

웨스가 다시 한 번 미심쩍은 눈길을 보내지만, 난 벌써 바닥에 누워 있다. 웨스도 따라 눕는다.

보이21이 블라인드를 내리고 불을 끄자 야광 별들이 기묘한 초록색으로 빛난다. 녀석은 시디 플레이어의 플레이 버튼을 누르고 우리 사이에 드러눕는다.

음악은 기괴한 우주 소음과 한 여자의 노래로 시작된다.

"세상은 끝났어. 아직도 모르는가?"

이어 괴상한 소음이 맥박처럼 반복되고 마치 트럼펫을 죽어라고 고문하는 듯한 끽끽거리는 울림이 쏟아진다.

초록색 별자리를 올려다보고 있으니 정말로 이곳이 우주인 것 같은 기분이 들기 시작한다. 이상하다. 그게 어떤 기분인지도 모르면서 그런 기분을 느낄 수 있는 걸까?

다음으로 기나긴 아프리카 드럼 연주가 나온다.

피아노가 계단을 구르며 부서지는 것 같은 소리.

선 라가 '다른 운명'과 '살아 있는 신화'를 설파하고 음악을 연료로 우주선을 움직인다는 이야기를 한다. 이상한 소음으로 가득 찬 이 음악은 재즈라기보다는 고장 난 컴퓨터가 내는 소리 같다.

한 여자가 '멋진 내일'에 관한 노래를 멋지게 부르면서 우리에게 '지구가 지루'하다면 '우주로 주식회사'에 동참하라고 한다.

이어 흑인이 지배하던 시절의 이집트 파라오에 관한 노래가 나온다. 대체 그게 우주와 무슨 상관인가 싶다가, 이 앨범 전체가 흑인 문화에 관한 것이며 우주에서는 흑인 문화가 훨씬 잘 번성할 수도 있겠다는 생각이 든다.

너드라는 그룹과 비슷한 구석은 하나도 없지만 무척 흥미롭다.

이렇게 누워 음악을 들으며 보이21이 만들어 낸 가짜 우주를 바라보노라니 무아지경에 빠져드는 것 같다. 이제 난 저 먼 은하계를 여행하는 내 모습까지 상상해 본다. 정말 멋진 기분이다.

마약 같은 것엔 한 번도 손댄 적 없지만, 환각제를 하면 어두운 방에서 「우주가 그곳이어라」를 들으며 야광 별자리를 올려다보는 것과 비슷한 기분이 들지 않을까 하는 생각이 든다.

앨범과 제목이 같은 마지막 노래는 무척 흥겨워서 정말로 '그 무엇이라도 할 수 있는' 저 우주로 올라가고 싶은 기분이 든다.

앨범을 듣고 나자 보이21이 그 기묘한 우주 철학과 우주 의상으로 무엇을 추구하는 건지 알 것도 같다.

웨스와 나는 일을 치르는 내내 한마디도 하지 않는다.

음악이 끝나자 보이21이 불을 켠다.

웨스와 나는 일어나 앉아서 눈을 깜빡거린다.

"진짜 특이하네."

그러면서 웨스는 레몬을 먹은 것 같은 표정을 짓는다. '이 괴상한 음악은 대체 뭐야?'라는 듯이.

"그럼, 이건 어떻게 생각해?"

보이21이 묻자 웨스가 대꾸한다.

"뭘?"

"우주여행. 너희도 나와 함께 갈래?"

웨스가 두 눈썹을 치올린다.

"정확히 어디에 가는 건데?"

"토성 너머로 가지. 우주는 흑인 거야! 우리 부모님은 벌써 가 있어."

"핀리도 가는 거야? 아니면 우주는 흑인만 갈 수 있나?"

이렇게 묻는 웨스의 목소리에 빈정대는 투가 느껴진다.

"핀리는 평화로운 존재야. 예외로 하면 돼. 핀리는 백인이지만 특별히 우주여행자가 될 수 있어."

난 빙긋 웃는다. 이건 정말 헛소리다. 지금 녀석은 농담과 연기로 우리를 골리는 거다. 하지만 웨스는 웃어넘기지 못한다.

"좋아. 너와 함께 우주에 갈게. 언제 떠나는데?"

"생각보다 얼마 안 남았어."

"그래. 그럼 일단 나하고 핀리는 집에 가야겠다. 숙제도 있고 이것저것 할 것도 있고. 그럼 내일 아침에 볼까?"

"좋아. 너희와 함께 여행을 떠나다니, 정말 좋다. 선 라의 음악을 더 들으면서 우주에 적응할 준비를 해야 해. 곧 또 우주여행 연습을 하자."

나는 러스와 함께 이 음악에 대해, 또 녀석 아버지가 벼랑에서 별을 올려다보며 이 음악을 들은 이유에 대해 이야기하고 싶은데, 웨스는 벌써 방을 나가 버렸다. 집에 가려면 웨스네 집에 들러야 한다. 그래서 내일 러스와 둘이 있을 때 묻기로 한다. 단둘이어야 편하게 얘기할 수 있기도 하고.

계단을 내려와 앨런 부부에게 인사를 한다. 앨런 씨가 묻는다.

"집에 태워다 줄까?"

"전 요 근처에 살고, 핀리는 우리 아빠가 데려다 줄 거예요."

집에서 한 블록쯤 나왔을 때 웨스가 말한다.

"이거 좀 심각한 거 같다. 완전 미친 음악이잖아. 내가 그걸 다 듣고 누워 있었다니 믿을 수가 없네. 그 자식, 진짜 정신병자가 아니면 우리를 가지고 노는 거야."

웨스에겐 흥미로운 경험이 아니었다니, 뜻밖이다.

"어떻게든 살아가려고 그럴 수밖에 없는 건지도 모르잖아."

"그게 무슨 뜻이야?"

내가 대답하기도 전에 누군가 악을 쓰며 내 이름을 부르는 소리가 들린다. 돌아보니 보이21이 망토를 나부끼며 전속력으로 달려오고 있다.

"핀리! 핀리! 기다려!"

웨스와 난 서로를 쳐다본다. 둘 다 걱정에 휩싸인다. 보이21이 다가와 내 어깨에 팔을 올리곤 몇 초간 숨을 헐떡인다.

참지 못하고 웨스가 묻는다.

"무슨 일이야?"

"할아버지가 차를 가지고 올 거야."

캐딜락의 헤드라이트가 우리 쪽으로 다가오고 있다.

"데려다 주지 않아도 된다고 했잖아."

"방금 감독님 전화가 왔어. 사고가 났대."

러스는 계속 헐떡이며 말한다.

"무슨 사고?"

러스는 어서 말해 보라는 웨스를 무시하고 내 어깨에 또 한 손을 올리며 내 눈을 들여다본다. 생일날 우리 집 지붕에서 아버지 이야기를 하던 그 러스, 진짜 러스다. 보이21이 아니다.

"에린 일이야. 에린이 병원에 실려 갔어. 차에 치였대."

웨스가 묻는다.

"뭐? 어떻게?"

"몰라."

또 누가 내 목구멍에 손가락을 집어넣으려고 한다.

숨이 쉬어지지 않는다.

앨런 씨가 차를 멈추더니 창문을 내리고 어서 타라고 한다.

나는 차를 타고 벨몬트에서 가장 끔찍한 거리를 지나간다. 차창에 비친 내 무표정한 얼굴이 보인다. 거지 같은 우리 동네에 겹쳐진 내 얼굴이.

숨을 쉬어. 일단 숨을 쉬라고.

스스로에게 말하지만, 점점 더 어려워지기만 한다.

마침내 내가 말을 뱉어 낸다.

"무슨 일이에요? 괜찮대요?"

아무도 입을 열지 않는다. 앨런 씨마저 묵묵부답이다.

느낌이 안 좋다.

정말 안 좋다.

에린

"해야 할 말이 있다면
결국 어떻게든 할 수 있으리라."

세이머스 히니

29

앨런 씨가 응급실 앞에 러스와 웨스와 나를 내려 주고 주차장
으로 간다. 우리 뒤로 자동문이 닫히고, 난 대기실의 쓰레기통
에 대고 토한다. 속이 뒤집히는 것 같다.

한숨 돌리고 보니, 대기실에 있는 사람 중 절반이 나를 쳐다보
고 있다. 아프고 지쳐 보이는 사람들이 스무 명 남짓 의자에 앉
아 있다. 대기실 저 끝에서 한 노숙자가 서성거리며 이렇게 외치
고 있다.

"도와주시면 감사하겠습니다! 도와주시면 정말 감사하겠습
니다!"

나머지 반은 한구석에 걸린 텔레비전에 나오는 상어를 보고
있다. 잠깐 올려다본 화면엔 상어가 거대한 하얀 이빨이 박힌
육중한 턱으로 바다사자를 삼키고 있다.

러스가 내 등에 손을 얹고 말한다.

"괜찮아?"

난 다시 한 번 토한 다음 러스와 웨스를 올려다보기만 한다.

내가 괜찮은지 어떤지 나도 모르겠다.

"잘 들어. 저기로 가서 네가 가족이라고 해. 거짓말을 해야 돼. 안 그러면 못 들어가. 내가 알아. 우리 누나가 조카를 낳았을 때 누나 친구들이 분만실에 들어가려고 했는데 직계가족이 아 니면 안 된다고 했거든. 그러니까 가서 네가 로드 형이라고 말해. 러스하고 난 못 들어가니까, 정신 차려야 돼."

웨스도 내 등을 만지고 있다. 웨스가 또 말한다.

"에린을 위해서 강해져. 남자답게 굴라고. 알았지?"

고개를 끄덕인다. 웨스 말이 맞다. 하지만 또 속이 메슥거린다.

웨스가 안내 창구 여직원에게 내가 에린의 오빠라고 설명한다. 웨스의 예측대로 둘은 대기실에 남고, 나는 트라우마 센터라고 하는 곳으로 안내된다.

나는 복도에 몇 초간 서 있다가 병실로 들어간다.

이건 악몽이다.

에린은 왼쪽 다리에 깁스를 하고, 플라스틱 목 받침대로 턱을 바싹 받치고 있고, 오른팔은 붕대로 친친 감겨 있다.

얼굴을 감싼 붕대가 빨갛게 물들어 있다. 눈가 피부는 검붉게 변했다. 얼굴은 퉁퉁 붓고 번들거린다. 눈 밑에 바셀린을 바른 것만 같다.

침대 옆에 에린의 엄마가 앉아 있다.

바퀴가 달려 있으니 침대가 아닌가? 모르겠다.

아주머니는 에린의 손을 잡고 있다.

에린은 신음하고 있다. 두 뺨이 눈물로 축축하다.

"가족끼리 계세요."

간호사가 말한다.

난 그 자리에 얼어붙은 채, 한참을 그저 바라보기만 한다.

이게 꿈인지 현실인지 가늠이 되지 않는다.

에린이 부서졌다.

아주머니 머리칼은 엉망으로 헝클어져 있고 두 눈은 겁에 질려 쑥 들어갔다. 블라인드 때문에 밖이 보이지도 않는데 줄곧 창문만 바라본다. 에린도, 아주머니도 나를 금방 알아보지 못한다.

난 침대 반대편으로 가서 에린의 손을 잡는다.

에린이 내 손을 맞잡지 않는다.

에린 눈을 들여다본다. 부기 때문에 내가 아는 에린 같지가 않다. 토끼풀 같은 초록색 눈동자는 에린이 맞는데도.

갑자기 에린이 정신없이 빠른 속도로 말하기 시작한다.

"핀리, 나 다리가 산산조각 났어. 다시는 농구를 할 수 없어. 다시는. 다 끝났어. 이젠 안 돼. 마지막 시즌을 망쳤어. 이제 농구로 뭘 해 볼 수가 없게 됐어. 장학금을 받고 대학에 갈 수도 없어. 그 차는 고의로 나를 친 거야. 내 얼굴을 봤어. 몸이 붕 떠서 차 후드에 떨어졌는데, 내가 길에 내동댕이쳐졌는데, 죽은 동물처럼 날 그냥 놔두고 가 버렸어. 그런데 그때 말이야, 그 차가 일부러 속도를 올린 것 같았어. 하지만 말도 안 되지? 누가 그런 짓을 하겠어? 대체 누가? 난 이제 농구를 할 수 없어. 대학에 어떻게 가? 이제 우리 벨몬트를 어떻게 떠나? 더 일찍 마음을 먹고 저질렀어야 했어. 어떻게 날 그렇게 놔두고 가 버릴 수 있지? 이런 모습 보이기 싫어, 핀리. 정말 끔찍한 꼴일 거야. 그만 가 주면 좋겠어. 아니, 가지 마. 그리고 구급 요원들이 새로 산 스포츠브라를 잘라 버렸어. 이틀 전에 산 건데. 진짜 비싼 건데. 그리고……."

"쉬잇. 넌 지금 쇼크 상태야. 농구는 곧 다시 할 수 있어. 스포츠브라도 새로 사자. 다시 괜찮아질 거야."

아주머니가 에린을 달랜다.

내 머릿속으로 수많은 생각이 지나간다. 하지만 그중 어떤 것도 제대로 생각할 수가 없다.

"아파, 핀리. 너무 아파. 다리를 움직일 수가 없어."

에린이 흐느끼기 시작한다. 고문 끝에 탈진해 버린 어린아이 같다. 얼굴과 몸으로 퍼져 나가는 아픔이 나에게까지 느껴진다.

우는 것조차 아픈 것이다.

괜찮아질 거라고 말해 주고 싶다. 곧 다시 농구를 할 수 있을 거라고 말하고 싶다.

어쩌다 치였느냐고, 대체 무슨 일이 있었느냐고 묻고 싶다.

농구는 고사하고 다시 걸을 수나 있을까?

난 아주머니를 바라보며 도움을 청한다.

"머리에 부상이 있을지 몰라서 그걸 확인하기 전까진 진통제를 놓을 수가 없대. 곧 뇌 검사를 할 거야. 뇌 손상이 없는 게 확인되면 약을 준대. 조금만 더 참으면 돼, 에린."

"다리는 어떻대요? 다리에 대해선 뭐래요?"

아주머니는 내 질문에 대답하지 않는다. 난 아주머니 얼굴을 찬찬히 들여다본다. 잔뜩 겁먹은 모습이다. 문득, 생각했던 것보다도 상황이 훨씬 더 심각하다는 걸 깨닫는다.

"핀리."

에린이 말한다. 눈이 붉다. 이렇게 붓고 멍들었는데도 눈동자 만큼은 여선히 초록색으로 빛난다. 아니 어쩌면 그래서 더더욱.

"다시 내 남자친구가 되어 줄 거지? 이젠 네가 돌아와 주지 않으면 안 돼. 겁이 나. 나 정말 무서워. 다시 나와 사귀어 줘. 나 혼자선 견뎌 낼 수 없어. 제발. 부탁이야."

난 고개를 끄덕인다.

그럼, 당연히 그럴 거야.

"소리 내서 말해 줘."

이 어린애 같은 작은 목소리는 평소의 에린이 아니다. 이젠 정말로 걱정되기 시작한다. 나는 입을 열고 말한다.

"난 이제 다시 네 남자친구야."

"그럼 이제 우리 이야기해도 되지? 이야기 좀 해 줘."

"무슨 이야기?"

"아무거나. 아픈 걸 잊을 수만 있으면 좋아."

"나 방금 여기 들어오기 전에 토했어."

"정말? 너 괜찮아?"

"지금 대기실에 웨스하고 러스가 와 있어. 러스가 오늘 웨스랑 나를 자기 방으로 데려가서 바닥에 누우라고 하고 어떤 재즈 시디를 들려줬어. 음악을 이용해서 우주를 여행하는 거래. 그러다 뭐가 어떻게 된 건지도 모르고 갑자기 병원에 오게 됐는데 네가 너무 걱정돼서 속이 뒤집혔어. 두 번이나 토했어. 노란 담즙까지 나오더라."

"정말 낭만적이야. 넌 정말 여자친구에게 특별한 기분을 느끼게 할 줄 알아, 핀리."

에린이 잠깐이지만 미소까지 짓는다. 기분이 나아진다.

"보고 싶었어. 네 관심을 끌려고 이렇게까지 했단 말이야."

에린은 웃음을 터뜨리려다가 아파서 다시 울기 시작한다. 이러다 에린이 죽을지도 모르겠다. 그 정도로 상태가 나빠 보인다.

"괜찮아질 거야."

"아니, 안 그래. 이번엔 만만치 않을 것 같아, 핀리."

에린은 다시 웃어 보이려고 하다가 더 심하게 울기 시작한다.

아주머니가 에린의 이마를 쓰다듬으며 달랜다.

"쉬이잇, 괜찮아. 괜찮고말고. 다 잘될 거야."

난 뭘 어째야 할지 몰라 고양이를 쓰다듬듯 에린의 손을 쓰다듬기 시작한다. 1분쯤 지나자 에린이 소리를 지른다.

"다들 나 좀 그만 만져. 제발!"

아주머니가 움찔한다. 난 에린과 눈을 마주치려고 하지만, 에린은 천장만 노려본다. 갑자기 나를 보고 싶지 않은 것처럼.

지금은 조용히 기다려야 할 때다.

우리는 한참 말없이 기다린다.

사람들이 와서 에린을 뇌 검사실로 데려간다.

아주머니는 에린을 따라가도 되지만 나는 안 된다고 한다.

병실에 혼자 있으니 돌아 버릴 것 같다.

웨스와 러스가 아직 있는지 보려고 대기실로 간다.

둘은 앨런 씨와 함께 뱀이 나오는 프로그램을 보고 있다. 벽에 설린 텔레비전 화면에서 머리통이 축구공만 한 뱀이 개인지 뭔지를 삼키고 있다. 뱀의 입 밖으로 삐져나온 뒷다리만으로는 확실치 않다. 왜 응급병원 대기실에 이런 프로그램을 틀어 놓는 걸까? 여기 있는 사람들은 그렇잖아도 사랑하는 사람이 다쳐서 힘들어하고 있는데. 좀 마음 편한 내용을 찾아 줄 순 없는 걸까?

앨런 씨, 웨스, 러스가 나를 보고 자리에서 일어선다. 러스는 망토를 벗은 상태다.

"에린은 어떠니?"

앨런 씨가 묻는다. 난 고개를 젓는다.

"안 좋아요."

"어디가 안 좋은 건데?"

러스가 묻는다.

"다리가 산산조각 났어. 얼굴에 멍이 안 든 데가 없고. 방금 뇌 검사를 하러 갔어. 한동안 횡설수설하다가 갑자기 화를 내면서 내가 뭘 잘못한 것처럼 소리를 질렀어. 난 그냥 손을 잡아 주는 것 말곤 아무것도 할 수 없었어."

앨런 씨가 말한다.

"쇼크 상태로군. 오래가지는 않을 거야. 곧 다시 원래의 모습으로 돌아올 거다."

웨스가 말한다.

"정말 안타깝다. 젠장."

보이21은 아무 말도 하지 않는다.

난 고개를 들고 뱀이 먹이를 다 삼키는 모습을 본다. 뱀 몸뚱이 한가운데에 개의 형태와 크기가 그대로 드러나 있다. 꼭 조작한 것 같다.

"난 더 있어야겠어. 너흰 가 봐. 기다려 줘서 고마워."

웨스가 묻는다.

"괜찮겠어?"

"응. 집에는 에린 부모님 차를 타고 가면 돼."

러스가 말한다.

"에린에게 우리가 응원한다고 전해 줘."

웨스가 말한다.

"그래. 꼭 전해 줘."

앨런 씨가 말한다.

"오늘 밤 에린을 위해 기도하마."

"고맙습니다."

나는 트라우마 센터로 돌아간다.

에린과 아주머니는 아직 뇌 검사실에서 돌아오지 않았다.

나는 병원에 혼자 남아 사람이란 얼마나 부서지기 쉬운 존재인지 생각해 본다.

누구나 순식간에 영원히 사라질 수 있다. 오늘 조금만 더 잘 못됐어도 난 에린을 잃고 말았을 것이다.

그러다가 결국 기억하고 싶지 않은 것들이 기억나기 시작한다. 난 왼손 엄지와 검지 사이의 삼각형 부분을 아프도록 꽉 문다. 내 뇌가 서 기억의 바닥에 가라앉아 있는 쓰레기들을 퍼 올리지 못하도록.

에린이 바퀴 달린 침대에 실려 병실로 돌아온다. 팔에 정맥 주사가 꽂혀 있다. 의식이 반쯤 흐릿한 상태다.

아주머니가 나를 보고 말한다.

"뇌는 괜찮대. 그래서 모르핀을 맞았어."

나는 의자에 앉아 에린의 손을 잡는다.

"난 다시 네 남자친구야."

"다행이다."

에린은 미소를 한 번 지어 보이곤 눈을 감는다.

30

감독님이 여자팀의 배틀 감독님과 함께 병원에 나타난다. 배틀 감독님은 작은 키에 몸집이 크고 진지한 성격의 여자 분이다. 늘 운동복 차림인데 오늘은 팔다리에 은색 줄무늬가 세 줄씩 들어간 남색 운동복을 입고 있다. 에린의 부모님이 이제까지 파악된 정보를 다시 한 번 읊는다.

뺑소니랍니다.

다리가 산산조각 났어요.

어려운 재건 수술을 해야 된답니다.

뼈를 제자리에 잡아 주기 위해 다리에 설치하는 거대한 금속 골격까지 설명하고 나자 침묵이 흐른다.

하긴, 더 할 말이 있을까?

에린의 농구는 끝났다.

감독님이 서글프게 고개를 젓는다.

배틀 감독님이 얼굴을 찡그리며 말한다.

"팀원들이 보러 올 거라고 전해 주세요."

마치 그러면 정말로 힘이 될 것처럼.

다들 묵묵히 고개를 끄덕이고, 감독님이 말한다.

"핀리, 집에 태워다 주마. 두 분만 있게 시간을 드리자. 에린은 약을 먹었으니 오늘 밤엔 깨어나지 않겠지. 네가 여기서 할 수 있는 일은 없어."

에린의 부모님을 보니 눈가의 주름이 발갛게 쏠려 있다. 확실히 두 분만 있고 싶어 하는 것 같다. 난 고개를 끄덕이고 감독님을 따라 병원을 나온다. 우리는 주차장에서 배틀 감독님에게 인사를 하고 트럭에 탄다.

조수석 차창으로 벨몬트 거리가 고요하게 지나간다. 한 남자가 보도에 누워 자고 있다. 어느 골목엔 사람들이 피워 놓고 간 작은 모닥불이 석유통 안에서 밝게 빛나고 있다. 가발, 짧은 치마, 모피 코트 차림의 여자들이 고가도로 아래를 서성이고 있다.

"할아버지를 돌봐야 해서요."

난 침묵을 깨뜨리려고 입을 연다.

"할아버지를 침실에 데려다 줘야 해요."

"지금 집에 가고 있잖아."

감독님은 그렇게만 대꾸한다. 더는 아무 말도 하지 않는 게 좀 이상하다.

늦은 시간이라 아빠는 벌써 출근하고 없다.

감독님이 할아버지에게 뺑소니 사건에 대해 설명한다.

에린이 연습을 마치고 집으로 돌아오다가 길을 건너는 순간 어떤 차가 모퉁이를 돌아 나와서 에린을 치고 그대로 내뺐다고.

할아버지는 절레절레 고개를 흔들고는 할머니의 묵주 끄트머리에 달린 십자가를 쥐며 말한다.

"정말 몹쓸 동네야."

난 할아버지의 기저귀를 갈아 준 다음에 할아버지를 2층으로 데려가 침대에 누인다. 방 불을 끄려는데 할아버지가 말한다.

"에린은 사고에 대해 뭐라더냐? 감독님이 빼놓고 하지 않은 말은 없고?"

"말한 그대로예요."

"그것뿐이라고? 정말로?"

난 에린이 했던 말을 떠올린다.

"자기를 치기 전에 차가 속도를 올린 것 같다고 했어요."

"그럴 줄 알았다."

할아버지가 고개를 흔들고 부서진 이 사이로 한숨을 내쉰다.

"네?"

"사고가 아닌지도 몰라."

"그게 무슨 말이에요, 할아버지?"

"넌 바보가 아니잖냐, 핀리야. 무슨 일이 일어나고 있는지 모르는 척하지 마라."

나는 그 말이 무슨 뜻인지 생각하다가 이내 허튼소리로 받아

넘긴다. 대체 누가 일부러 에린의 다리를 부러뜨리겠어?

거실로 돌아오니 감독님이 소파에 앉아 할아버지의 맥주를 한 병 꺼내 마시고 있다.

"너와 둘이 할 얘기가 있어서."

난 더 생각하지도 않고 이렇게 말해 버린다.

"혹시 누가 로드 형에게 복수하려고 일부러 에린을 쳤을까요?"

감독님이 눈을 크게 뜨고 날 잠깐 바라보더니 말한다.

"모르지. 아니, 알고 싶지도 않다. 그런 건 너도 알고 싶지 않을 거다, 핀리. 너도 이 동네에서 18년이나 살았지 않냐? 깊이 들어가지 마라. 하등 쓸데없는 일이니까. 그런 생각 해 봐야 아무것도 달라지지 않아. 내 말 듣고 있나?"

감독님이 맥주를 한 모금 마시고 말한다.

"앉아라."

난 자리에 앉는다.

"에린 일은 정말 유감이다. 딱해. 딱해서 말이 안 나온다."

감독님은 잠시 자기 손을 내려다보다가 고개를 든다. 미소 짓는 얼굴이다. 정말 이상하다.

"그건 그렇고, 새로운 소식이 있다. 이젠 러스의 비밀을 비밀로 할 필요가 없다."

그건 그렇고? 정말 이런 식으로 넘어가겠다는 건가?

"벌써 일류 대학에서 연락이 오고 있다. 오늘 아침엔 듀크대의 케이(K) 감독이 전화를 했다. 그것도 직접. 이제 러스는 정말 잘될 거야. 네가 그 어려운 시기에 잘 도와준 덕분이다. 이번 일, 정말 고마웠다. 이젠 너도 얼마든지 경기에 나갈 테니 걱정하지 말고. 그래, 오늘은 정말 힘든 날이지, 핀리. 그래서 네가 자랑스럽다는 말을 꼭 하고 싶었다. 잘했다. 러스를 잘 도와줬어. 하지만 이제 다시 시작이다."

난 감독님을 빤히 바라보기만 한다. 선발 자리를 뺏긴 나에게 용기를 주려는 것도, 나에게 고마워하는 것도 알겠다. 하지만 지금 에린이 병원에 있다. 방금 전에 에린이 얼마나 많이 다쳤는지 보았고 장학금을 받아 대학에 가고 싶어 했던 에린의 희망이 물거품이 돼 버렸다는 걸 깨닫고 왔다. 아무리 그래도 지금은 러스 녀석 이야기를 할 때가 아닌 것이다.

주먹에 힘이 들어가고 얼굴이 점점 뜨거워진다.

"그러니까 그 일은 신경 쓰지 않아도 된다. 지금 네가 얼마나 많은 걸 생각해야 하는지 아니까 하는 말이다. 에린이 병원에 있으니까. 난 네게 불만이 있는 게 아니야. 오히려 그 반대다. 그리고 에린의 다리는 의사 선생들이 잘 고쳐 줄 거다. 나머지 일은 걱정하지 마라. 네가 걱정한다고 되는 일이 아니다. 그러니 아까 같은 질문은 덮어 둬라. 알겠나?"

난 어서 이 대화를 끝내고 싶어서 고개를 끄덕인다.

감독님은 맥주를 한 모금 더 마시고 탁자에 올려놓은 다음 가겠다고 인사를 한다.

이제야 나 혼자다.

난 소파에 누운 채 아빠가 돌아와서 나에게 뭔가 조언을 해 줄 때까지 기다리다가, 세 시쯤 잠들고 만다.

현관문이 열리는 소리에 일어나 앉아 눈을 끔뻑거린다.

"핀리, 왜 소파에서 자?"

내 얼굴이 말이 아닌지, 아빠가 옆으로 다가와서 묻는다.

"무슨 일이야?"

1분 정도 생각과 기억을 더듬어 본다. 그리고 아빠에게 무슨 일이 벌어졌는지 들려준다. 기억을 더듬는 것도 끔찍하지만 그걸 말로 전하는 건 더 끔찍하다.

배 속이 뒤집히기 시작한다. 죄책감이 든다. 이유는 모르겠다. 혼란스럽다.

결국 난 아빠에게 이렇게 말한다.

"로드 형이 그런 사람이라서 누가 일부러 에린을 다치게 한 거 아닐까? 이게 사고가 아닐 수도 있는 거 아닐까?"

아빠는 겁을 먹은 것 같다. 왼쪽 눈이 씰룩거린다.

"언젠가 너와 에린은 이 동네를 떠날 테고 다시는 돌아오지 않게 될 거야. 어서 그날이 오길 바랄 뿐이다."

아빠가 내 질문에 직접 답하진 않았지만, 이건 우리 동네 사람들의 암호다. 아빠는 내 의심을 확신으로 만들었다.

"가서 할아버지 일어나시라고 해라. 아침은 내가 차릴게."

나는 할아버지를 깨우러 간다.

31

보이21이 지극히 지구인다운 모습으로 캐딜락에서 내린다.
짙은 색 청바지에 말을 탄 폴로 선수 그림이 엄청 크게 박혀 있
는 럭비용 셔츠와 멋진 가죽 재킷 차림이다. 가운도, 망토도, 헬
멧도 없다. 표정을 보건대 오늘은 우주 이야기를 하지 않을 듯
하다.

"안녕, 핀리. 괜찮아?"

난 고개를 끄덕인다.

"에린 소식 더 들은 건 없어?"

난 고개를 젓는다.

"우리 할아버지 할머니가 기도하고 있어."

"고마워."

난 그렇게 말하지만 기도의 효험을 믿는 건 아니다. 우리 가
족은 내가 어렸을 때부터 교회에 나가지 않았으니까.

"에린이 많이 다쳐서 농구를 못 하게 되다니 정말 안타까워."

"그래."

"오늘 경기는 내가 빠져 줄까?"

난 러스를 보고 말한다.

"네가 왜?"

"그냥."

"케이 감독에게 연락 왔다고 들었어."

"케이 감독님은 전에도 대여섯 번 봤어."

러스는 케이 감독이 평범한 노인이라는 투로, 이 나라 최고의 대학 농구팀 감독이 아니라는 투로 말한다.

"농구 캠프 때."

러스가 여름방학 때 전국 최고의 고교 선수만 초청받는 농구 캠프에 참가했다는 소리다. 참가비도 따로 받지 않는 그곳에 가면 농구 유명인들을 죄다 만날 수 있다.

"넌 왜 여기 왔냐? 그러니까 내 말은, 넌 어디든 갈 수 있었잖아. 전국의 어떤 사립학교라도 다 들어갈 수 있었잖아. 그런데 왜 이런 데서 이러고 있는 건데?"

"할아버지 할머니하고 함께 있고 싶었어. 그리고 지금은…… 벨몬트에 있어야 할 것 같아."

"이 시궁창 같은 동네에? 왜?"

"너와 친구로 있어야 하니까."

왜 그런 말을 하는지 알 수가 없다. 난 그냥 넘겨 버린다.

피곤하다.

우리는 학교에 도착한다. 금속 탐지대를 지나가는데 아이들이 에린에 대해 묻기 시작한다. 나는 침묵 모드로 돌아간다.

난 온종일 에린을 생각한다.

낯선 사람들이 에린의 다리를 수술하고 있겠지. 다리를 절개하고 핀이든 뭐든 집어넣어 뼈를 치료하겠지. 혹시라도 수술이 잘못되면 다리를 절게 될 수도 있어. 아니 더 심각해질 수도 있어.

난 어떤 수업에도 집중하지 못한다. 점심시간에 담임에게 들르라는 쪽지를 받고도 고어 선생님을 만나는 게 싫지 않다. 그럼 러스 옆에 있지 않아도 되니까. 계속해서 나에게 괜찮으냐고 묻는 러스가 못 견디게 짜증 나던 참이니까.

고어 선생님 건너편에 앉으려는데 서류 캐비닛 위쪽에 있는 듀크대 스티커가 눈에 띈다. 이젠 정말 미칠 것만 같다. 나도 내가 왜 이러는지 모르겠다.

"괜찮니?"

고어 선생님이 묻는다. 난 고개를 젓는다.

"하고 싶은 이야기는 없고?"

선생님의 보글보글한 머리 왼쪽이 약간 눌려 있다. 그쪽으로 누워 잤는데 아침에 머리 손질을 할 시간이 없었나 보다.

"벨몬트가 지겨워요."

"무슨 뜻이야?"

"매일같이 그래피티를 보는 게 지겨워요. 약팔이들이 지겨워요. 동네에 무슨 일이 일어나도 모르는 척하는 사람들이 지겨워요. 착한 사람들이 다치는 게 지겨워요. 농구가 지겨워요. 사람들을 위해 좋은 일을 하고도 해코지를 당하는 게 지겨워요. 그냥 여기서 벗어나고 싶어요. 도망치고만 싶어요."

난 그렇게 쏟아 내고는 스스로에게 놀란다. 선생님도 놀란 것 같다. 내가 한 번도 내 마음을 열어 보인 적이 없으니 그럴 만도 하다. 선생님은 미소를 짓지 않으려고 애쓰지만, 드디어 나와 문제를 풀어 가게 됐다고 생각하는 게 분명하다. 어쩌면 그게 사실인지도 모르겠다.

"에린도 지겨워?"

선생님의 두 눈은 흥분에 차 있다.

"아뇨."

"그렇지만 농구 때문에 헤어졌잖아."

"지금 에린이 병원에 있는데 그게 무슨 상관이죠?"

"아무 상관 없지."

"왜 부르셨어요?"

"네가 걱정돼서 불렀어."

고어 선생님은 내 쪽으로 몸을 한껏 기울이고 있다. 긴장이라도 한 듯 이마가 땀에 젖어 있다. 아니, 어쩌면 정말로 날 걱정하는 건지도 모르겠다. 나는 선생님의 눈을 피하지 않고 마주친다.

내가 이제까지 줄곧 선생님을 오해했던 게 아닐까 하는 생각이 든다. 뭐라고 설명할 순 없지만 어쩐지 그런 느낌이다. 지난

24시간은 정말 이상하게 돌아갔다. 게다가 난 어젯밤에 잠도 제대로 자지 못했다.

"사실 나도 고등학교 때 농구를 했어."

"정말요?"

믿기 어려운 이야기다. 고어 선생님은 엄청 마르고 허약해 보이니까. 그러고 보니 키는 크다.

"대학 때도 했지. 무릎을 다치기 전까지는. 한때는 덩크슛도 했단다."

고어 선생님이 덩크슛을 하는 모습을 상상해 본다. 잠깐 그 모습을 떠올리자 웃음이 나온다.

"그때 난 농구에 내 모든 것을 바쳤어. 그런데 지금은 나에게 농구가 어떤 의미인지 아니?"

"어떤 건데요?"

"아무것도 아니야."

내가 고어 선생님 나이에 뭘 하게 될지 생각해 본다. 농구하는 모습은 떠오르지 않는다. 프로선수가 되었다고 해도 그때쯤이면 그만두었을 테니까. 엉뚱하게도 에린과 함께 있는 모습이 그려진다. 부부가 된 우리. 엄청 늙었고 얼굴도 우스꽝스럽다. 그곳은 벨몬트에서 멀리 떨어진 곳, 사람이 살 만한 곳이다. 그래도 우리는 여전히 함께한다. 정말로 그런 날이 오기는 할까.

"넌 감독님에게 신세를 진 게 아니야."

난 잠시 고어 선생님을 쳐다본다. 선생님이 좀 다르게, 마치 내 편인 것처럼 느껴진다. 어쩌면 내가 그동안 선생님을 잘못 알고 있었는지도 모르겠다. 감독님에 대해 선생님이 하는 말을 들으니 기분이 나아진다.

"피곤해 보이는구나, 핀리."

"어제 잠을 설쳤어요."

"내 방에서 잠시 눈 좀 붙일래?"

"정말요?"

"오후에 회의가 있거든. 낮잠을 자고 싶으면 여기서 자도록 해. 수업 선생님들에겐 내가 부른 걸로 해 둘게. 대신 내 방이 잠자기 좋은 데라고 소문은 내지 말도록."

선생님은 촌스럽게 윙크를 날리더니 이렇게 덧붙인다.

"약속이다?"

잠이 올진 모르겠지만 일단 혼자 있고 싶어 이렇게 말한다.

"고맙습니다."

"고맙긴. 옆 회의실에 있을 테니까 무슨 일 있으면 말해."

선생님은 내 어깨를 두 번 두드리고 방을 나간다.

드디어 나 혼자다. 난 두 시간 동안 창밖을 바라보며 에린 생각을 한다. 마지막 수업이 반쯤 남았을 때 난 혼자서 학교를 빠져나간다. 러스나 누가 날 찾아내기 전에.

32

몇 시간 동안 칙칙한 벨몬트 거리를 돌아다니다 학교로 돌아
와 저학년 농구팀 경기를 구경한다.

내가 관중석에서 테럴 옆을 지나갈 때 녀석이 묻는다.

"아가는 좀 어떠냐?"

난 걸음을 멈추고 테럴의 눈을 노려본다.

"그렇게 부르지 마. 그 애가 싫어하는 거 알잖아. 수백 번도
더 말했잖아. 사람 말 좀 들어!"

내 목소리에 화가 실려 있다. 나도 놀랍다.

"알았어, 핀리. 젠장."

하킴과 서가 눈빛을 교환하더니 다시 경기를 본다.

테럴도 걱정돼서 한 말인데 소리를 질렀더니 미안한 마음이
든다. 나를 보고 흰토끼가 아니라 핀리라고 부른 건 마음에 든
다. 뭔가 중요한 변화 같다. 난 내친김에 이렇게 덧붙인다.

"다시는 에린을 아가라고 부르지 마. 알았지?"

"진정해라, 핀리. 적당히 하셔!"

이건 테럴이 나에게 선을 넘지 말라고 경고하는 말이다. 방금 내가 이 벨몬트라는 동네의 권력 구조를 무시했다고, 내 위치를 모르고 날뛰면 똑바로 알려 주겠다고 겁주는 말이기도 하다. 하지만 그런 건 아무래도 좋다. 선발 자리를 잃은 데다 에린이 사고를 당한 마당에 달리 뭐가 중요하겠는가?

자리에 앉자, 러스가 슬며시 내 쪽으로 다가온다.

"점심시간엔 어디로 사라진 거야?"

"고어 선생님 방에."

난 그렇게만 말하고 경기에 눈길을 고정한다. 우리 학교가 15점 차로 밀리고 있다. 왓스 감독님이 작전 시간을 요청하고 선발들에게 공격 운영에 대해 고래고래 소리를 지른다.

"어떻게든 공격을 하라고! 공격해."

웨스가 묻는다.

"괜찮아?"

"응. 나, 농구 좀 보자."

웨스와 러스가 잠깐 서로 쳐다보더니, 나를 혼자 있게 해 준다. 우리 팀원들도 다들 그렇게 한다.

저학년 경기가 끝나자 우리는 슛을 하며 몸을 푼다. 내 슛은 던지는 족족 골대 안으로 들어간다. 이윽고 라커룸에서 감독님이 선발 라인업을 발표한다. 내 이름은 없다. 누구도 나의 강등에 대해 아무 말도 하지 않는다. 그런 건 아무래도 좋다.

준비 훈련을 하는데 관중석에 할아버지와 아빠가 나타난다. 아빠가 차를 몰고 왔는지 궁금하다. 당장 달려가서 에린이 어떤지 보러 가겠다고 하고 싶다. 아빠는 경기를 뛰라고, 팀에 전념하라고 하겠지만, 강하게 요구하면 날 병원에 데려다 줄 것이다.

선발 선수가 소개될 때 러스가 가장 큰 환호성을 받는다. 테럴은 자기 운동화를 내려다본다. 자신이 더 이상 1순위가 아닌 지금은 감독님이 팀 운운하는 말이 좀 다르게 들릴 것이다.

감독님이 작전을 점검하며 오늘의 상대 팀인 브릭슨 고를 어떻게 공략할지 설명한다. 난 그 뒤에 서서 전혀 듣지 않는다.

벤치에 앉아서 웨스가 점프볼을 가져오고 러스가 공을 받아 골대로 모는 것을 지켜본다. 러스가 하킴에게 공을 넘기고 하킴이 레이업슛으로 쉽게 득점을 한다.

"레드 22."

감독님이 외치자 선수들이 2-2-1 압박 수비에 들어간다.

농구는 아무 의미 없다는 고어 선생님 말이 떠오른다. 문득, 오늘 경기에서 이기든 지든, 내가 경기에 나가든 말든 아무 상관 없다는 걸 깨닫는다. 이건 농구 경기다. 에린은 병원에 있다.

대체 내가 지금 여기서 뭘 하고 있는 거지?

내가 농구에 관심이 없어지는 날이 오리라곤 상상조차 해 본적이 없다. 그러나 지금 나에게 농구 따윈 정말이지 아무래도 상관없다.

난 자리에서 일어나 감독님을 향해 말한다.

"죄송합니다, 감독님. 가 봐야겠습니다."

"뭐라고? 어딜?"

나는 성큼성큼 상대 팀을 지나쳐 아빠와 할아버지가 있는 곳으로 올라간다.

"병원에 갈래요. 에린이 깨어났을 때 같이 있어 줘야 해요."

왓스 부감독님이 나를 뒤따라와 말한다.

"핀리, 당장 벤치로 돌아가."

할아버지가 부감독님에게 말한다.

"아파하는 아가씨가 있답니다."

아빠가 말한다.

"넌 지금 아주 큰 결정을 하는 거야."

부감독님이 말한다.

"두 번 말하지 않겠다, 핀리."

모든 관중이 나를 미친놈 보듯 쳐다보고 있다.

상대 팀 감독이 압박 수비를 깨기 위해 작전 시간을 부른다. 우리 팀 선수들도 코트에서 나오면서 나를 빤히 쳐다본다. 러스의 걱정 어린 얼굴이 보인다.

"병원에 갈래, 아빠."

"그러자."

난 할아버지의 휠체어를 밀고 체육관을 나온다.

오늘 밤은 냉장고보다 춥다. 냉동고쯤 되는 날씨다.

아빠가 운전을 한다.

"네가 자랑스럽구나. 농구보다는 사람이 중요하지."

할아버지가 말하자, 아빠도 말한다.

"아쉽게 됐네."

다들 잘 안다. 내가 멋대로 자리를 뜬 이상 감독님이 다시는 나를 쓰지 않을 수도 있다는 걸. 경기 시작 전에만 불참하겠다고 말했어도 감독님은 에린에게 가 보라고 했을 거고 아무 문제도 없었을 것이다. 선수가 단독으로 1쿼터에 벤치를 뜨는 건 있을 수 없는 일이다. 아빠도 감독님도 이것으로 내가 팀을 그만두게 되었다는 걸 잘 안다.

"괜찮아."

난 그렇게 말하고 차에서 내린다.

"자, 받아. 집에 오겠으면 전화해. 내가 출근하고 없으면 이걸로 택시 타고."

아빠가 20달러 지폐를 한 장 건넨다. 우리 집 사정에 20달러는 결코 적은 돈이 아니다. 이건 아빠가 내 선택을 받아들이고 날 응원하겠다는 뜻이다.

난 병원 측에 에린의 오빠라고 말한다. 정규 면회 시간이 아닌데도 면회가 허락된다. 한 여자 직원이 "부모님은 식당에 계세요." 하며 식당 쪽을 가리킨다.

에린의 부모님은 커피 잔만 내려다보고 있다.

두 분이 피곤한 눈으로 날 올려다본다. 아저씨가 묻는다.

"농구 경기 있는 날 아니었어?"

"저, 에린을 볼 수 있을까요?"

두 분이 고개를 끄덕인다.

"아직 잠들어 있으면 깨우지 마라. 푹 쉬어야 할 때잖니."

아주머니가 말끝에 병실 번호를 알려 준다.

에린은 눈을 감고 있다.

나는 조용히 침대 옆에 서서 에린이 숨 쉬는 걸 지켜본다.

부었던 얼굴은 꽤 가라앉았다.

팔에 꽂힌 정맥 주사를 보니 약을 꽤 많이 맞은 것 같다.

다친 나리는 약간 구부린 자세로 고정되어 있다. 침대보 사이
로 다리에 꽂혀 있는 것들이 보인다. 부서진 다리를 이어 주는
금속 뼈대의 일부분인 것 같다. 아직은 에린의 상처를 보고 싶
지 않다. 그래서 더 이상 훔쳐보지 않는다.

에린과 함께 뛰고 전속력으로 달리고 지붕에 올라가던 때가
생각난다. 다 무릎으로 하는 일이다. 세상에 부서지지 않는 건
거의 없다. 모든 것이 허약하다. 다 잠깐이다.

참을 수가 없어 몸을 숙여 에린의 이마에 입을 한 번 맞춘다.
어쩐지 잠든 에린이 잠깐 웃은 것도 같지만, 방이 어두워서 잘
모르겠다.

"여기 있으면 안 돼요. 환자는 푹 자야 해요."

간호사가 복도에서 속삭인다. 난 고개를 끄덕인다.

한 번 더 에린의 이마에 입을 맞춘다. 침대 옆 탁자에 메모장

과 펜이 있다. 재빨리 쪽지를 쓴다

나 왔다 가.
사랑해.
필리

간호사를 따라 나오는데 "학교 친구?" 하고 묻는다.
"남자친구예요."
간호사는 고개를 한 번 끄덕이며 이렇게 말한다.
"운 좋은 학생이네."
"네. 정말로요."
에린 부모님 곁에 있고 싶지만, 발걸음이 대기실로 향한다.
그곳에 가서 아이를 병원에 입원시킨 사람, 사랑하는 이가 수술
을 받고 깨어나길 기다리는 사람들을 지켜본다. 다들 무척 걱정
스러운 모습이다. 내 모습도 그럴 것이다. 어떤 부부는 손을 맞
잡고 서로 위로하고, 어떤 노부인은 사제와 한참 이야기를 나누
고 있다. 또 어떤 꼬마는 한 팔로 곰 인형을 안고 엄지손가락을
문 채 잠들어 있다. 곤경을 겪거나 병들어 아파하는 가족을 둔 사
람들이 이렇게나 많다.
면회 시간이 끝나기 전에 다시 병실로 가서 에린을 본다. 편히
잠들어 있다. 난 택시를 타고 집으로 돌아온다.

33

다음 날 아침, 달걀과 베이컨을 먹다가 아빠에게 오늘 학교에 빠지고 에린을 보러 가겠다고 말한다. 아빠가 뭐라고 답하기도 전에 할아버지가 "그래야지." 한다.

아빠가 묻는다.

"고등학교 가서 하루라도 빠진 적 있어?"

"아니. 개근이야. 하루쯤은 괜찮지?"

"너 정말 감독님껜 안 가 볼 거야?"

"내가 없어도 우리 팀엔 아무 문제 없어."

"그래, 네가 뭔가를 포기하는 건 안타깝지만 상황이 상황이니까……. 네가 내린 결정은 네가 감수해야 한다고 말하고 싶었어. 나중에 후회하지 않았으면 한다. 넌 농구를 정말 좋아하잖아."

"에린이 더 중요하잖아?"

할아버지가 셔츠 주머니에서 2달러를 꺼내 나에게 내민다.

"에린에게 꽃을 사다 주렴. 이 할아비가 어서 같이 카드놀이를 하고 싶어 한다고도 전해 주고."

"고맙습니다. 그럴게요."

꽃을 사기엔 부족하지만, 이 돈은 할아버지의 마음이다. 너무 고맙다. 아마 할아버지는 이 돈을 몇 년이나 지니고 있었을 것이다. 우리가 쓰는 돈은 전부 아빠가 벌고 할아버지는 다리를 잃은 뒤론 하루도 일을 한 적이 없으니까.

러스가 학교에 가자며 현관문에 나타난다. 오늘도 무척 지구인다운 모습이다. 보이21은 정말 지구를 떠나 버린 것 같다.

"오늘은 병원에 갈 거야. 학교엔 안 가."

"일이 이렇게 돼서 정말 안타깝다, 핀리. 정말로."

러스가 손가락 관절을 하나씩 꺾는다.

"지금은 에린을 도와줘야 해. 알겠지? 학교에 가면 웨스 옆에 붙어 있어. 그럼 문제없을 거야."

"학교가 문제가 아니고……. 이따 밤에 얘기 좀 할 수 있어?"

병원에 가면 일이 어떻게 될지 전혀 알 수 없다.

"글쎄……. 가 봐야겠다. 나중에 보자."

러스는 고개를 한 번 끄덕이고 학교로 향한다. 혼자 걷는 모습이 외로워 보이지만, 지금은 내가 어떻게 해 줄 방법이 없다.

아빠가 차로 병원에 데려다 준다.

우리는 병원 식당 옆 꽃집에서 꽃을 산다. 난 비닐로 싼 노란 장미 한 송이를 고른다. 에린은 노란색을 좋아하고 여기서 가장 싼 꽃이니까.

내가 할아버지의 2달러를 내고 나머지는 아빠가 낸다.

에린의 회복실이 있는 병동으로 가서 창구 여직원에게 여자친구를 보러 왔다고 말한다. 이 병동은 일반 면회 시간이 있어서 로드 형이라고 거짓말할 필요가 없다. 직원이 차트를 훑어보고 펜 끝으로 명단을 쓱 짚어 내려가더니 이렇게 말한다.

"에린 퀸 양은 오늘 면회 사절이에요."

"전 남자친구예요."

"죄송하지만 안 돼요."

"이걸 전할 수 있을까요? 제가 여기 왔다고 좀 전해 주실래요? 절 보고 싶어 할 거예요. 들어오라고 할 거예요. 진짜예요."

"부모님 말고는 면회를 다 거절했어요. 환자 본인이 요청한 거예요."

"그 앤 환자가 아니에요. 그 앤 제 여자친구예요."

그렇게 말하면서 그게 얼마나 웃기는 소리인지 절절히 깨닫는다. 에린은 환자가 맞으니까.

"알아요. 그런데 어쨌든 오늘은 보고 싶지 않대요. 내일 다시 와 봐요. 내일은 마음이 바뀔 수도 있으니까."

아빠가 말한다.

"그 애에게 쪽지를 전해 주실 수 있나요?"

"그건 해 드릴 수 있죠."

직원은 마치 우리가 팔굽혀펴기 100개나 그 비슷한 짓을 시키기라도 한 듯 한숨을 내쉰다.

"종이 좀 빌려 주실래요?"

직원은 형광 초록색 안경 너머로 나를 빤히 보더니 책상에 있는 메모장을 철썩 내려놓는다.

나는 망설이다가 또 묻는다.

"혹시 펜도 있으세요?"

그녀는 목의 지방이 출렁일 정도로 절레절레 고개를 젓긴 해도 나에게 펜을 건네준다. 왜 저렇게 화가 났는지 모르겠다. 그런데 그때 내 뒤쪽에서 누군가 마구 내지르는 소리가 들린다.

"무슨 이 따위 법이 다 있어? 내 딸을 내가 왜 못 봐? 이젠 기다리기도 지쳤어!"

아마도 이 직원이 온종일 질리도록 듣는 소리일 것이다.

난 편지를 쓴다.

에린에게

이 꽃은 할아버지가 보내는 거야.

어서 너와 함께 전쟁 게임을 하고 싶대.

난 오늘 학교에 안 가고 대기실에 와 있어.

직원에게 말해서 날 들어가게 해 줘. 우리 이야기하자.

사랑해.

필러가

종이를 반으로 접어 장미꽃을 둘러싼 솜처럼 생긴 식물과 꽃줄기 사이에 끼운다.

소리를 질러 대던 남자와 이야기를 끝낸 직원이 나를 손짓해 부른다.

"일단 앉아 기다려요. 바쁜 게 끝나면 간호사를 시켜서 여자 친구에게 꽃을 전할게요. 학생을 만나겠다고 하면 알려 주고."

"얼마나 더 기다⋯⋯."

"글쎄요."

직원은 명단과 차트에서 고개도 들지 않고 대답한다.

"가자, 핀리."

아빠가 나를 대기실로 데려가서 자리를 잡는다. 대여섯 명이 '굿모닝 아메리카' 뉴스를 보고 있다. 내가 모르는 어떤 가수가 뉴욕 거리에 나와 공연을 하고 있다. 노래를 부르는 입에서 입김이 나온다. 나보다 나이가 한참 많은 것 같지도 않은데, 난 여기 있고 저 여자는 텔레비전에 나온다. 알 수 없는 일이다.

기다리는 동안 아빠는 잠이 든다. 에린이 정말로 날 보고 싶어 하지 않는 건지 생각해 본다. 걱정이 밀려온다. 뭐가 뭔지 모르겠다. 나를 거절한 이유를 짐작할 수가 없다.

마침내 에린의 엄마가 나타난다. 씻지도 못하고 피곤에 절은 모습이다. 병원에서 밤을 새워서일 것이다.

"미안하다, 핀리야. 에린이 오늘은 널 만나고 싶지 않대."

"왜요?"

"수술이 너무 힘들었거든. 얼굴도 말이 아니고. 여자는 민얼굴로는 아무것도 안 하는 거 알잖니."

아주머니는 어려운 소식을 부드럽게 전하려고 거짓말을 하는 거다. 에린은 화장 같은 건 하지 않는다. 화장품 자체가 없다.

"장미꽃 선물 고맙다. 병실 분위기가 한결 밝아졌어."

아주머니는 나에게 쪽지를 건네고 뒤돌아선다.

에린의 손글씨다.

> 넌 어제 저녁 경기장을 떠나지 말았어야 했어.
> 지금도 학교에 있어야 하고. 내 일은 생각하지 마.
> 감독님에게 가서 잘못을 빌고 남은 시즌 즐겁게 뛰어.
> 다시는 병원에 오지 마. 난 널 볼 수 없어.
>
> 에린

쪽지를 읽고 또 읽어 보지만 이해할 수가 없다. 그저께만 해도 다시 사귀어 달라고 애원하다시피 하던 에린이 이젠 날 만나지 않겠다고? 배 속이 쑤시기 시작한다. 뭘 어째야 좋을지 몰라서 그냥 그 자리에 털썩 앉는다. 아주머니가 미소 띤 얼굴로 돌아와 "다 장난이란다!" 했으면……. 그러나 아주머니는 돌아오지 않는다.

뉴스 프로그램이 끝나고 무슨 토크쇼가 시작된다. 아빠는 바로 내 옆에서 코를 골며 잔다. 점심 무렵 아빠가 잠에서 깨어 이리저리 두리번거리다가 묻는다.

"에린은?"

아빠에게 쪽지를 보여 준다.

"사고 때문에 화가 났을 거야. 쇼크 상태는 지났어. 이제야 사고 영향이 나타나는 거지. 곧 원래대로 돌아올 거야."

"나 계속 여기 있어도 돼? 에린이 언제 마음을 바꿀지 모르잖아. 여기 계속 있을래."

"난 아무 데서나 잘 수 있지."

아빠는 그렇게 말하고 다시 눈을 감는다.

학교가 끝나고 배틀 감독님과 여자 팀원들이 풍선이며 카드를 들고 나타난다. 그들도 에린을 만나지 못한다. 이젠 정말로 에린이 걱정된다. 배틀 감독님에게 에린이 날 만나려고 하지 않는다고 하자 감독님이 말한다.

"그래, 그럼 우린 오후 연습을 하러 체육관으로 돌아가는 게 좋겠군."

에린네 팀원들은 짜증이 난 얼굴들이다. 화가 난다. 지금 에린이 파티 같은 걸 연 게 아니잖아? 팀원들은 창구에 병문안 선물을 맡기고 줄지어 버스에 오른다.

아빠와 난 병원 식당에서 저녁을 먹는다. 아빠가 햄버거를 씹으며 말한다.

"어쩌면 말이지, 에린의 가족이 널 보호하려고 이러는 건지도 모르겠다, 핀리."

"그게 무슨 말이야?"

"누군지는 몰라도 그 애를 친 인간, 지금도 여길 지켜보고 있을지 몰라."

아빠는 그렇게 말하고 조심스러운 눈길로 식당을 훑어본다.

"난 그딴 거 신경 안 써. 그런 건 알고 싶지 않단 말이야."

"네가 알기 싫다고 될 일이 아니야. 어쩔 수 없어."

"에린이랑 난 그쪽 세계에 끼워 달라고 한 적 없어."

"나도 그런 적 없다."

속상하다. 아빠도 아무 잘못 없이 암울한 삶을 살아왔다.

"그러니까 내 말은 시간을 두고 보자는 거야. 엉뚱한 짓은 하지 말고. 너와 에린은 언젠가 벨몬트를 떠날 수 있어. 멀리멀리 떠나면 돼. 네 엄마와 나도 그랬어야 했는데……."

아빠가 엄마 얘기를 꺼내는 건 몇 년 만의 일이다.

"엄마 이야기는 안 하기로 한 줄 알았는데."

"그래."

아빠가 햄버거를 다 먹는다. 난 무슨 말을 해야 할지 모르겠다. 우리의 대화도 그대로 끝난다.

창구에 다른 간호사가 있어서 다시 한 번 면회를 요청하지만 거절당하고 만다.

결국 난 아빠와 함께 집으로 돌아온다. 할아버지는 맥주를 마시며 식서스의 경기를 보고 있다.

"에린은 어떻던?"

"못 만났어요."

아빠가 말한다. 나도 말한다.

"쪽지랑 노란색 장미꽃을 전해 줬어요. 할아버지가 보낸 꽃이라고, 할아버지가 어서 전쟁 게임을 하고 싶어 한다고 썼어요."

"받아들이기 힘들어서 그럴 거다. 그런 사고를 당했으니. 하지만 원래 모습으로 다시 꼭 돌아올 거야. 참, 이상한 일이 있구나. 러스가 네 방에 올라가 있어."

"네? 왜요?"

"별이 어쩌고 그러던데."

할아버지는 그렇게 말하고 다시 텔레비전으로 관심을 돌린다. 난 아빠와 어리둥절한 눈빛을 교환하고 계단을 뛰어 올라간다. 방문을 여니 러스가 내 책상 의자 위에 올라가 자유의 여신상마냥 손을 들고 있다.

그 장면을 이해하는 데 시간이 좀 걸렸지만, 곧 녀석이 내 방 천장을 은하계로 바꾸고 있다는 걸 알아차린다. 벌써 천장의 3분의 2가 야광 별로 가득 찼다.

러스가 날 보더니 심드렁하게 말한다.

"놀랐지?"

"뭐 하는 거야?"

"너에게 멋진 걸 해 주고 싶었어. 그래서 너에게도 우주를 만들어 주려고 사 왔지."

그 모든 사건이 있었는데도, 나도 모르게 빙긋 웃음이 난다.

지금까지 나에게 은하수를 사 준 사람은 아무도 없었다.

러스가 묻는다.

"같이 완성할래?"

난 고개를 끄덕이고 녀석과 번갈아 의자에 올라 별자리를 배
치한다. 생각을 집중할 데가 있다는 것만으로도 기분이 한결 나
아진다. 천장이 별로 가득 차자 러스가 불을 끈다. 우리는 바닥
에 몸을 쭉 펴고 누워 기묘한 초록색 별빛을 쬔다.

"에린은 어때?"

"안 좋아. 날 안 만나려고 해."

"왜?"

"모르겠어."

"며칠 기다려 봐. 사람은 때로 혼자 있는 시간과 공간이 필요
하니까."

우리는 몇 분간 우리가 함께 만든 이상한 별자리를 쳐다본다.

"감독님이 내일 연습에 나오라고 전하래. 다 용서하겠다고."
러스가 계속 말한다.

"아무것도 묻지 않겠대. 오늘 연습 빠진 거나 경기 중에 나간
거 모두 처벌하지 않겠대."

"그래서 온 거야? 감독님 말씀 전하러?"

"아니. 별 붙이러 왔지. 널 위로하려고 왔어."

"모르겠다."

난 말을 잇는다.

"아니, 고마워. 위로해 줘서 정말 고맙다. 하지만 지금 난 에린 옆을 지켜야 해. 내가 에린을 위해 뭐라도 할 수 있는 일이 있으면 좋겠어."

"시설에서 살 때, 어떤 여자 분이 밤에 책을 읽어 주곤 했어. 난 그냥 앉아서 듣기만 했지. 무슨 책인지 제목도 몰랐는데 그게 정말 도움이 됐어. 그 사람에게 책을 읽어 주는 게 좋다고 말한 적은 없지만, 정말 좋았어. 혹시 너도 에린에게 『해리 포터』를 읽어 주면 어떨까? 에린도 호그와트로 떠나고 싶어 하지 않을까?"

"그럴 수도 있겠다."

러스와 함께 있는 게 기분 좋다. 그 모든 일이 있고 나선 더더욱 그렇다. 녀석과 둘이 있으면 우리가 아직도 꼬마인 척할 수 있는 것 같다. 우리가 애들이나 읽는 『해리 포터』를 좋아하는 것도 그런 이유에서일까. 모르겠다. 러스가 우리 집에 와 줘서 다행이다. 러스가 나에게 은하수를 만들어 줘서 좋다.

34

매일 아빠가 날 병원에 데려다 주고, 난 에린을 호그와트로 데려가기 위해 『해리 포터』 1권을 들고 창구로 간다. 매일같이 간호사는 에린이 날 보고 싶어 하지 않는다고 한다. 나는 대기실에 앉아 절망하고 화를 낸다.

고어 선생님은 내가 믿음을 가지고 노력하면 결국 만날 수 있을 거라고 한다. 그걸 어떻게 아느냐고 묻자 이렇게 답한다.

"진실한 사랑은 이기는 법이거든."

촌스러운 이야기지만 그 말이 맞았으면 좋겠다.

난 농구 연습에 나가지 않는다. 즉, 공식적으로 팀을 그만뒀다. 이제 감독님은 나를 찾아오지도, 러스를 통해 말을 전하지도 않는다. 나한테 정말 화가 났지 싶다. 아니, 팀에 러스가 있어서 즐거워하고 있을지도 모르겠다. 감독님이 보기에 내 역할은 다 끝났을 것이다.

단 한 번의 끔찍한 사고를 겪은 후 세상이 이렇게도 다르게 보인다는 게 정말 우습다. 여자친구가 어떤 몹쓸 놈 차에 치였더니 농구가 더 이상 중요하지 않게 됐다. 코트 위에서 인생을 배우라느니 어쩌니 했던 감독님 말도 이젠 헛소리로 느껴진다. 아니, 어쩌면 난 그 말 그대로 농구를 통해 인생을 배운 건지도 모르겠다. 사람들은 승리에 도움이 되는 사람은 아끼고 그렇지 않은 사람에겐 신경도 안 쓴다는 사실을.

일주일쯤 후, 간호사가 에린이 재활 병동으로 옮겼다고 한다.

"어느 병동으로요? 어딘데요?"

아무리 물어도 기밀이라고만 한다. 난 정신이 나가서 에린이 있던 병실로 한달음에 달려간다.

"에린?"

그렇게 소리치며 병실에 들어갔지만, 에린이 있어야 할 침대엔 웬 할머니가 잠들어 있다. 거구의 경호원이 내 팔을 잡는다.

"문제 일으키지 말고 조용히 병원에서 나가."

거구가 나를 문까지 배웅하며 말한다.

"다신 오지 마라."

난 휴대폰이 없어서 길 건너 주유소 앞 공중전화로 가지만, 역시나 누군가가 전화기를 산산이 부숴 놓았다. 할 수 없이 얼어붙을 듯 추운 날씨에 아빠가 데리러 올 때까지 병원 밖에서 기다린다.

그 후로 난 에린의 집 건너편에서 서성이기 시작한다. 아저씨

나 아주머니가 집에 오면 에린이 어디에 있느냐고 물어볼 생각인데, 며칠이 지나도 나타나지 않는다. 심지어 한밤중에 잠에서 깨어 에린 집으로 달려가 차가 있는지 확인하지만, 없다.

일주일쯤 후, 에린 집 앞에 '매매' 표지가 나붙는다. 그리고 얼마 안 있어 몸집이 크고 얼굴을 잔뜩 찌푸린 남자들이 에린네 집 가구를 대형 이사 트럭에 옮겨 싣기 시작한다.

난 그들을 붙잡고 물어본다.

"이걸 어디로 가져가는 거예요?"

뺨에 거미줄 문신이 있는 남자가 말한다.

"알 거 없어."

목에 빨갛고 굵은 흉터가 있는 남자가 말한다.

"저리 꺼져. 당장."

할아버지와 아빠는 에린이 이사를 할 수밖에 없었던 게 분명하다고 한다. 하지만 왜, 누가 시켜서 그런 건지는 모른다.

고어 선생님을 찾아가 뭐라도 들은 소식이 있는지 묻는다. 학교 컴퓨터 시스템에 에린이 방문 교사에게 배우고 있다고 나온다. 선생님이 아는 건 그뿐이다.

어느 날, 나는 팀 연습이 시작되기 전에 체육관에 가서 감독님과 대면한다.

"에린 일에 대해 아는 게 있으시죠?"

감독님은 우리 동네에 사는 거의 모든 사람을 알고 있고, 많은 이야기를 듣는 사람이다.

"어디 있는지 아시죠?"

"내가 그걸 어떻게 알아?"

감독님은 고개를 저으며 이렇게 덧붙인다.

"캐묻지 말라고 했지. 조심해라, 핀리. 그리고 일이 이렇게 돼
서 안타깝다만, 선택은 네가 했어."

그길로 감독님은 나에게 등을 돌린다. 더 이상 아일랜드 깡패
들 일에 관여하거나 휘말리고 싶지 않다는 뜻이다. 나와는 볼일
다 본 것이다. 러스를 위해 내가 했던 일을 생각하면 당장 감독
님에게 달려들고 싶지만, 애써 참는다. 배신감이 밀려온다. 그러
나 감독님이 나에게 해 줄 수 있는 건 별로 없다. 날 도울 마음
부터 없으니까.

어느 날 새벽 네 시, 온 동네가 잠들어 있을 때 에린의 집에
몰래 들어간다. 달도 뜨지 않은 밤이다. 앞이 보이지 않는다. 에
린의 가족은 마당의 세 번째 벽돌 밑에 열쇠를 두곤 했다. 난 손
과 무릎으로 기면서 벽돌을 세고 흙을 치워 열쇠를 찾아낸다.

블라인드가 전부 내려져 있다. 안에 들어간 다음에는 손전등
을 켜도 들킬 염려가 없다.

집 안엔 아무것도 없다. 쓰레기 하나 남아 있지 않다.

방마다 들어가 바닥을 구석구석 비추며 살핀다. 옷장도 전부
확인한다. 다락과 지하실까지 확인한다.

에린의 가족은 아무 흔적도 남기지 않았다.

연기처럼 사라져 버린 것만 같다.

또 속이 메슥거린다.

에린의 방에 가서 선다. 에린의 향기가 남아 있다. 샴푸의 복숭아 향. 이렇게 사라지다니, 말도 안 된다. 에린은 누가 막지만 않았다면 나에게 연락했을 것이다. 그러니까 에린은 나에게 연락조차 할 수 없었던 것이리라. 난 침대 기둥이 놓였던, 연녹색 카펫의 움푹 들어간 네 개의 동그라미 사이에 앉아 두 손으로 머리통을 감싼다.

대체 에린은 어디 있는 걸까?

난 어쩌다 내 인생의 가장 중요한 부분을 잃어버린 걸까?

세상에 나 혼자인 것 같다.

집을 나오면서 이유도 모르고 그 열쇠를 가져온다. 아마도 에린과 관계된 무언가를 가지고 싶어서일 것이다.

난 며칠 동안 얼이 빠진 상태로 돌아다닌다.

누가 와서 괜찮으냐고 물어도 대답하지 않는다.

에린 생각 말곤 아무것도 할 수가 없다.

난 에린이 어디 있는지 몰라 초조해하다 급기야 정신을 놓는다. 어느 날, 학교가 끝난 후 아이리시 프라이드 펍에 쳐들어간다. 내가 무슨 일을 벌이는 건지 생각하지도 않고, 그냥 성큼성큼 걸어 들어간다. 이건 최후의 수단이다. 여기가 로드 형이 있을지도 모르는 유일한 장소니까.

가죽 재킷을 입은 남자 대여섯 명이 바에 앉아 맥주를 마시고 있다.

난 당구대를 돌아 남자들 쪽으로 걸어간다. 바텐더가 가장 먼저 날 알아본다. 잿빛 머리칼에 매부리코다. 그의 친절해 보이는 푸른색 눈이, 바에 앉아 있는 놈들이 나를 돌아보기 전에 그대로 돌아서서 나가라고 말하는 것 같다.

"실례합니다."

모두가 돌아본다. 아무도 미소 짓지 않는다.

"로드 퀸 형을 만날 수 있을까요? 중요한 일입니다."

남자들이 눈을 가늘게 뜨고 눈빛을 교환한다. 마치 그 이름을 함부로 입 밖에 내선 안 되는 거라고 말하는 것처럼.

바텐더가 말한다.

"꼬마야, 집에 가야지."

"그 형 동생인 에린을 찾고 있어요. 제 여자친구거든요."

"여기가 어디라고 와."

한 남자가 말한다.

"날뛰지 마라, 맥마너스. 넌 할아버지 말고 아빠를 닮아야지."

"에린이 어디 있는지 알고 싶을 뿐이에요."

땀이 흐른다. 두 손이 떨린다. 내가 무슨 일을 당하든 상관없다. 에린만 찾으면 된다. 마르고 얼굴을 깔끔하게 면도한 남자가 내 목덜미를 잡더니 벽에 붙은 공중전화 쪽으로 나를 끌고 가서 전화기에 동전을 넣고 말한다.

"네 아버지에게 전화해서 네가 여기 있다고 해."

"에린은 어디 있는데요?"

"작작해라, 꼬마야."

"어디 있는데요?"

그가 내 목덜미를 강하게 쥔다. 무릎이 풀릴 정도로 세게.

"네 아버지에게 전화나 해. 난 그나마 친절한 사람이야. 저 바에 있는 녀석들이 너에게 관심을 보이기 시작하면 후회할 일이 벌어질 거다."

난 집 전화번호를 누른다. 할아버지가 받는다.

"할아버지, 아빠에게 저 데리러 오라고 해 주세요."

"어디냐?"

할아버지가 묻는다. 내가 망설이자 남자가 말한다.

"그 다리 잘린 영감에게 여기가 어딘지 알려 드려."

"아이리시 프라이드 펍이에요."

"너 대체 무슨 짓을 하고 다니는 거냐, 핀리야?"

"아빠가 데리러 올 수 있어요?"

남자가 전화기를 뺏더니 말한다.

"와서 이 녀석 좀 데려가고, 다신 이런 일 없게 하쇼."

그는 그대로 전화를 끊고 나를 밖으로 몰아내더니 담배에 불을 붙인다. 나는 그와 함께 몇 분간 길에 서 있다가 묻는다.

"그 애, 어디 있어요?"

"로드 여동생이 그렇게 좋냐, 응?"

"좋아요. 가장 소중한 친구예요."

"깜찍하긴."

그는 담배꽁초를 길에 휙 던지고 또 한 대에 불을 붙인다.

"그 앨 다시 보고 싶으면 잠자코 있는 게 좋을 거다. 할아버지에게 물어봐라. 이럴 땐 어떻게 처신해야 하는지 그 양반이 잘 가르쳐 줄 거다."

"그냥 로드 형을 만나게 해 주면 안 돼요? 제발요."

"진짜 끈질긴 녀석이네! 오늘 내가 저 술집에 있었던 게 얼마나 다행한 일인지 몰라서 이러지?"

아빠가 차를 세우고 밖으로 나오며 말한다.

"자네, 루이스?"

"자네 아이지, 패드릭?"

아빠가 침을 한 번 삼키고 고개를 끄덕인다.

"술집에 들이닥치더니 제 여자친구가 어디 있느냐고 추궁하더군. 다른 놈들이 움직이기 전에 내가 들고 나왔지. 내가 없었으면 이렇게 조용히 끝날 일이 아니었어."

"고맙네."

아빠가 손을 내민다. 루이스라는 남자가 손을 맞잡더니 아빠를 끌어안는다. 그가 아빠의 등을 한 번 툭 치면서 귀에 대고 무언가를 속삭인다.

"차에 타라, 핀리."

차를 몰아 나오며 아빠가 묻는다.

"대체 무슨 생각을 하는 거야?"

"저 사람이 뭐라고 했어?"

"내가 자기에게 신세 졌다고 했다. 그게 무슨 뜻인지 알아?"

난 고개를 끄덕인다. 그건 아빠가 언젠가 루이스라는 사람에게 뭔가를 해 줘야 한다는 뜻이다.

"루이스는 옛날부터 알던 사이야. 같이 컸지. 그러니까 오늘은 천만다행이었던 거야. 하지만 여기까지다. 더 이상 캐묻고 다니지 마. 가만히 좀 기다려."

아빠가 무슨 말을 하는지 전혀 알고 싶지 않다. 난 어린애다. 그들의 사정은 내 알 바 아니다. 아일랜드 깡패들. 요샌 자기들을 뭐라고 부르는지 모르겠다. 아니, 뭐라고 부르면 안 되는지 모르겠다.

집에 들어가자 할아버지 휠체어가 주방 식탁에 있다. 주먹에 할머니 묵주를 감고 있다. 하지만 술을 마시지도 않고 멀쩡하다. 할아버지가 날 보며 고개를 절레절레 흔든다.

"너 미쳤어?"

"난……."

"지금 당장 에린이 어디에 있는지 어떻게 알아!"

할아버지가 고함을 친다.

"이 염병 맞게 멍청한 놈. 넌 이 할아비의 다리 꽁지를 10년이나 봤잖아? 대체 왜 그러는 게냐? 오늘 네가 찾아간 자식들은 손에 1달러만 쥐여 줘도 네 멱을 따 버릴 것들이야."

할아버지가 나에게 이렇게 심한 말을 하는 건 처음이다. 할아버지 목소리가 떨리고 있다. 이렇게 화난 모습도 처음 본다. 사투리까지 나오고 있다. 옘병이라니. 할아버지는 끔찍한 듯 진저리를 치고 한숨을 내뱉는다.

"잘 들어라, 핀리야."

할아버지가 말한다. 목소리가 좀 차분해졌다.

"조직에서 빠져나오려고 큰일을 저지르는 놈들이 있다. 남은 평생 먹고살 만큼의 돈이 관련된 큰일 말이다. 만약 로드 그 녀석이 큰일을 쳤다면 그만큼 무서운 적이 생겼을 거야. 그랬다면 곧바로 가족과 함께 몸을 피해야 했을 텐데, 재빨리 피하지 못한 거야. 그래서 에린이 사고를 당한 건지도 모른다. 물론 이건 다 추측일 뿐이다, 핀리야. 다시는 이런 짓 하지 마라. 똑똑하게 굴어. 난 에린이 어떤 앤지 잘 안다. 주변이 안전해지면 너에게 연락할 거야. 그런데 네가 이렇게 캐묻고 다니면 모두가 힘들어질 뿐이야."

난 아빠를 바라본다. 아빠가 고개를 끄덕인다. 할아버지 말이 맞는다는 뜻이다.

"그래서 나보고 에린이 연락할 때까지 가만히 기다리고 있으라고요? 두 손 놓고?"

할아버지가 말한다.

"그게 최선이야."

아빠가 말한다.

"그래야 네가 안전해. 그래야 우리가 안전하고."

그렇지만 내가 어떻게 두 손 놓고 있을 수가 있지?

35

어느 날 아침 함께 학교 가는 길에 러스가 우리 집 뒤뜰에서 둘이서 농구를 하면 어떻겠냐고 한다. '우리끼리' 할 수 있는 일이 생길 거라면서.

왜 우리끼리 뭔가를 해야 하느냐고 묻자 러스가 말한다.

"네가 달라 보여서. 다른 데 가 있는 것 같아. 너 같지가 않아. 일주일에 한두 번이라도 농구를 하면 도움이 될지도 모르잖아?"

그날 저녁 러스가 연습을 끝내고 우리 집에 들른다.

난 함께 농구를 하고 싶은 마음이 없다고 말한다.

"이제 농구는 됐어."

"눈 딱 감고 열 번만 던져 보자. 열 번 해 보고 그만하고 싶다면 더는 귀찮게 하지 않을게. 어때?"

난 한숨을 쉰다. 러스가 말한다.

"뭐 어때. 딱 열 번만 던지자."

러스를 따라 집 뒤편으로 간다. 우린 창고에서 공을 찾아낸다.

"네 선발 자리를 빼앗은 건 정말 미안해. 특히 에린에게 그런 일이 일어난 뒤엔 더 그래. 사고가 나고 에린이 그렇게 사라지고……. 그건 나에게도 큰일이었어. 잠도 잘 못 잤어. 왜인지 모르겠지만 병원에 갔던 그날 밤에 마음속의 무언가가 달칵 켜진 것 같았어. 그때부터 난 다시 앞으로 살아가기 시작했는데 넌 뒤로 사라지기 시작한 것 같아. 이젠 우리가 반대 방향으로 가고 있는 것 같아. 네가 내 옆에 있어 줬던 때가 그리워. 너에겐 모든 일이 이렇게 엉망이 돼 버렸는데 나에겐 모든 일이 참 잘 되고 있네. 아니, 학교 시작할 때는 가능할까 싶었던 것보다도 훨씬 잘되고 있어. 이건 공평하지 않아."

난 뭐라고 대답하면 좋을지 몰라서 대답하지 않는다. 맞는 말이고말고. 난 지난 몇 주간 늘 내가 처한 이 불공평한 상황에 대해 생각하고 있었다. 하지만 러스가 이렇게 있는 그대로 말하니까 마음이 아프다. 한편으론 질투가 나고, 또 한편으론 패배감이 든다.

"말하자면…… 감독님 말이 맞았어. 농구가 나에겐 정말 도움이 됐어. 난 농구의 구조가 좋아. 플레이를 하는 게 좋아. 농구를 하면 로스앤젤레스에서 있었던 일이 잊혀져. 미래도 잊혀지고. 과도기를 통과하는 나를 지켜봐 줘서 고마워."

과도기라고? 자신의 우주인 연기 시절을 그렇게 부르기로 했나? 이제 보이21이었던 시절은 싹 다 잊어버렸다고? 농구가 치료제였다고? 제정신으로 돌아오는 길이시라고?

"너에게도 농구가 도움이 될지 몰라. 감독님과는 이제 볼일 없다는 거, 알고 있어. 대신 나랑 같이 해……."

"농구 따위, 물론 너에겐 멋진 미래와 명성을 거머쥘 수 있는 기회야. 그건 나도 기쁘게 생각해. 하지만 나에겐 아무것도 아니야. 이젠 정말 아무것도 아니라고."

"딱 열 번만 던지자. 그럼 분명히 한 번 더 던지고 싶을걸."

러스가 두 손 안에서 공을 굴리며 말한다.

"좋아."

난 그렇게 말하고 골대를 가리킨다.

러스가 나에게 공을 던진다. 난 슛을 한다. 공이 골대 안으로 들어간다. 러스가 공을 리바운드해서 나에게 패스하고 난 다시 슛을 한다. 우리는 이 과정을 반복한다. 리듬을 잡는다. 심장이 뛴다. 근육들이 느슨해진다. 다섯 번째, 일곱 번째 슛은 실패. 열 번 중 여덟 번 성공한다.

"어때?"

어떤지 생각해 본다.

러스가 농구를 해야만 하는 게 이해된다. 녀석에게는 농구가 기회다. 농구는 그 애 마음을 치료해 준다. 머릿속에 떠오르는 심각한 질문들을 지울 수 있으니까.

내 경우는 다르다. 이렇게 공을 던지고 있으니 에린이 더 이상 내 곁에 없다는 사실이 떠올라 오히려 더 고통스럽기만 하다.

"여기까지만 할래."

"그러자. 난 농구가 우리 사이의 껄끄러운 문제가 되지 않았으면 좋겠어."

"그런 거 아니야."

"이제 뭐 하지?"

"창고 지붕에 올라가서 별이 떴는지 찾아볼래."

"나도 같이 가도 돼?"

"그럼."

우리는 울타리를 타고 창고 위로 올라가서 가로등 불빛과 스모그 사이로 겨우 비치는 서너 개의 별을 올려다본다.

러스가 묻는다.

"밖으로 보이는 너와 안에 있는 네가 다르다는 기분, 느껴 본 적 있어?"

"난 항상 그래."

"응. 나도 그래."

우리는 말없이 그렇게 한참 누워 있다.

"너에겐 농구가 끝나 버렸다니 안타깝다."

"너에겐 농구가 도움이 되어서 다행이다."

정말 다행이다.

36

시간이 너무 느리게 지나간다. 동시에, 너무 빨리 지나간다.

무슨 말인지 알겠는가? 시간이 전혀 다른 의미로 다가오는 꿈속과도 비슷하다.

모르겠다.

사는 게 흐릿해지고 일그러지고 늘어나고 엉망이 된다.

설명하기 어렵다.

학교에 간다. 숙제를 한다. 할아버지, 아빠, 러스, 고어 선생님과 이야기를 나눈다. 이런저런 일이 있지만, 그 어느 것도 기억에 머무르지 못한다. 어떤 것도 말할 가치를 못 느낀다.

그냥 늘 멍한 기분이다.

텅 빈 느낌이다.

슬프다.

때론 화가 나지만 거의 늘 슬프다.

짜증도 난다.

공허하다.

피곤하다.

속았다는 기분.

외로운 마음.

난 계속 에린을 생각한다.

대체 어디 있는 걸까?

여기보다 좋은 곳에 있는 걸까?

언젠가 연락이 올까?

혹시 벌써 날 잊은 건 아닐까?

무슨 일이 벌어질까?

아무것도 모른다는 게 힘들다.

진저리가 난다. 벨몬트가 감옥 같기만 하다.

난 여기서 돌아다니고 숨을 쉬고 존재하지만 내 삶은 어딘가 다른 곳, 어딘가 여기보다 괜찮은 곳에 가 있는 것만 같다. 그게 어디든 에린이 있는 그곳.

온종일 매 순간 에린 생각만 한다.

에린.

에린.

에린.

왜 연락이 없는 걸까?

대체 왜?

37

농구 시즌도 후반부에 접어들었다. 러스와 나는 또 우리 집 옥상에 앉아서 별을 찾아보고 있다. 요즘 우리는 이러고 지낸다. 경기가 있는 날이면 녀석은 저녁에 우리 집에 온다. 농구 이야기는 입 밖에 내지도 않는다. 때로는 아무 이야기도 하지 않고 우주만 올려다본다. 우리 팀이 정말 잘하고 있다는 이야기를 교실에서 언뜻 듣기도 했지만 그 이상은 알고 싶지 않다.

"있지, 핀리, 이젠 정말로 네가 걱정돼."

냉동고처럼 추운 날씨지만 난 괜찮다. 얼굴과 손이 아프게 얼어붙는 감각을 즐긴다. 러스는 내 이불을 친친 두르고 있다.

하늘에 구름이 잔뜩 껴서 별이 하나도 없다.

"왜?"

난 왜 그런지 알면서도 그렇게 묻는다. 러스는 이제 공식적으로 보이21 행세를 끝내고 농구 스타 러스 앨런으로 돌아갔다. 대회 모든 부문에서 1위를 달리고 있기 때문에 아무도 녀석이 한 동안 정신 나간 척했던 데는 신경 쓰지 않는다. 감독님 말이 맞았다. 농구는 나보다도 러스에게 더 필요했다. 그리고 이젠 마치 내가 거머리처럼 녀석의 광기를 전부 빨아들인 것만 같다. 이제 녀석은 완벽하게 정상인 반면 나는 다른 행성에 사는 인간처럼 매일 학교를 배회하고 있다.

"넌 지금 화나고 우울한 상태야. 그것도 점점 나빠지고 있어."

"그래서 넌 듀크대로 갈 거야?"

난 화제를 바꾸려고 그렇게 물어본다. 지난주에 공식 기자 회견이 있었다. 러스가 계약서에 서명하고 장학금을 받는 모습을 기자들이 와서 촬영했다. 녀석이 듀크대에 간다는 사실은 세상 모두가 알고 있다. 바보 같은 질문을 한 꼴이다.

러스가 고개를 끄덕이고 묻는다.

"에린 소식은?"

"없어."

"아직 얼마 안 지났으니까."

"두 달도 넘었어."

"벌써?"

가장 끔찍한 건 에린이 여기 없다는 사실에 그 누구도 개의치 않는다는 사실이다. 에린이 빠진 여자 농구팀은 부진했고 처음엔 이런저런 귓속말이 오갔지만, 학교는 이내 평소로 돌아갔다. 벨몬트의 모든 것이 평소로 돌아갔다. 누구 하나 에린 일에 신경 쓰지 않는 것 같다. 마치 누구나 갑자기 사라질 수 있고 그래 봤자 달라지는 건 없다는 듯이. 우리 인생이 별것 아니라는 듯이.

"난 벨몬트가 지긋지긋해. 여기서 이러고 사는 게 정말 싫어."

"그럼 떠나. 세상은 아주 넓어, 핀리."

고어 선생님 생각나는 말이다.

"세상에는 좋은 곳이 많아. 내가 알아. 난 이곳에 오기 전에 여기저기 여행을 많이 했거든."

"내가 지금 어떻게 여길 떠나?"

"언젠가 기회가 올 거야. 해리 포터를 봐. 불행한 삶을 살다가 편지 한 통을 받고 기차에 오른 순간부터 모든 게 바뀌잖아. 더 좋아졌잖아. 마법처럼."

"그건 소설 이야기고."

"우리도 그래. 우리도 이야기를 살고 있어."

"그게 무슨 말이야?"

"만약 우리에게 일어난 일들을 그대로 책으로 쓰면, 사람들은 그게 사실이라고 믿지 않을걸."

"너 경기하는 거 못 보러 가서 미안해. 도저히 갈 수가 없어."

"괜찮아. 하지만 웨스는 독서 모임이 깨졌다고 짜증이 났지."

난 어깨를 움츠린다. 웨스와의 약속을 깨뜨린 건 미안하지만, 에린의 사고 이후 웨스는 전처럼 친근하게 굴지 않는다. 에린이 아일랜드 깡패들 때문에 사라졌다는 걸 모르는 사람은 없다. 난 에린과 벨몬트를 잇는 유일한 끈이다. 다들 나하고 가까이 지내기가 두려운 것이다. 웨스도 멀어졌다. 그 애 잘못은 아니다.

"농구 시즌이 끝나면 너하고 같이 가고 싶은 데가 있어. 특별한 곳이야"

"어딘데?"

"비밀."

"혹시 에린하고 관계있는 데야?"

"아니. 우주하고 관계있는 데야. 너도 좋아할걸."

녀석이 다시 우주 이야기를 하다니, 뜻밖이다. 한동안 '우주'라는 말은 입 밖에 꺼내지도 않았으니까.

"언젠가는 에린한테서 연락이 올까?"

"그럼. 언젠가는 반드시."

"왜 아직 연락이 없는 걸까?"

"글쎄. 세상에는 이유를 알 수 없는 일이 아주 많대. 의사가 해 준 말이야."

"너, 이젠 나아진 거야?"

러스는 잿빛 하늘을 올려다본다.

"내 말은, 이제 넌 보이21이라고 하지 않잖아. 너희 부모님이 로켓선을 타고 우주를 돌아다닌다는 소리도 안 하고. 곧 지구를 떠난다는 소리도 안 하고. 그 정신 나간 옷도 안 입고."

"나아졌다고 할 건 아니고. 이젠 숨기지 않아도 되니까."

"농구 덕에 일이 잘 풀려서 그래?"

"앞으로 나아가고 싶어서 그래."

"그럼 그건 다 연기였군. 우주 어쩌고 했던 거. 사람들이 너에게 무슨 일이 있었느냐고 물어 댈까 봐 위장한 거였어."

"넌 솔직한 사람이라는 소리로 들린다?"

"그건 다른 문제야. 난 거짓말은 안 해. 말하는 게 어려울 뿐이지. 너무 어려워."

"그래 보여. 나 역시 지구인으로 지내는 게 정말 어려웠어. 넌 처음 만났을 때에 비하면 요즘 들어 말을 훨씬 많이 해. 그런 것도 나아진 건가?"

녀석이 무슨 말을 하는 건지 헤아려 본다. 그 말이 맞을지도 모르겠다. 어쩌면 우리는 어떻게든 살아가려고 각자의 역할을 연기하고 있었는지도 모른다.

"네 부모님에게 무슨 일이 있었던 건데?"

내가 묻는다.

"네 어머니에겐 무슨 일이 있었던 건데?"

난 아직 그 이야기를 할 준비가 되어 있지 않다. 러스도 마찬가지인 것 같다. 우리는 꽤 오랫동안 말없이 지붕 위에 앉아만 있다. 러스의 할아버지가 우리 집 앞에 차를 댈 때까지. 이윽고 러스가 말한다.

"다음에 계속."

나는 지붕에 남아 몇 시간 더 보내다가 내 방 침대에 누워 러스가 나에게 만들어 준 은하의 기묘한 초록빛을 올려다본다.

주 대회 결승전에서 우리 팀은 1점 차이로 패배한다. 테럴이 마지막 슛에 실패했다고 한다. 러스를 비롯해서 모두가 몇 주 동안이나 아쉬워한다. 학교 아이들은 고개를 푹 숙인 채 복도를 다니고 교사들은 얼굴을 찌푸리고 온 학교가 기운을 잃은 것 같다. 그러나 삶은 다시 이어져, 러스가 나에게 뭔가 보여 주겠다던 약속을 기억해 낸다.

뼈아픈 패배로부터 한 달쯤 지난 어느 토요일, 러스와 앨런 씨가 나를 태우러 온다. 러스가 묻는다.

"놀랄 준비는 되셨나?"

"물론이지."

나는 캐딜락의 뒷좌석에 올라 차창에 비친 내 얼굴 위로 볼썽사나운 벨몬트 거리가 지나가는 걸 바라본다.

러스는 종이 한 장을 들고 방향을 읽고, 그때마다 할아버지는 차를 제 길로 몬다.

고속도로를 한 시간쯤 달려 나무가 우거진 길로 접어든다. 말도 보이고 소까지 보인다. 옥수숫대도 보이고, 이름 모를 식물이 심어진 밭들이 이어진다. 이 기나긴 길에는 집도, 가로등도, 그 어떤 인공적인 것도 보이지 않는다.

이런 곳은 난생처음이다. 난 어느 것 하나도 놓치고 싶지 않아 몸을 세우고 고개를 좌우로 돌려 댄다.

창문으로 따뜻한 바람이 불어 온다. 바람에 가득한 냄새가 어찌나 싱그러운지 한껏 들이마시기가 벅차다.

고약한 냄새가 나는 곳을 지나갈 때 앨런 씨가 말한다.

"거름 냄새네."

"그게 뭔데요?"

"쇠똥."

러스가 말한다. 앨런 씨가 덧붙인다.

"비료란다. 농작물이 잘 자라게 해 주지."

쇠똥 냄새마저 괜찮다. 내가 전에 알던 그 어떤 것과도 다르니까. 벨몬트의 하수도에서 나는 냄새하곤 다르니까. 솔직히 쇠똥 냄새가 좋은 건 아니지만, 시골에 온 기분은 좋다.

우리는 숲을 가로지르는 울퉁불퉁한 흙길을 달린다. 약간 긴장되기 시작한다. 여기서 차가 고장 나 버리면 반경 수 마일 안엔 아무것도 없으니까.

그때 주유소 비슷한 건물이 눈에 들어온다. 건물 앞에 표지가 붙어 있다. '파라다이스! 별 관측소'. 느낌표까지 붙어 있어 어마어마하게 재미있는 곳이라는 느낌을 준다. 차가 주유기 옆에 선다. 앨런 씨는 기름을 채우고, 난 러스를 따라 건물 안으로 들어간다. 낡은 나무 바닥에, 통로엔 음식이며 캠핑 도구가 쌓여 있다.

계산대 안쪽에 몸집이 크고 얼굴이 붉은 남자가 앉아 있다.

"어서 오세요."

남자가 분홍색 손바닥을 내보이며 우리를 맞자 러스가 말한다.

"예약하고 왔어요. 앨런이라고 돼 있을 거예요."

"맞네요! 멋진 날을 골랐어요. 구름 한 점 없네요. 눈 호강할 준비는 됐겠죠!"

"이번 주 내내 날씨를 살폈거든요."

"그럼 12번 관측지로 드리면 될까요?"

"네."

앨런 씨가 가게로 들어와 우리 옆에 선다.

남자는 종이에 뭔가를 적더니 우리에게 안내 책자를 건넨다.

"이게 우리 관측소 규칙이에요. 응급 상황이 아니면, 새벽이 밝기 전에 차에 시동을 걸면 안 됩니다. 관측지 안에서 불을 켤 때는 반드시 암막을 쳐야 하고요. 관측지 밖에서는 어떤 종류의 손전등이나 조명도 쓰면 안 됩니다. 해가 떨어진 다음에는 도서관 목소리, 즉 속삭이는 목소리로 이야기를 나누어야 합니다. 웃고 떠들 시엔 퇴장 조치가 내려질 겁니다. 그 밖에는 마음껏 쇼를 즐기시면 됩니다. 이상의 조건에 동의하시면 각자 규칙 안

내서에 서명해 주시기 바랍니다."

앨런 씨가 그에게 신용카드를 내민다. 우리는 모두 종이에 서명하고, 무료 별자리 지도를 받은 다음 차로 돌아온다.

"여긴 대체 뭐 하는 데야? 무슨 쇼를 하는데?"

"보면 알아."

우리는 흙길을 달려 숫자가 쓰인 표지판들을 지난다. 표지판이 서 있는 비포장 진입로들은 구불구불 숲 속으로 들어가 사라진다. 12번 표지판이 나오자 앨런 씨가 차를 왼쪽으로 꺾는다. 흙길이 너무 좁아서 나뭇가지가 차를 후려친다.

"내 캐딜락에 자국이 남는 건 싫은데. 러스라는 놈이 내일 하루 왁스 칠을 하고 자국을 지워 주면 되려나."

길이 오른쪽으로 굽는다. 이윽고 등대 같기도 하고 나무 위에 짓는 오두막 같기도 한 특이한 건물이 나타난다. 숲 사이로 우뚝 솟은 팔각 건물로, 꼭대기에 거대한 양동이 같은 걸 얹은 듯한 모습이다. 체스 말 중에 성처럼 생긴 것과 비슷하다.

"까짓, 내가 하고 말지."

앨런 씨가 그렇게 말한다. 표정은 웃고 있다.

"가자."

러스가 말한다. 우리는 1층 문으로 들어가서 나선 모양 계단을 올라 건물 중간에 있는 방으로 들어간다. 침대가 네 개, 창문이 두 개. 창문에 달린 두꺼운 커튼이 암막인가 보다. 작은 욕실도 딸려 있다. 싱크대와 변기가 있고 샤워기는 없다.

러스는 계속 위로 올라간다. 나도 따라 올라간다. 천장에 난 문을 함께 힘껏 밀어 올린다. 하늘이 보인다. 우리는 관측 마루로 올라선다. 높은 나무 난간을 둘러놓아서 마치 거대한 나무 찻잔 속에 서 있는 기분이다. 바닥엔 레슬링 경기장에 까는 것 같은 깔개가 깔려 있다. 발이 2, 3센티미터나 쑥쑥 들어간다.

"오늘 밤은 여기서 잘 거야. 안에 있는 침대는 할아버지나 쓰는 거고."

주위를 둘러봐도 이른 봄 나무의 푸릇푸릇한 이파리와 열 몇 개의 다른 관측탑밖에 보이지 않는다. 각각 100미터 정도 사이를 두고 둥글게 서 있다.

"대단하다."

"내가 뭐랬어? 세상엔 벨몬트만 있는 게 아니라고 했지?"

우리는 계단을 내려와 아이스박스와 짐들을 침실로 나른다.

앨런 씨가 느릿느릿 계단을 올라온다. 꼭대기에 다다라서 주위를 둘러보며 이렇게 말한다.

"이렇게 많은 나무는 처음 보는구나."

"차로 두 시간 거리에 이런 데가 있다니. 어떻게 알았어?"

내가 묻자 러스는 뿌듯한 미소만 짓는다.

우리는 앨런 부인이 싸 준 참치 샌드위치를 먹고 루트 비어를 마신다. 숲 위로 해가 타는 듯이 붉게 저물어 간다.

"내가 캄캄한 밤에 계단을 오를 순 없겠고, 아래층에서 책이나 읽고 있으마. 둘이 재밌는 시간 보내라. 난간에 너무 가까이

가지 말고. 알겠지?"

앨런 씨는 그렇게 말하고 천장 아래로 사라진다.

이 위는 점점 더 시원해진다. 서늘한 산들바람이 불고 나무들이 엄청난 소리를 낸다.

"나무들 쉭쉭거리는 소리 들려?"

"정말 멋있지, 핀리? 이제 슬슬 도서관 목소리로 말해야겠다."

러스가 공중에 따옴표를 그리며 말한다.

"이 위에선 소리가 정말 잘 퍼지거든."

우리는 바닥에 눕는다. 어깨뼈가 깔개에 쑥 들어간다.

"여기 정말 끝내준다. 데려와 줘서 고마워."

러스가 고개를 끄덕인다. 우리는 서쪽 하늘이 오렌지색과 분홍색으로 빛나는 모습을 바라본다.

15분 정도 그렇게 말없이 누워 있는데 러스가 불쑥 말한다.

"네 어머니에게 있었던 일을 말해 주면 나도 우리 부모님에게 일어난 일을 말해 줄게."

"왜?"

"친구는 그런 사이니까. 서로 이야기하고 서로 들어주는."

"그럴 것까지야."

"그래야 해."

"난 말하면 안 돼."

"날 못 믿어?"

"믿어."

"그럼 괜찮잖아. 여긴 나하고 나무들밖에 없어."

"그래서 날 여기까지 데려온 거야?"

"그런 이유도 좀 있지. 어쨌든 쇼가 시작되기 전에 다 이야기하면 좋겠는데."

"별이 뜨기 전에?"

"응."

"별은 우리 집 지붕에서 맨날 보면서."

"오늘은 달라. 보면 알아. 우리 부모님들에게 무슨 일이 있었는지 서로 털어놓자. 그럼 도움이 될 것 같아서 그래. 나는 의사를 만날 때마다 얘기하거든. 너도 의사를 만나야 하는 거 아닌가 싶어."

"난 고어 선생님이 있잖아."

"그러네. 나한테도 말해 줘."

"우울한 이야기야."

"내 이야기도 그래."

"모르겠다."

"도서관 목소리로 하자. 그럼 훨씬 나을 거야."

나는 빙긋 웃는다. 도서관 목소리라. 나도 러스의 일을 알고 싶다. 무엇보다 더 이상 할아버지의 비밀을 비밀로 해야 할 이유를 못 느낀다. 에린이 사라져 버린 지금은 더더욱. 어쩌면 벨몬트 같은 동네에서 자꾸만 끔찍한 일들이 일어나는 게 그 때문은 아닐까. 아무도 말하지 않는다는 것. 그렇다고 해도 도서관

목소리로 이야기를 시작하고 있는 나 자신이 놀랍다. 처음으로
이 이야기를 꺼내는 나 자신이.

할아버지는 할머니를 아일랜드에 데려가려고 일하던 폭력단
에서 돈을 훔쳤다. 할머니는 말기 암이었고 고향에 돌아가서 죽
기를 원했다. 두 분은 카운티 코크라는 곳에서 태어났다(아직도
그곳에 친척들이 산다). 그런데 너무 가난해서 고향으로 돌아갈
수가 없었다. 난 아일랜드에 가 본 적도 없지만, 할머니에겐 죽
기 전에 그곳으로 돌아가는 것이 무척 중요했다. 그래서 절망과
슬픔에 사로잡힌 할아버지는 돈을 훔쳐서 할머니를 고향으로
데려갔다. 미국을 벗어나면 안전해질 것으로 생각하면서. 문제
가 있다면 벨몬트에 남은 가족이었다. 할아버지는 동료들의 잔
인함을 과소평가했다. 폭력단은 할아버지를 부르려고 나를 데
려갔다. 할아버지가 아일랜드에서 돌아오게 하려고.

"널 데려갔다니, 그게 무슨 뜻이야?"

러스가 도서관 목소리로 묻는다.

난 떠오르는 기억을 막지 않는다. 그 일을 떠올리면 꼭 누군
가가 내 목구멍에 억지로 손가락을 집어넣는 것 같은 기분이 든
다. 이젠 땀까지 나려고 한다.

"그때 할아버지는 질 나쁜 인간들과 어울리고 있었어. 에린의
오빠 로드 같은 사람들 말이야. 너로선 상상하기 어려울 거야."

"그들이 널 납치했다고?"

난 침을 삼킨다.

"다른 사람에겐 처음 하는 이야기야. 에린한테도 한 적 없어."

"이야기하는 건 좋은 거야. 내 말 믿어."

난 일찍 뜬 별이 있는지 하늘을 살핀다. 하나도 없다.

이윽고 내가 기억하는 일을 러스에게 들려준다.

스키 마스크를 쓴 남자들이 한밤중에 나를 데려가고, 부모님이 비명을 지르고, 아빠가 두드려 맞는 소리가 났던 게 기억난다.

그들이 나를 자동차 트렁크에 던져 넣었고, 내 두 손은 뒤로 묶여 있었고, 입에는 더러운 양말이 물려 있었고, 눈은 테이프로 가려졌던 게 기억난다.

어두운 방에 오랫동안 혼자 있었던 게 기억난다. 너무 무서워서 바지에 오줌을 쌌다. 마른 오줌 냄새와 먼지 냄새가 났다. 몇 주가 지난 것 같았다. 배가 고프고 목이 말랐다. 그러다가 어느 순간 아빠에게 돌아왔다. 엄마의 장례식 날이었다. 할아버지는 다리를 잃었다.

아빠의 두 눈이 너무도 빨겠던 게 기억난다. 햄버거 고기처럼 빨겠다. 얼굴엔 검붉고 노란 멍이 남아 있었다. 아빠가 말했다. 엄마가 경찰을 찾아가서 나를 구하려고 했다고, 그래서 죽었다고. 그러고는 날 붙잡고 말했다. 무슨 일이 있었는지 그 누구에게도 절대로 말하면 안 된다고. 절대로. 그 어떤 사람에게도 말하면 안 되었다. 안 그러면 우리 모두 죽을 수도 있었다.

"아빠는 나에게 경찰에 아무것도 말하지 말라고 했어. 그래서 안 했어. 난 어린애에 불과했어. 그리고 이상한 말을 했다가 아빠와 할아버지까지 잃을까 봐 무서웠어."

"그래서 그때부터 말을 안 하게 된 거야?"

"응. 그리고 그때부터 농구를 했지."

"젠장."

"엄마가 어떻게 생겼는지 기억이 안 나. 사진은 있지만, 액자에서 눈을 떼면 엄마 얼굴이 어떻게 생겼는지 떠올릴 수가 없어. 내 말 무슨 뜻인지 알아?"

"가끔 난 아빠 목소리를 잊어 가고 있다는 생각이 들어. 엄마 냄새도. 너무 많은 것들을 잊어 가고 있어."

"부모님에게 무슨 일이 있었던 건데?"

이제 서쪽 숲은 분홍빛 네온으로 수놓인 듯하다. 오늘의 마지막 빛이다. 러스가 숨을 깊이 들이마시더니 말한다.

"자동차 강도였어. 엄마 아빠는 후미진 동네에 있는 바에 친구의 색소폰 연주를 들으러 갔어. 마약 중독자들이 부모님 머리에 총을 쏘고 몇백 달러와 엄마 장신구, 아빠 시계를 들고 튀었어. 완전히 무차별 범죄였던 거지. 완벽하게 불공평한 거고. 빌어먹을 일인 거고. 한동안 다 내려놓고 우주에서 왔다고 말하고 다녀야 할 정도로."

"넌 부모님이 함께 있는 걸 떠올리면 말이야."

난 왜 이런 걸 묻는지도 모르면서 이렇게 묻는다.

"어떤 모습이 떠올라? 가장 멋진 기억이 뭐야?"

러스는 몇 분간 생각에 잠긴다.

"한번은 아빠 연주를 보러 갔어. 정통 빅밴드 연주였는데, 공연이 절반쯤 지나자 밴드 리더가 엄마에게 무대로 올라와서 함께 한 곡 하자는 거야. 난 그때까지 엄마가 가수였는지 몰라서 정말 놀랐어. 엄마는 싫다고 했지만 관객들이 박수를 치자 결국 무대에 올라가서 이렇게 말했어. '그럼, 그 노래로 해 줘요.' 아빠는 악기를 트럼펫으로 바꿨어. 아빠는 못하는 악기가 없었거든. 아빠가 앞부분을 연주하고, 이윽고 엄마가 엘라 피츠제럴드의 「빛이 보이기 시작하네」를 부르기 시작했어. 아빠는 엄마 옆에 서서 연주했는데 두 사람은 음악으로 이야기를 나누는 것 같았어. 엄마는 노래하고 아빠는 트럼펫을 연주하고. 노래가 흐르는 내내 두 사람 눈은 서로에게 붙잡혀 있었어. 정말 사랑하는 사이라는 걸 알 수 있었지. 연주가 끝나고 관객들은 5분 동안 계속 박수를 쳤고, 엄마는 쑥스러워했어. 고개만 절레절레 흔들면서 아무하고도 눈을 맞추려고 하지 않았거든. '엄마, 노래도 했어?' 엄마가 내 옆에 앉을 때 이렇게 물었던 기억이 나. 엄마는 이렇게 대답했지. '예전에 했었단다. 아주 오래전에.' 남은 무대를 지켜보면서 이런 생각을 했어. 내가 엄마 아빠에 대해서 모르는 게 얼마나 많을까. 알아 가야 할 것은 또 얼마나 많을까."

러스가 이야기를 끝낸 게 분명해지자 내가 말한다.

"정말 아름다운 추억이네."

"너도 부모님이 함께 있는 모습, 기억하는 거 있어?"

잠시, 열심히 생각해 본다.

"없어. 너와 비슷한 건 없어."

러스는 아무 말도 하지 않는다. 걱정이 된다. 녀석은 그렇게 멋진 기억을 들려주었는데, 난 들려줄 게 없다. 녀석이 섭섭해하지 않았으면 좋겠다. 그래서 난 이렇게 말한다.

"하지만 언젠가 난 NBA 최고의 포인트가드 러스 앨런이 유명해지기 전에 함께 별 보기를 한 사이라고 자랑할 수 있을 거야."

"농구 이야기는 하지 말자. 응?"

러스는 그렇게만 말한다. 이야기하는 게 정말 힘들었나 보다.

하늘이 남색에서 까만색으로 변해 가다가 어느 순간 갑자기 우리 위로 수백만 개의 별이 깜빡인다. 러스가 속삭인다.

"드디어 시작이다."

누군가 스위치를 달칵 켠 것만 같다. 여기 몇 개 저기 몇 개 있던 별이 어느 순간 수없이 많아졌다. 하늘에서 거대한 다이아몬드가 폭발한 것 같다. 이런 광경은 난생처음 본다.

"와, 굉장하다!"

"이 세상이 추하다는 생각이 들 때면, 삶에 아무 의미가 없다는 생각이 들 때면, 난 이 광경을 떠올려. 언제나 나를 기다리고 있는 이 광경을. 무슨 일이 일어나더라도 난 우주를 올려다보고 경이를 느낄 수 있어. 그리고 우주를 올려다보면 내 문제가 아주 사소해 보여. 이유는 모르겠지만, 그러면 늘 기분이 나아져."

"그걸로 괜찮아진다고? 별을 보는 것만으로?"

"그걸로 충분할 때가 있어."

러스가 하늘의 별자리를 하나하나 불러 주리라 기대했는데, 그러지 않는다. 우리는 우주 아래에 말없이 누워 저 작은 빛들을 온몸으로 받아들인다. 저 거대한 우주 아래에 있으니 내가 아주 작아지는 느낌이 절로 든다.

혹시 에린도 오늘 밤에 별을 보고 있지 않을까. 어느 지붕 위에 앉아서. 내 생각을 하면서. 엄마는 저기 천국에, 아니 그냥 저 위 어딘가에 있는 걸까. 어쩌면 러스가 상상했던 대로 죽은 사람들이 타는 우주선 같은 걸 타고 있을까.

"우리는 왜 만나게 됐을까? 난 네가 다시 농구를 할 수 있게 돕도록 정해서 있었던 걸까? 운명처럼?"

"우리가 만난 건 내 부모님이 마약쟁이들에게 살해당했기 때문이야. 부모님이 지금까지 살아 있었다면 난 로스앤젤레스에 있었겠지. 그것 말고는 모르겠다."

내가 속삭인다.

"하지만 어쨌든 넌 여기 있어."

러스가 속삭임으로 답한다.

"너도 여기에 있고."

우리는 나란히 누워 밤새 말없이 우주의 저 불가해한 경이를 올려다본다. 우리 둘 다 한순간도 잠들지 못한다.

39

매년 그랬듯이, 엄마가 살해당한 기일에 아빠와 할아버지와 나는 캐시 맥마너스라고 쓰인 엄마 묘비에 꽃을 놓는다.

유월의 햇빛.

파란 하늘.

묘지에는 우리 말고 아무도 없다.

그렇게 서서 끝없이 늘어선 묘비들을 바라보고 있으니 세상에 우리 세 사람만 있는 듯하다.

눈이 닿는 저 끝까지 일렬로 박혀 있는 흰색과 회색의 묘비들. 저마다 이름과 생년, 때로는 근사한 인용구 같은 약간의 정보를 담고 있다. 그런 걸로는 그 사람이 누구인지 결코 알 수 없다. 엄마 묘비처럼 다른 사람들 묘비도 다 그렇게 복잡한 사연을 가지고 있는 건지 궁금하다.

매년 그렇듯 난 납치당했던 일을 떠올리고, 엄마가 경찰에 찾아가기까지 얼마나 큰 용기를 내야 했을지 생각해 본다.

엄마를 더 잘 알 수 있는 기회가 있었으면 얼마나 좋았을까.

휠체어를 탄 할아버지가 무덤 앞에서 엄마에게 이야기를 한다. 미안하다고, 미안하다고 하며 하염없이 운다. 죄책감 때문에 어쩔 줄 몰라 한다.

아빠가 말한다.

"너에게 벨몬트를 떠날 기회가 생긴다면, 꼭 떠나야 해."

비장한 얼굴이다. 두 눈가에 주름이 잔뜩 뻗쳐 있다. 아빠는 할아버지를 이상한 눈빛으로 바라보고 있다. 할아버지를 사랑하는 동시에 증오하는 것 같은 눈빛으로.

아빠가 말한다.

"내 말 알아들었어?"

"응."

꼬마였을 때 난 우리가 엄마 무덤을 찾아오는 건 엄마가 그곳에 있기 때문이라고 생각했었다. 엄마 유령이나 뭐 그런 것과 함께 진짜로 시간을 보내러 오는 거라고. 지금은 안다. 우리는 할아버지가 후회할 수 있게 이곳에 오는 거다.

엄마에 대해 생각해 본다.

바보 같은 소리일지 모르지만, 엄마에 대한 기억다운 기억은 딱 하나다. 엄마가 '라이프 세이버즈'라는 박하사탕에 들어 있는 초록색 사탕을 정말 좋아했다는 사실. 엄마는 그걸 아일랜드 사탕이라고 불렀다. 거의 매일같이 그 사탕을 한 롤 사서 초록색이 나올 때까지 나에게 사탕을 계속 먹이고, 초록색이 나오면 그 사탕은 엄마가 먹었다.

그건 우리의 작은 의식이었다.

우리는 라이프 세이버즈를 사러 모퉁이 가게에 다녔다.

대단한 기억은 아니지만, 그게 내 기억이다.

사실대로 말하면 난 누군가 라이프 세이버즈를 먹는 모습을 보거나, 가게에서 그 사탕을 볼 때면 잔뜩 긴장하고 만다. 너무 자세히 봤다간 초록색 박하사탕 같은 건 존재하지 않는다는 사실을 알게 될까 봐 두려워서. 엄마에 대해 유일하게 기억하는 이 소소한 사실이 알고 보니 내가 꾸며 낸 것이었을까 봐 무섭다. 만약 그렇게 되면 나에게 남은 유일한 기억마저 사라져 버릴 테니까.

그런 걸 걱정하다니 한심해 보일지도 모르겠지만, 그게 나다. 난 그렇게 살아왔다.

아빠는 엄마 이야기를 꺼내지 않는다. 절대로.

그리고 아빠도 그 사탕을 먹지 않는다. 적어도 내 눈으로 아빠가 그걸 먹는 걸 본 적은 없다.

묘지를 나온 후 아빠는 하루 종일 할아버지와 함께 지낸다.

나는 혼자 지붕에서 하루를 보낸다. 에린이 언제나처럼 내 방 창문으로 기어 올라와 날 끌어안길 기다리면서. 하지만 에린은 끝내 나타나지 않는다.

40

    고등학교 졸업식 날 아침, 주방에서 달걀과 베이킨으로 아침을 먹는데 할아버지가 아무것도 쓰여 있지 않은 흰색 봉투를 나에게 건넨다.

"이게 뭐예요?"

"열어 보렴."

아빠 말에 나는 봉투를 찢고 내용물을 꺼낸다.

'암트랙(AMTRAK)'이라고 쓰인 차표 같은 게 들어 있다.

"암트랙?"

할아버지가 말한다.

"기차표야. 기차가 뭔지는 알지?"

"웬 기차표예요?"

아빠가 말한다.

"졸업 선물."

"어디 가는 건데요?"

할아버지가 "거기 쓰여 있잖아." 한다.

"뉴햄프셔? 뉴햄프셔에 가는 표를 왜 사 주는 건데요?"

"우리가 산 게 아니다."

"편지를 읽어 봐."

할아버지와 아빠 말에 나는 종이를 펼친다.

한눈에 에린의 손글씨를 알아본다. 심장이 터져 버릴 것 같다. 땀이 나기 시작한다.

에린!

난 자리에서 일어나 거실로 나간다.

"가긴 어딜 가?"

할아버지 목소리에 웃음이 섞여 있다.

핀리에게

내가 얼마나 널 보고 싶어 하는지 넌 모를 거야.

지난 반년간 얼마나 연락하고 싶었는지 넌 상상할 수도 없을 거야.

정말 힘들었어. 그때 병원에서 내가 널 만나기 싫어했다고 생각하면 안 돼. 그땐 어쩔 수 없었어. 내 뜻대로 할 수 있는 상황이 아니었어. 지금쯤이면 내가 왜 그랬는지 이해하겠지.

이 편지로는 다 설명할 수가 없어. 그러면 안 된대.

여긴 벨몬트와는 너무도 다른 곳이야. 정말 아름다운 곳이지. 사람들은 친절하고 밤에 혼자서 거리를 걸어도 위험하지 않아. 모든 게 정말 깨끗해! 보도에 누워서 잠을 자도 될걸.

별이 얼마나 많은지! 나무는 또 얼마나 많은지!

믿을 수 없겠지만, 지금 난 작은 아파트에 혼자 살고 있어. 그리고 이곳의 작은 대학교에 등록했어. 가을부터 다닐 거야. 비록 농구는 못하겠지만.

난 도움을 받았어. 이 편지에서 말할 수 있는 건 이게 전부야. 참, 그리고 이제 내 이름은 케이티 라이더야.

마음에 들어? 새 이름에 익숙해질 수 있겠어?

와서 나와 함께 살지 않을래? 진심으로 묻는 거야.

네 가족에게 도움을 받은 사람들이 있다고 해.

네가 어디로 가는지 아무에게도 말하면 안 돼. 이름도 바꿔야 할 거야. 루카스 윌리엄스라고 하면 어떨까 생각해 봤어. 어때? 마음에 들어? 느낌 괜찮지?

나에겐 우리 둘이 행복하게 살아갈 만큼 돈이 있어.

이젠 너도 대학에 갈 수 있어. 아니면 일자리를 찾아도 좋겠지. 만나서 모든 걸 설명할게. 네가 와 주길 기다리고 있어.

사랑해. 그 기차를 타고 여기로 와 줘.

날 믿어 줘. 부탁이야.

사랑을 담아
에린이었던 너의 여자친구가

난 주방으로 달려가 묻는다.

"이게 뭐예요? 이거 진짜야?"

아빠가 대답한다.

"여기서 벗어나서 새롭게 시작할 수 있는 기회지. 우리 가족의 지난 일은 다 내려놓고 가면 돼. 이건 일생의 기회야."

"이 편지, 어디에서 온 건데요?"

할아버지가 말한다.

"캐묻지 마라. 진짜 기회니까. 아무런 조건도 없는 진짜 기회."

"이게 함정이 아니라는 걸 어떻게 알아요?"

"함정? 녀석, 영화를 너무 많이 봤구나. 만약 그놈들이 널 해치고 싶었다면 이 집으로 와서 널 해쳤지, 너에게 기차표를 사주고 뉴햄프셔까지 따라가서 해치진 않을 거다."

"뭘 어떻게 했길래 이럴 수 있어요?"

"아무것도. 우리는 침묵을 지켰을 뿐이야."

"날 바보로 보지 마요."

아빠와 할아버지가 서로를 바라본다.

할아버지가 말한다.

"이렇게만 말하마. 네가 어렸을 때 당한 일을 여태 유감으로 생각하는 놈들이 있다. 그 옛날에 경찰이 와서 캐물었을 때 우리가 침묵을 지켰던 것에 마음을 쓴 거지. 이 동네 법이 그렇고 그렇긴 해도, 모두가 괴물은 아니란다. 대부분은 자기가 할 수 있는 걸 하면서 살아갈 뿐이야."

아빠가 말한다.

"기차는 두 시간 후에 떠나니까 지금 결정해야 해. 오늘 떠나면 다시는 벨몬트에 돌아올 수 없어. 다시는. 그리고 우리와 연락하는 것도 무척 조심해야 할 거야. 그들이 네가 지켜야 할 규칙에 대해 설명할 거야. 넌 그 모든 걸 지켜야만 하고."

"왜요?"

"그게 이 계약의 규칙이다. 왜냐고 물을 일이 아니야."

세상엔 이유를 알 수 없는 것이 많다던 러스의 말이 생각난다.

난 아빠, 할아버지와 식탁을 사이에 두고 앉는다. 두 사람의 외모가 얼마나 닮았는지, 새삼 놀란다. 어쩌면 두 사람은 나를 보고 당신들의 젊은 모습이라고 생각하고 있는지도 모르겠다. 맥마너스 가의 3대.

나는 조용히 묻는다.

"그래서 나더러 깡패들 돈을 들고 떠나라고요?"

"떠나거라. 평생 도움 받는 거 아니다. 이곳을 떠나는 표 한 장과 더 좋은 곳에서 다시 시작할 기회를 얻는 것뿐이야."

난 할아버지의 말을 생각해 보고 이게 과연 옳은 일인지 가늠해 본다. 정말 깡패들 돈을 받아도 될까. 비록 이사를 하는 정도의 도움이라고 해도. 앞으로 나 혼자 살아갈 수 있을까. 내 가족이 당한 게 있는데 내가 이런 빚을 져도 되는 걸까.

"내가 안 간다고 하면요?"

아빠가 어깨를 들썩한다.

"그럼 넌 전문대에 가고, 적어도 2년은 더 벨몬트에 살아야겠지. 그리고 네가 가장 사랑하는 친구를 영원히 잃게 될지도 몰라. 지금 이건 일생에 한 번 있는 기회일걸."

"거기 가면 로드 형도 있을까? 에린네 엄마도?"

할아버지가 대답한다.

"글쎄다."

난 정말 에린을 보고 싶다. 나머지 사람은 잘 모르겠다.

나를 키워 준 하나뿐인 가족과 초등학교 때부터 나와 함께 자란 여자친구 중 어느 한쪽을 선택할 수 있는 걸까?

벨몬트와 벨몬트 바깥 중 하나를 고르긴 쉽다. 구질구질한 연립주택에 살면서 술이나 죽어라 마셔 대며 썩어 가고 싶진 않다. 하지만 아무리 그래도 아빠와 할아버지를 두고 떠날 순 없다.

"내가 어떡하면 좋겠어요?"

두 사람은 손만 내려다본다. 아빠와 할아버지 눈에 눈물이 차오른다. 내가 어떡하면 좋을지 벌써 결정한 것이다. 그래서 이 봉투를 준 것이다. 그래도 마지막 선택은 나에게 달렸다.

초인종이 울린다.

"러스일 거예요."

아빠가 말한다.

"그 애한텐 아무 말도 하지 마."

난 거실을 가로지르며 이게 꿈은 아닌지 뺨을 꼬집는다.

문을 열자 러스가 덧문 사이로 나를 보며 말한다.

"무슨 일 있어?"

"나, 오늘 학교 안 가. 졸업식에 안 갈 거야."

"왜? 어디 아파?"

러스에게 거짓말을 하고 싶진 않다. 지금이 녀석과 이야기할 수 있는 마지막 순간이라면 더더욱.

"무슨 일인데? 괜찮은 거야?"

어떻게 말하면 녀석이 알아들을 수 있을지 생각해 본다. 생각났다. 난 빙긋 웃으며 말한다.

"호그와트로 가는 표를 얻었어."

"뭐라고?"

"여기보다 훨씬 좋은 마법 같은 세상으로 가는 기차를 타게 될지도 몰라. 머글들에겐 말하지 마. 알겠지? 너만 알면 돼. 난 잘 지낼 거야."

러스가 덧문 뒤에서 잠시 눈을 가늘게 뜨더니 빙긋 웃는다.

"드디어 연락이 왔구나."

"난 그 말에 긍정도 부정도 할 수 없어."

"대체 무슨 일인지 모르겠지만, 우리 포옹은 한번 해야겠다."

"그 정도는 할 수 있지."

난 문밖으로 나간다. 러스와 나는 포옹을 한다. 서로 두 팔로 꼭 껴안는다. 서로를 힘껏 껴안는 것으로 우리가 말할 수 없는, 어쩌면 말로 하고 싶지 않은 모든 이야기를 나눈다.

"그럼 다시는 만날 수 없는 건가?"

"모르지."

"잘 살아, 핀리. 멋지게 살기 바란다."

"너도 멋지게 살아. 맑은 밤에 별도 자주 보고, 대학 선수 기록도 좀 세우고."

러스가 내 눈을 들여다본다. 처음 벨몬트에 와서 내 눈을 들여다보았던 그때처럼. 나에게 눈으로 이야기하는 것처럼. 그러더니 서글픈 미소를 짓고 떠난다.

러스가 성큼성큼 걸어가는 뒷모습을 지켜본다. 녀석이 하늘에 대고 주먹질을 한다. 난 그것을 찬성의 표시로, 녀석이 내 일을 기뻐하고 있는 것으로 받아들인다. 난 식탁으로 돌아온다.

"기차, 탈 거야?"

아빠가 말한다.

가족을 떠나는 게 두렵다. 벨몬트가 아닌 다른 곳에서 산다는 걸 생각하기가 어렵다. 그때, 러스와 시골에 가서 보낸 밤이 떠오른다. 세상엔 다른 곳들이 있다. 더 좋은 곳들이 있다. 난 이렇게 말한다.

"에린이 너무 보고 싶어."

할아버지는 고개를 한 번 끄덕이곤 창밖을 내다본다. 놀랍게도 할아버지가 두 눈을 감고 할머니의 묵주를 만지작거리면서 기도를 하기 시작한다. 할아버지가 기도하는 모습은 처음 본다.

난 아빠와 함께 이층으로 올라가서 짐을 챙긴다. 많지는 않다. 더플백에 옷과 신발을 싸고 천장에서 별을 몇 개 떼어 가방에 넣는다. 엄마 아빠와 셋이서 찍은 오래된 사진 액자도 넣는다. 그리고 창고로 가서 농구공을 챙긴다. 에린이 농구를 하고 싶어 할 테니까.

할아버지, 아빠와 함께 차를 타고 필라델피아의 30번가 역에 간다. 가는 길에 두 사람은 뉴햄프셔에 가면 어떤 남자가 나와 있을 텐데 아무것도 물으면 안 된다고, 그 어떤 것도 절대로 물어선 안 된다고 설명한다. 그 사람이 날 에린에게 데려다 주겠지만 아무 말도 해 주지 않을 거라면서. 거기 도착해서 루카스를 찾는 사람을 만나면 된다고 한다.

"기분이 진짜 이상해. 정신을 못 차리겠어."

아빠가 말한다.

"걱정할 것 없어."

할아버지가 말한다.

"네 삶의 가장 힘든 부분은 벌써 다 지나갔단다. 가서 에린하고 함께해라. 널 사랑하는 그 멋진 아가씨가 네 행복의 열쇠다. 내 말 믿어라. 네 할미는 훨씬 더 멋진 여자라서 내가 잘 알지. 지금도 그 사람과 함께 있을 수만 있다면 어떤 일이라도 할 수 있다. 암, 그 무슨 일이라도 할 수 있고말고."

우리는 거대한 흰색 건물 앞에 차를 세운다. 자동차와 택시와 사람이 엄청나게 많다.

"핀리야."

차에서 내리기 직전에 할아버지가 날 부른다. 몸을 돌려 보니 놀랍게도 할아버지가 눈꺼풀을 바르르 떨고 있다.

"미안하다."

"괜찮아요, 할아버지."

"네 할미도 이걸 네가 갖길 바랐을 거야."

할아버지가 목에 걸린 할머니의 묵주를 벗더니 나를 향해 팔을 뻗는다. 검은색 십자가가 내 얼굴 바로 앞에서 달랑거린다.

"너에게 행운을 가져다줄 게다."

"이건 받을 수 없어요."

난 묵주의 의미도 모르고, 어느 알에 어느 기도를 해야 하는 지도 모른다. 게다가 이건 할머니가 죽은 뒤로 줄곧 할아버지의 목이나 손에 걸려 있던 것이다.

"네가 받아야 해, 핀리. 목에 걸고 셔츠 속에 넣으면 돼. 평생 중 딱 하루만 이걸 몸에 지니겠다면 오늘이 바로 그날이다. 그리고 때가 되면 네 아이에게 물려주면 되고."

난 묵주를 목에 걸고 차 뒷문을 열어 할아버지를 포옹한다. 할아버지가 눈물 젖은 뺨을 내 뺨에 비빈다.

아빠가 내 가방과 농구공을 들고 간다. 난 아빠를 따라 건물로 들어가 푸드코트 같은 구역을 지나서 천장이 높고 거대한 기둥이 있는 멋진 방으로 들어간다. 어쩐지 프랭클린 연구소가 생각난다. 별과 허블 우주 망원경 수리에 관한 아이맥스 영화를 봤던 곳이다. 보이21이 정신을 못 차리다가 우주 왕복선이 나타나자 극장을 나가 버린 일도 생각난다. 따라 나가고 싶었는데 그러지 못한 일도.

아빠와 나는 틱 틱 소리를 내며 숫자가 바뀌는 시간표에서 출발 시각을 확인한다. 아빠가 손가락으로 가리키며 말한다.

"저 기차야."

우리는 기차를 타는 쪽 계단으로 간다.

난 기차표와 에린의 편지를 손에 쥐고 줄을 선다.

"이러니까 정말 호그와트에 가는 것 같네."

"호그와트라니?"

"그런 게 있어."

문득 아빠에게 해리 포터 이야기를 들려줄 걸 그랬다는 생각이 든다. 당장은 그럴 수가 없으니 나중에 우편으로 한 권 보내줄 생각이다.

"더 멋진 어린 시절을 만들어 주지 못해서 미안하다, 핀리."

이제는 아빠의 눈꺼풀도 바르르 떨린다. 이렇게 낯선 사람이 많은 곳에서. 제발 아빠가 울음을 터뜨리지 않았으면 좋겠다. 아빠가 울어 버리면 기차에 오르지 못할 것이다.

"아빠."

난 입을 열지만 그뿐이다.

"우리가 보고 싶어지면…… 만약에 그러면……."

"나야 당연히……."

"새벽 세 시에 통행료를 걷고 있는 이 아빠를 생각해. 온종일 맥주를 마시는, 다리도 없고 기저귀를 차고 사는 할아버지를 생각해. 너만은 진짜 멋진 삶을 살아라. 에린과 함께 어떻게 해서든 행복하게 살아야 한다. 아일랜드인은 행복하게 살기 위해서 이렇게나 오래 고향을 떠나 있는 거잖니. 그러니까 그게 우리의 특기란다. 가서 우리 아일랜드인의 자랑이 되어야 한다."

아빠와 포옹한다. 이젠 돌이킬 수 없는 일이라는 실감이 든다. 결국 내 눈에서도 눈물이 나기 시작한다.

그때 줄이 앞쪽으로 움직이기 시작한다.

기차에 오를 시간이다.

"우리에게 연락하는 방법은 에린이 알려 줄 거야. 하지만 우리 걱정은 하지 마. 알았지? 넌 멋진 남자가 될 거야."

"아빠, 사랑해."

"우리도 널 사랑한다."

아빠가 내 주머니에 뭔가를 찔러 넣는다. 그게 뭔지 확인할 틈도 없이 아빠가 가방과 농구공을 건네고 검표원이 기차표를 보여 달라고 한다.

어느새 계단을 반이나 내려와 있다. 어깨 너머로 보니 아빠가 저 위에서 울면서 손을 흔들고 있다.

플랫폼의 공기는 무척 뜨겁고 끈적거린다. 그런데 놀랍게도 기차 안에는 에어컨이 돌아가고 있다.

다른 사람들이 하는 것을 보고 나도 좌석 위쪽 공간에 가방을 밀쳐 넣은 다음 자리에 앉는다.

가슴이 쿵쾅거린다.

난 기차를 타 본 적이 없다.

해리 포터처럼 기차 안에서 친구들을 만날 수 있을까.

슬슬 주위를 둘러보지만 전부 지치고 언짢은 얼굴의 어른들 뿐이다.

나는 자리를 잡고 에린의 편지를 다시 읽으며 미래를 향한 희망에 젖어 보려고 한다.

혹시 뉴햄프셔는 '파라다이스! 별 관측소'만큼 아름다운 곳일까. 에린은 벨몬트 같은 곳도 그럭저럭 살아갈 만하게 바꿀 만큼 아름다웠다. 지금도 그럴 것이다.

난 눈을 감고 에린의 얼굴을 떠올린다.

기차가 앞으로 휘청이더니 이윽고 30번가 역을 출발한다.

직원용 모자를 쓴 여자가 와서 표를 검사한다. 이것도 재밌다.

차창에 비친 내 얼굴 위로 필라델피아가 지나간다. 내가 모르는 수많은 마을이 지나간다.

내가 이 기차에 타기까지 얼마나 많은 일이 있었는지 모른다. 그런 생각을 하자 누가 내 머리통을 발로 차는 것 같다. 그러다 문득, 러스와 함께 숲의 관측소에서 보았던 그 불가해한 별들이 떠오른다. '이유'는 우리가 알 수 있는 게 아니다. 거의 늘 그렇다. 참으로 그렇다.

주머니에 손을 넣으니 지폐로 500달러가 나온다. 이런 큰돈은 처음 쥐어 본다. 아빠가 노후를 위해 저축했던 돈이 틀림없다. 나 없이 살아갈 아빠와 할아버지를 생각해 본다.

이제 누가 할아버지를 목욕시켜 주고 침대에 데려가 주지?

내가 왜 진작 이 생각을 못 했을까?

두 사람은 에린과 내가 곁에 있는 걸 정말 좋아했다. 이제 우리 집은 정말 조용해질 것이다. 할아버지는 전보다 술을 더 많이 마시겠지.

집을 떠나온 데 대해 죄책감이 느껴지기 시작한다. 울음이 터져 나올 것 같다. 셔츠를 움켜잡는다. 할머니의 십자가 네 귀퉁이가 손바닥을 파고든다.

"어디까지 가요?"

통로 반대편의 아주머니가 묻는다. 몸집이 크고, 자주색 원피스와 거기에 어울리는 작은 모자 차림이다.

"뉴햄프셔요."

난 누구에게도 행선지를 말하면 안 된다는 사실을 미처 생각하지 못하고 그렇게 말한다.

"멋진 지역이죠."

"그러면 좋겠어요."

"처음 가나 보네?"

"예, 아주머니."

"농구 해요?"

아주머니가 내 옆 좌석에 놓인 공을 보며 묻는다.

"그러면 좋겠어요. 여자친구랑."

"그러면 좋을 게 참 많기도 하네."

난 미소를 지어 보인다.

"하고 싶은 게 많으면 좋지."

아주머니는 그렇게 말하고 창밖을 내다본다.

문득 지금 나에게 무슨 일이 일어났는지 깨닫는다.

가슴팍에서 그 모든 것이 빙빙 돈다. 너무 긴장된다.

벌써 할아버지와 아빠가 보고 싶다. 이젠 정신을 다잡기가 힘들다.

삶이 이렇게 갑자기 바뀔 수 있다니.

러스도 벨몬트에 처음 왔을 때 이런 기분이었던 걸까?

녀석이 보이21을 만들어 낸 것도 당연하지 싶다.

기차 안에서 울고 싶지는 않다.

눈을 감고 에린을 상대로 농구를 하는 내 모습을 그려 본다.

나와 에린은 우리 집 뒤뜰에 있던 어린아이로 돌아가 있다. 그 낡은 키 작은 농구대에 말없이 공을 던지던 꼬마들로.

기분 좋은 상상이지만 난 애써 미래를 생각하려고 한다.

뉴햄프셔에 도착하면 일어나게 될 일들을 하나하나 그려 본다.

쉽게 그려지진 않지만, 마침내 난 에린과 둘이서 누가 슛을 더 많이 쏘는지 겨루는 내 모습을 본다. 나무들 사이로 해가 지고 있고, 저 위 끝없는 하늘에 별들이 불쑥불쑥 나타난다.

우리는 손을 잡고 세월과 함께 나이를 먹어 가고, 멋진 동네에서 아이도 키운다. 우리가 무서워했던 것들을 우리 아이들은 무서워하지 않아도 되는 곳이다.

에린과 나는 새 집의 지붕 위에서 입을 맞춘다.

언제나처럼 무한하고 알 수 없는 우주 아래에서.

이제 우리는 괜찮다.